悄吟文丛

古邠 主编

# 浮世的恩典

安然 著

中国言实出版社

**图书在版编目（CIP）数据**

浮世的恩典 / 安然著 . -- 北京：中国言实出版社，
2017.6

（悄吟文丛 / 古耜主编）

ISBN 978-7-5171-2405-4

Ⅰ . ①浮⋯ Ⅱ . ①安⋯ Ⅲ . ①散文集－中国－当代
Ⅳ . ① I267

中国版本图书馆 CIP 数据核字（2017）第 145030 号

**出 版 人：**王昕朋
**总 监 制：**朱艳华
**责任编辑：**胡　明
**文字编辑：**张　丽
**封面设计：**张凯琳
**责任印制：**佟贵兆

**出版发行**　中国言实出版社
　　　　地　址：北京市朝阳区北苑路 180 号加利大厦 5 号楼 105 室
　　　　邮　编：100101
　　　　编辑部：北京市海淀区北太平庄路甲 1 号
　　　　邮　编：100088
　　　　电　话：64924853（总编室）　64924716（发行部）
　　　　网　址：www.zgyscbs.cn
　　　　E-mail：zgyscbs@263.net
**经　　销**　新华书店
**印　　刷**　北京温林源印刷有限公司
**版　　次**　2017 年 8 月第 1 版　　2017 年 8 月第 1 次印刷
**规　　格**　787 毫米 × 1092 毫米　1/32　10.75 印张
**字　　数**　200 千字
**定　　价**　59.00 元　　ISBN 978-7-5171-2405-4

# 东风吹水绿参差

古耜

以"五四"新文化运动为起点的中国现代散文，已经走过近百年的风雨历程。时至今日，隔着历史与岁月的烟尘，我们该怎样描述和评价现代散文的行进轨迹与艺术成就？也许还可以换一种问法：如果现代散文仍然可以新中国成立为时间界标，划作"现代"和"当代"两个阶段，那么，它在哪个阶段成就更高，影响更大？

在散文的"现代"阶段，屹立着伟大而不朽的鲁迅，仅仅因为先生的存在，我们便很难说当代散文在整体上已经超越了现代散文。但是，如果我们把观察的视野缩小或收窄，单就现代散文中的女性写作立论，那么，断定"当代"阶段的女性散文，是异军突起，后来居上，便算不上狂妄。这里有两方面的依据坚实而有力：

第一，新中国成立后的六十多年间，尤其是进入新时期以来，大陆文坛先后出现了若干位笔下纵横多个文学门类，但均擅长散文写作，且不断有这方面名篇佳作问世的女作家，如杨绛、宗璞、张洁、铁凝、王安忆、张抗抗、迟子建等。她们散文作品所达到的艺术水准，并不逊色于现代女性散文的佼佼者。况且冰心、丁玲等著名现代女作家在步入当代之后，依旧有足以传世的散文发表，这亦有效地增添了当代女性散文创作的高度和重量。

第二，借助时代变革和历史前行的巨大动力，从新时期到新世纪，女性散文写作呈现出繁花迷眼、生机勃勃的宏观态势：几代女作家从不同的主体条件出发，捧出各具特色、各见优长的散文作品，立体周遍地烛照历史与现实，生活与生命；才华横溢的青年女作家不断涌现，其创意盎然的作品，显示了强劲的生命力与可持续性；女作家的性别意识空前觉醒，也空前成熟，其散文主旨既强调女性的自尊与自强，也呼唤两性的和谐与互补；不同手法、不同风格的女性散文各美其美、魏紫姚黄，各擅胜场……于是，在如今的社会和文学生活中，女性散文构成了一道绚丽多彩而又舒展自由的艺术风景线。这显然是孕育并成长于重压和动荡年代，因而不得不执着于妇女解放和民族生存的"现代"女性散文所无法比拟与想象的。

在二十一世纪历史和时间的刻度上，女性散文创作取得了丰硕成果和扎实进步，但也同整个中国文学一样，面临着前所未有的挑战与考验：与后工业社会结伴而来的后现代主义思潮斑驳杂芜，利弊互见。它带给女性散文的，可能是观念的去蔽，题材的拓展，也可能是理想的放逐，审美的矮化，而更多的可能，则是创作的困惑、迷惘，顾此失彼或无所适从……惟其如此，面对五光十色的后现代语境，女性散文家要实现有价值的创作，就必须头脑清醒，坐标明确，进而辩证取舍，扬弃前行。也正是在这一意义上，有一批女作家值得关注——她们出生于二十世纪六七十年代之交，进入新世纪后开始展露才华，并逐渐成为女性散文创作的中坚力量。对于她们来说，现代和后现代主义自然不是陌生或无益之物，但青春韶华所经历的激情澎湃的现实主义和人文主义大潮，早已先入为主，成为一种挥之不去的精神底色。这决定了她们的散文创作，尽管一向以开放和"拿来"的姿态，努力借鉴和吸取多方面的文学滋养，但其锁定的重心和主旨，却始终是对人的生存关切和心灵呵护，可谓鼎新却不弃守正。显然，这是一条积极健康、勃发向上的艺术路径。正是沿着这一路向，习习、王芸、苏沧桑、安然、杨海蒂、张鸿、沙爽、项丽敏、高安侠、刘梅花等十位女作家，不约而同地走到了一起，她们以彼此呼应而又各自不同的创作实绩，展示了当下女性散文的应有之意和应然之道。

习习来自西北名城兰州。她的散文写城市历史，也写家庭命运；写生活感知，也写生命体验；近期的一些篇章还流露出让思想伴情韵以行的特征。而无论写什么，作家都坚持以善良悲悯的情怀和舒缓沉静的笔调，去发掘和体味人间的真诚、亮丽和温暖，同时烛照生活的暗角和打量人性的幽微。因此，习习的散文是收敛的，又是充实的；是含蓄的，又是执着的；是朴素本色的，又是包含着大美至情的。

　　足迹涉及湖北和南昌的王芸，左手写小说，右手写散文。在她的散文世界里，有对荆楚大地历史褶皱的独特转述，也有对女作家张爱玲文学和生命历程的细致盘点，当然更多的还是对此生此在，世间万象的传神勾勒与灵动描摹。而在所有这些书写中，最堪称流光溢彩、卓尔不群的，是作家以思想为引领，在语言丛林里所进行的探索和实验，它赋予作品一种颖异超拔的陌生化效果，令人咀嚼再三，余味绵绵。

　　或许是西子湖畔钟灵毓秀，苏沧桑拥有很高的艺术天赋和丰沛的创作才情。从她笔下流出的散文轻盈而敏锐，秀丽而坚实，温婉而凝重，每见"复调"的魅力。尤其难能可贵的是，她的散文远离女性写作常见的庸常与琐碎，而代之以立足时代高度的对自然和精神生态的双重透析与深入剖解，传递出思想的风采。若干近作更是以生花妙笔，热情讲述普通人亦爱亦痛的梦想与追求，极具现实感和启示性。

在井冈山下成长起来的安然，一向把文学写作视为精神居所和尘世天堂。从这样的生命坐标出发，她喜欢让心灵穿行于入世和出世之间，既入乎其内，捕捉蓬勃生机；又出乎其外，领略无限高致，从而走近人生的艺术化和审美化。她的散文善于将独特的思辨融入美妙的场景，虚实相间，形神互补，时而禅意淡淡，时而书香悠悠，由此构成一个灵动、丰腴、安宁、隽永的艺术世界，为身处喧嚣扰攘的现代人送上一份清凉与滋养。

供职京城的杨海蒂，创作涉及小说、报告文学、影视文学等多种样式，其中散文是她的最爱和主打，因而也更见其精神与才情。海蒂的散文题材开阔，门类多样，而每种题材和门类的作品，都具有自己的特色：她写人物，善于捕捉典型细节，寥寥几笔，能使对象呼之欲出；她写风物，每见开阔大气，但泼墨之余又不失精致；至于她的知性和议论文字，不仅目光别致，而且妙趣横生。所有这些，托举出一个立体多面的杨海蒂。

驻足羊城的张鸿，既是文学编辑，又是散文作家。其整体创作风格可谓亦秀亦豪。之所以言秀，是鉴于作家的一枝纤笔，足以激活一批风华绝代而又特立独行的异国女性，尽显她们的绰约风姿与奇异柔情；而之所以说豪，则是因为作家的笔墨一旦回到现实，便总喜欢指向远方，于是，边防战士的壮举、边疆老人的传奇，以及奇异山水，绝地风情，纷至沓来。这种集柔润和刚健于一身的写作，庶几接近伍尔夫所说的文学上的"雌雄互补"？

穿行于辽宁和天津之间的沙爽，先写诗歌后写散文，这使得其散文含有明显的诗性。如意象的提炼，想象的飞腾，修辞的奇异，以及象征、隐喻的使用等，这样的散文自有一种空灵跰踔之美。当然，诗性的散文依旧是散文，在沙爽笔下，流动的思绪，含蓄的针砭，委婉的嘲讽，以及经过变形处理的经验叙事，毕竟是布局谋篇的常规手段，它们赋予沙爽的散文深度和张力，使其别有一种意趣与风韵。

项丽敏的散文写作同她长期以来的临湖而居密不可分——黄山脚下恬静灵秀的太平湖，给了她美的陶冶与享受，同时也培育了她对大自然的敬畏与热爱，进而驱使她以平等谦逊的态度和安详温润的文字，去描绘那湖光山色，春野花开，去倾听那人声犬吠，万物生息。所有这些，看似只是美景的摄取，但它出现于物欲拥塞的消费时代，则不啻一片繁茂葳蕤的精神绿洲，令人心驰神往。当然，丽敏也知道，文学需要丰富，需要拓展，人与自然的关系只是文学的无数话题之一，为此，她开始写光阴里的器物，山乡间的美食，还有读书心得，读碟感悟……这预示着丽敏的散文正由单纯走向丰富。

高安侠是延安和石油的女儿。她的散文明显植根于这片土地和这个行业，但却不曾滞留或局限于对表层事物和琐细现象的简单描摹；而是坚持以知识女性的睿智目光，回眸生命历程，审视个人经验，打量周边生活，品味历史风景，就中探寻普遍的人性奥秘和人生价值，努力拓展作品的认知空间。同时，作家文心活跃，笔墨恣肆，时而柔情似水，时而气势如虹，更为其散文世界平添一番神采。

偏居乌鞘岭下天祝小城的刘梅花，是一位灵秀而坚韧的女子。她人生的道路并不顺遂，但文学却给了她极大的眷顾。短短数年间，她凭着天赋和勤奋，发表和出版了大量散文作品，成为广有影响的女作家。梅花写西域历史、乡土记忆和个人经历，均能独辟蹊径、别具只眼，让老话题生出新意味。晚近一个时期，她将生命体悟、草木形态、中药知识，以及吸收了方言和古语的表达融为一体，形成一种承载了"草木禅心"的新颖叙事，从而充分显示了其从容不迫的艺术创新能力。

总之，十位女性散文家在关爱人生的大背景、大向度之下，以各具性灵、各展斑斓的创作，连接起一幅摇曳多姿、美不胜收的艺术长卷。现在，这幅长卷在中国言实出版社的鼎力支持下，冠以"悄吟文丛"的标识，同广大读者见面了。此时此刻，作为文丛的主编，我除了向十位女作家表示由衷祝贺，向出版社的领导和同志们表示诚挚感谢之外，还想请大家共赏宋人张栻的诗句："便觉眼前生意满，东风吹水绿参差。"——这是我选编"悄吟文丛"的总体感受，或者说是我对当下女性散文创作的一种形象描绘。

（作者系著名文学评论家、作家）

# 在风雅的人世徘徊

我的人生经历过一个大坍塌。

二十世纪九十年代初期，职业的一个意外转向，注定了我要在精神炼狱里走上一遭。当曾经厚实丰满的人生突然间失去质感，薄如蝉翼，憔悴不堪，重建个人的精神秩序和构建崭新的生命体系就成为一件生死攸关的大事。

没有什么事情，会比拯救自己，让自己不死，让自己取得跟众生一样简单快乐活着的权利，让生命在精神废墟上开出花朵来更重要。

我选择了文字。

由此，阅读和写作成为护佑我转危为安的慈悲神明。

第一阶段，需要修筑的，是坍塌了的人

生长城。

我要努力确认人生有意义和有价值。

一篇《你的老去如此寂然》，与其说写的是外祖母，不如说写的是自己；与其说心疼的是外祖母，不如说心疼的是自己；与其说是写给大家看，不如说是写给想象中的神明看。它是多年求索追问的心血结晶。就是它，给我带来了意料外的收获——2006年，顶着第三届老舍散文奖的桂冠，它唤起了众多读者的强烈共鸣，不少人为之流下动情的泪水。

我在这些共鸣和泪水里得救了。就是这样一篇散文，引领我走进了很多读者的内心。

真切地，我听到神明一声叹息：读到这些，我就知道你有救了，对你彻底放心了。

其实，早在2003年10月底，是10月26日，作品最后一个字完成，我就如放下了人生的千斤负累，喜悦澄明，月朗风清。那一刹那，我知道自己几近得救了。

听起来，这是不可思议的事情，借助于一篇文章，真的有可能实现自我的终极救赎么？

我可以肯定地说，这的确是发生在自己身上的奇迹。不可否认的是，奇迹背后，是一片不堪入目的废墟，有着不为人知的伤痛和苦难，有着无力抗拒的人生大虚无。《你的老去如此寂然》，只是恰好把这废墟中的所有，开成了一朵独特的花儿，并发散出意料外的迷人芳香。

区区一篇散文，居然可以有如此大的力量！它就像是做梦够着了彩云，让自我拯救的写作目的，逐渐变得诗意起来。

一个现实的问题是，当写作已经如愿安妥了灵魂，当从虚无的手中重新夺得活下去的生命权，人生是否需要重新出发？

在精神秩序的构建中，我实在不是一个容易满足的人。身陷滚滚红尘，仅仅一个随波逐流的"活下去"，肯定是不够的。相对于一个吃饱穿暖的平实人生，我向神明索求了更多——对的，一个单纯、明媚、平静、清明、绝对和谐的优美人生才是我真正想要拥有的。

这一回，神明又眷顾于我。它再次牵起我的手，引领我走向了对天地万物的审美。近年来，一回又一回的与万物同游，使我忘记了自己"人"的身份，抹消了自己与万物的差别，把自己从"人"的位置上归了零。

就这样，跳出人世的纠葛纷乱，一方面，我在人类传承的人文精神宝库中，去获得美的滋养；另一方面，我兴致勃勃，把更多的精力和兴趣投向了观察大自然的生息循环，从而更深地勘悟出自身存在的意义。

终于，我意识到，这是一种全新的生命状态：回归婴儿态，以淋漓元气，从审美的意义上出发再活一次。

近两年，由于命运恩宠，我有幸多次独行于家乡一个野性十足的大峡谷，读书，发呆，听鸟鸣看花开，守候日出日落，观云海佛光，享受万古寂静……一个置身于大自然怀抱中的人是有福的。一回暮春，山雨轰鸣了一天一夜，我于峡谷小木屋中读着爱默生的《论自然》，在风雨的急促之声里万分喜悦地想，这人间，光有这样的风声雨味，就很值得一心一意地过下去。

原来，一路的动荡，不过是受神明指引，把审美人生的道路越走越宽，终于，抵达了自我满足的诗意生存。

嗯，这个风雅的人世，终将留下一个女子徘徊的身影。

2017 年 2 月 28 日

# 目 录

## 第五辑　莲心不染

# 第一辑

# 心印自然

造物主以仁慈之手

缔结了人和自然的知遇之美

# 亲爱的花朵

## 一

我已经忘了很多事情。

忘了一些爱，一些恨，一些情，还有一些愁。

当然，我也不记得喜欢过的第一朵花儿。我没有办法告诉你，我来到这个人世，遇见的第一朵花儿的好模样。

现在，我最喜欢的是睡莲。

城北有大湖。湖里有睡莲。一岁一枯荣，春生冬灭，长长消消。

抱定叶嫩花初的期待，入春之后，我常去徘徊。不知怎样的缘故，总是隐隐以为，一朵睡莲身上，托付着自己的前世今生。

睡莲美丽如谜。端望它时，无论揣着的是怎样一番好坏心境，遽然间，总是生出嫣然百媚，置心情于清扬旷远。影影绰绰间，似乎可以捕捉到己身以睡莲形式存在的感觉。

是遍体通透，心地稳泰，有如端坐于永恒的光明之中。

一花一世界。描说的，不知是否这样一种况味？

我每每驻足湖边，就要屏息对睡莲行端凝之仪。稍瞬，奇迹来临，时光慢了下来。眼前，有娇黄、有粉红、有乳白，莲瓣含着温润的玉光，我面对它们，无语倾动。美是慑人的。美也可以慑住时光。

此前我从来不知，时光也是可以被操弄的。人生匆匆，光阴不可留。只要用心，却总能找到一些拖住光阴步履的方法。

比如，守望一朵睡莲绽开。

终于，一丛丛睡莲舒叶吐花了。

是上午九点多，阳光软，小风轻，睡莲在一夜清凉好睡中，完全醒了过来。我照例一朵又一朵，无语欢谈，问候着它们。

突然，我差点喊出了声："咦，怎么花朵比前天大了很多？"

四下无人。我涌在心里的清亮话音被一湖春水吞纳，像一个秘密被悄然消解。一只孤独的白鹭，高高地，驮着天空在湖上飞。

我有些激动。

充当一个生命的探子，竟然如此有意思。

睡莲花性朝开暮合，单朵花期不过三四天。然而，此前我没有注意到，在一日复一日开开合合的同时，它竟然还在持续生长。

成年之后，专注于营营为生，专注于一己悲欢，觉得人世的纷扰已是无计止息，对于"它世界"，根本无暇关顾。实在也是没有见过，有哪一种花儿，会在绽放之后，还成长不止。

故而，我不敢肯定，我之所见，离睡莲生命的真相有多远？或许，前天的记忆也是可以出错的？

只是，想着若是遇见一个成年人，仍然持有灵性不断成长，我是喜爱不禁的。莫非，存在于天性中的睡莲之爱，也正是藉于此点原因？

今朝的花颜壮丽于昨夕。

抱着此番发见，这一天回到家，所见所为，一片清和静美。就连平日里厌烦的尘浊恶声，也充耳不闻了。

你看，一朵花儿，总是可以带来神的喻示，使人心地明亮，愉悦无比地，神驰于晴妍香风里的日月山川。无怪乎苏轼诗云，"万里归来后，八方在户庭"。是把美好清朗的天地，把壮阔旖旎的风景，一应带回了家。

于我，"万里归来"不是常态。常有的是，外出时在郊外顺手采一把叫不上名的野花，不加修饰地插在现成的花瓶里，瓶中注水，也能好好地开上几天。记忆最深的，是有一回，一把好好的小白菊，竟变成了小毛绒球，在我的目瞪口呆中，绒絮儿飞了一屋子。还有开着花球的蒲公英，采回家来，几天后也是要在房子里起舞的。等它们尽了兴，沙发上，地毯上，钢琴上，一吹一层白绒，轻轻薄薄。

一而再地，我还是逢花必采，置家人的轻责不顾，容许着它们在家宅里的撒野。顾恋着的，是那几丝生命的新鲜气息，灵动清雅，令人心多情柔软。

我的花儿是有限的。但花朵里，却有江山处处。得吸纳多少天地精华，才能催开其中一朵？江山的情怀是无限的。

苏轼的"户庭"是有限的，而万里天地的"八方"却是无限的。

好的日子，长的人生，就应该是这样，在有限和无限的转换中，细细悠悠地体会着，慢慢打发吧。

有的人面对一朵花儿，会徒生悲凉，伤逝其凋零，从而坠入厚重的虚无之境。一个朋友说，"羡慕你的好境界，只是感怀伤逝，自己掉入虚无怎么也出不来。"

到底是出不来？还是不愿意出来？

其实，只需一个转身，从俯身"它世界"，变为融入"它世界"。我们就能飞翔于日常之外，打破生命的界别，于惯常所见的事物中领略新意和大义，从而最大限度地葆有己身生命的新鲜度。

世界内部有太多秘密，只要不是太麻木，每天早上起来，总会被新奇和奥妙缠绕。如果，我们在与万物同游的过程中，可以得到幽微而具体的喜悦澄明，就有了眷恋人世的最大理由吧？由此，人生的虚无之重，也就"豁啷"一下，坠地作响，给破了法吧？

顺便说一句，赏睡莲，上午十点前为最，可图其鲜洁挺秀。最好的，是在细雨纷作的天气，着一条长长绿萝裙，披了轻粉色开衫，撑一把杭制青绸伞，独看花开。当然了，有月的夜晚，亦是良辰。

赏荷花亦如是。

要独行。切记。切记。

## 二

看桃花不宜有雨。读梨花不宜大晴。

去春有友邀往梨园赏花。园子甚好，大到梨花足够成势。

记得梨树下碧草茵茵，暖阳给鲜嫩的草叶镀上薄金。那幅洁净初生景象，看得人心尖儿都为之颤动。我春心大动，卧于草丛中，托腮弄姿，一件红毛衣在一片新绿中喜气逼人。

如今想起身下那片被蹂躏的青草，倒是有几分愧意生出来。亏得青草不能作言。若是它们齐齐喊疼，我大概作不出如此残酷的暴行吧。或许，正是万物静默无声，才成全了人类的霸戾之气。外国人艾斯利有个著名的观点，"小小一片花瓣，却改变了地球的面貌，使我们得以称霸。"理由是开花植物提供了地球上小型哺乳动物新的高能食品，如花蜜，花粉，种子，果实，保证了它们的扩张和繁衍。漫长的生命进化之后，一只好奇心特别强的哺乳动物，在森林和平原的交界处出现了，它目瞪前方，手里抓着根棍子。

……

一根青草对于地球生命进化之贡献何在呢？想来花和草，都是不可或缺的吧。

我这样说，是出自那个春日，对于梨园深处一片芳草的无法忘怀。

只是这新萌的碧草印象太深，反倒不记得那个下午的梨花模样了。一不小心，游赏主题从花朵移到了青草，跑题了。原因在于，那个下午春阳太骄奢，生生打灭了梨花的灼灼光华，尽掩了梨花的风流韵致。梨花么，还是微微带雨最是含情动人。

只是那一回跑题，也不见得有什么不好。不如此，我的目光和记忆，又怎么会被一丛丛芳草牵扯，在光阴深处无以释怀？

用心想一下，行旅中也好，生活中也罢，甚至大到命运，个人家族国家的命运，有时候倒是因为跑题，而有了大的好的成全。

跑题，跑出无心插柳之德，历史中比比皆是。法国思想大师蒙田认为多活无益，38 岁就早早退休回家等死，死总不来，只好不断读书思考写作，结果命运赐给了人类一部皇皇《蒙田随笔全集》。新近听到的是，一场婚外恋，成就了一部《水浒传》。

胡兰成总是夸桃花贞静。我初以为他的审美很特别。桃花在市井中，总是热闹纷呈的。千百年来，成群结队，前呼后拥去桃花源中赏花者络绎不绝，桃花即便想静也静不下来吧。而谁若交上以桃花命名的一种运气，也难说是好是坏，总是有些惶惶惴惴的不踏实，又哪有贞静可言？

我对"贞静"一说，始终是狐疑的。何况坊间有说法，驳胡兰成的文字有狐媚之气，他对于纤细事物的放大夸张，也是无人能出其右。

直到看见桃花和海棠并开。相较于海棠的热烈，桃花的真品性流露出来，果然是，贞静。

其实，要鉴明桃花性子不难。在晴妍好风的日子，择桃园一僻静处，最好树下有流水。避人，悄悄地坐于桃树下，让心儿静下来，再静下来。等待香风吹过，桃花细细掉落，那蕴着粉白亚光的花瓣，一瓣一瓣，无声无息地飘在了你的身际四周，流水浼浼，落花逐流。你的所见，映照的是人世的庄严悠悠。更有一份，生命的吉祥持重像长卷般铺展……

真是安静啊！真是贞静啊！

我听到那个赏花者，果然发出了深切的称叹。花不解语，在光阴深处，兀自且开且落，任由世人长叹短叹。

无论怎样，桃花源只是人类的桃花源。一朵桃花，只是愿意成为一朵桃花自己。人类因它而起的一切作为和联想，关卿何事？

话及此，想起今岁的桃花已谢。那么，来春择个丽日，我和你，一起去读一读桃花的贞静吧。

# 三

五月初时，高大的梧桐树，每天都要下几场花雨，以清晨为甚为密，场面无声壮烈。我曾在空山无人处，好几回撞见如此场景。那淡紫净白的花朵，悄无声息地在晨风中飘落，齐齐累身于茵茵青草上。气息依然新鲜，味道依然清甘，花姿依然秀雅。不见血腥的美丽表象，掩盖了相煎拼杀的急迫惨烈。为争夺养分的倾轧在这个时间点分出输赢——雄花多是战争中的失败者。

如果是世人出于自身审美的需要，对花朵的杀伐则普遍不具自知之明。

当人们齐声赞美一枝玫瑰时，可曾有人想过，玫瑰的宿命，就是被人斩首？把玫瑰干燥起卷，取 165 片花瓣串成玫瑰念珠，这是早期基督教的用物。叙利亚诗人阿多尼斯，写了很多给玫瑰的诗行。其中两行是：什么是玫瑰 / 为了被斩首而生长的头颅。

真相如此。我们所见的美丽，不堪穷究。

美丽暗藏杀机。

我生长于乡村，人生之初缺乏恰当的审美启蒙。这对于心性敏感纤细的孩子，未尝不是好事。如果没有健全强壮的心智，在生命的弱小期过早勘破美丽的实象，如林黛玉一般，移情落泪，沉溺其中，恐怕的是，我将不复为今日之我。

记忆中的乡村，真正的鲜花是没有的。能够看见的，是实用型的菜花。油菜花，蚕豆花，豌豆花，豆角花，木槿花，南瓜花，冬瓜花，黄瓜花，丝瓜花，辣椒花，茄子花……

唯一让我觉得有美感的，是池塘中的水葫芦花，也叫布袋莲。淡紫如薄翼的花瓣，在水面上楚楚挺举。在清晨或雨后遇见，总是令小小的人心里头有不能言述的无助之感。那时也不知这是伤感之美——是因花儿娇弱，打通了我纤细的心性吧。

木槿花和南瓜花可以用来做菜。我至今在菜市见着，都不假思索立即买下，是要重温入世之初的口福。很多年来，受世人集体审美意识主导，我从来不曾站在美学的角度，认真打量过它们。

稍有不同的是，在今天，当我回到乡间，已经能够静下心来，对着篱笆土墙边上的南瓜花和木槿花默默欣赏。喜欢上的是，它们最普通最不受世人抬举的模样里，有着质朴无争的低调品性——是我想要修炼成的模样。

我们对美的杀虐，有时候是习惯性的。当我按惯有的食性吃下一朵花，我并没意识到吞下的是美的骸骨。必须承认，即便有着温柔的一面，食物链最上端的人类，同时亦有着世代传承的暴戾天性。

因着拙劣的审美把真正的美杀毁无遗，大约也是习惯性的吧？

小城东边有佛教名山。早年山谷间有缓缓不平的碧草坡，草坡低处，有细缓的山溪水汩汩长流。我每每进山，于草地上静坐，无语相看低洼处的长流水，就有落泪的冲动，是被这种无言宁静之美打动。清水流，芳草绿，鸟语稠，青山巍然庄重，不远处有山寺的梵音袅袅随风传来。年轻的心底，是期许着这样和谐自然的逍遥韵味，可以灌注于自己的整个人生。

而终于，这一切，只能待在记忆和缅怀中。一些人为着想象中的利益，筑起水泥坝体，把山谷变成了拦截山水的人造湖泊。我若进山，也还有落泪的冲动。只是此落泪，已非彼落泪了。世事无常，美亦无常。江山风月，若有死期，刽子手多是人类。

那时蒙昧，审美的心智并没被神灵全部唤醒，只是敏感的直觉铺陈开来，有着天性中的恰当选择。无用的美，比实用的美，更能得到我的仰望和尊重。此后经年，这种宁静自洽的生命美学期望，一直成为我的人生底色而我久不自知。

我必得要历经尘世粗砺的打磨，才能洗心历练，出落成现在这副模样：光明，朗净，敦厚，简单，清澄，圆润，无挂无碍，无怖无恐。

一个人，得花费多长时间，走过多长的路，才能读懂一朵花儿？并且幸运非常，藉借一朵花儿，建立自己的人生美学和格局？

佛祖拈花一朵，迦叶在人群中会心一笑。这一拈一笑之间，有着无尽的禅机。令世间人明者自明，不明者摸不着头脑。人际的契合之好，莫过于此。

有一段日子了，我举着自己的花儿，穿行于人海。有人责难，有人不解，有人担忧，有人袖手，有人会意。我以为，他们只是以各自理解世界的方式，在表达着对我的爱惜之意。我呢，把敬意递给会意者，把耐心留给其他人。

就让一朵花儿充当我们精神来往的使者吧。我真的，不再企望语言可以沟通人际间的审美之路。大美无言。大音稀声。最深切的契合，必是对坐不语。

有一天清早，霞光初映，我在山林间独步。突然听到一阵沙沙作响，像是一朵云儿临时下起了太阳雨，衬得空山格外静谧。我很是惊奇，遂停住脚步循声而寻。原来，是路边几棵笔直俊瘦的树下起了花雨。是花粒儿，淡黄色，米粒儿大小。落下来的，照旧是新鲜好花容。只是以这么小的花架子，偏闹出这么大的动静。人家梧桐花，那么大的朵儿，却一点声息也无地赴死。造物主讲究，要世界多姿多彩，连花朵儿也赐予各样性情。这些花粒儿，似乎是因其小而不甘被忽略，要以这生命的最后绝响来唤起一个过客的注意。

也就是我吧，真的不负其望，注意起它们来。这一个早上，我走了大约有七八里山道，上山下山，一路花雨。我欲喊出它们的名字，却苦于无知。一个小时后，在山下植物园，我看到同样下雨的一棵树，树下有铭牌，无患子。

查"无患子"，千百年来，世间布衣柴门用来洗头洗衣。

"轰"的一下，一道光把我领回儿时的小乡村。四英子家的池塘边上，不就正好有这样一棵树么？捡起果子，大人洗衣洗头，我们则在青石码头上使劲搓泡泡，我那双小手，总是洗得又白又皱……

要命，一棵树，我用了几十年，才走回它。同样地，我几十年的前行，其实都是在洗心革面，走回童年。

# 四

晨光透进窗户，小鸟已经玩累了，典典醒了过来。它跑到家里的大露台上，看见青枝绿叶间有一朵粉艳的玫瑰绽开了。它踮起脚，竖起小小的身子，把鼻子凑了上去，它嗅闻的样子专注又好奇。

香不香呢？一只宠物狗，即便类属"贵宾"，在狗类中智商第二，我也无法知道，玫瑰特有的香味在典典那里，是怎样一种味道？

但是我为典典主人的讲述起了震动。

"啊—— ？"

为着这个，一条叫典典的宠物狗，在我这里，获得了足够的尊严。如果说，此前其主人每每温情的描述，并没有使我真正去接受一条小狗的存在，从这一刻起，面对着一条同样爱花的，异常柔弱的"它生命"，我肃然了。

灵魂。在这一刻，我相信了"灵魂"的存在。对的，在一条小狗的身躯里，也住着一个爱美的灵魂。面对着一朵逗艳芬芳的花朵，前生的记忆跑了出来，它忘乎所以地，忘了身形的桎梏，要去闻一闻一朵鲜花的气息。

也或许，一条狗，并没有这么复杂的前世今生，只是在这一刹那，典典被众神选中加持，给一种叫"人"的动物，表演了一个小小奇迹？

没有答案。于我看来，灵魂也罢，神明显灵也好，要证明的是，凡有情生命，对美的诱惑都无可抗拒。

是何故，使得有情众生，皆愿意臣服于一枝在风中摇曳的花朵？

三月的一天，晴妍日好。我在山中小坐。两米外开着几树桃花。桃花不是静坐的理由，让我安坐的，是一只长尾巴的大鸟，有着流彩好看的羽毛，我不能确定它是不是"野雉"。

由于对"它生命"的过度无知，有时候，我甚至连一朵喜欢的花儿都叫不出名。有几多邂逅，就有几多困扰。为了弄清楚湖上一种水鸟的名字，我花了整整一年时间，不断地跟人描述，又不断地否定对方的答案。终于在几天前，有人肯定地给出答案：池鹭，要不就是夜鹭。

萝赛在《花朵的秘密生命》中有个观点，说命名即占有。诺贝尔文学奖得主、波兰女诗人维斯拉瓦·辛波斯卡认为，人类给各种生命起名，是妄自尊大的表现。

从"齐物"的角度来看，她们是对的。

只是，如若没有命名，人类眼中的万物大概是混乱的，宇宙会显得无序慌乱。命名，用来使万物归序，使宇宙有条理，使我们能够世代传承，中外大同，知道一束玫瑰可以用来表示爱情而不是其他。难道不好？

且把身陷桃花的大鸟认作"野雉"吧，我是多么需要借用一个名字来描述彼时的所见。

彼时，此鸟正在桃花枝条掩映下独自玩乐：整理羽毛。舒张漂亮流溢着光彩的长尾巴。在花枝间东嗅嗅西闻闻团团转。一动不动发呆像个思考的智者。

它没有看见我。我被这只专注自耍的鸟儿迷住了。

少顷，大概它是要看更加高远的风景，飞了起来，落在了一米远外，一棵高高的红豆杉上。

又少顷，许是高处的风景不如桃花香美吧，它又飞落回来，继续玩着前路把戏。

上午十点多，头顶的春阳有暖香。山林寂静，静到听得见阳光跑动的声音。静到不知今夕何年。静到我陶然忘机变作一只鸟，在桃树和红豆杉上飞起飞落，玩得不亦乐乎。

我所具有的人形，太大，大到无法寄身于朵朵桃花。一只秀美的鸟儿，却替我做到了。就因为这个，我不动声色地微笑，微笑，直到把这一帧画面笑成了记忆，笑成了一个故事，讲给你听。

我的微笑持续了近二十分钟。最好的是，这巨大的笑声，并没有惊动"野雉"，它埋首于朵朵桃花中，全然不知。生命和生命的交会，只要有一方起惊动就有了意义。

神明宠信，我往后的人生，终将因此强大的微笑而有所不同。不是么，一路减法做下来，不过就是为了变成一只自玩自处的鸟儿，或者，变成一个举着桃枝在春天的野地里疯跑的女童。

当生命已经背负太多，朝着元气淋漓的来处回归，从美学的意义上重新出发再活，将会是一首多么美丽的诗篇。

昨天早晨，我在一处湖泊，见到一张睡莲的叶子，沉浮未定于水面游走。啊，一定是一条调皮的鱼怕了大太阳，举着莲叶在游泳吧？

再说一个鸟儿的故事。

森林里三只雄鸟齐齐追求一只雌鸟。要命，又不知名。未几，三个洞房出现在雌鸟面前。准新娘从容淡定，在三个洞房里轮番进出以便作出选择。

第一个，铺满了族鸟们最爱吃的鸟食——一种动物粪便，她犹豫了一下：没错，她也爱吃。

第二个，是树枝搭建的，别无其他。她光速飞离。

第三个，铺满鲜花。她四顾不歇……她在这窝鲜花里留了下来，当上了新娘。

到此，以万物之长自居的你，起震动了么？

很有可能，在审美的意义上，我们活得不及小狗典典，不及举着莲叶游泳的鱼，不及热爱鲜花的鸟类。

我们最对不住自己的，不是无力求到功名，而是，一回一回，因为求功名，我们与一朵又一朵花儿擦肩而过。

# 五

已经是多年的习惯了，每每照见清寂高雅之美，心仪之下，脑海中就会幻化出一幅雪地玫瑰图。茫茫雪地里，遥遥伫立着一枝蓝玫瑰，独立、遗世，兀自绽放在清冷的天地间。芬芳暗送，路人怎样的惊叹称美，都不能一改她的沉着冷静。

隆冬，挨着下雪的日子，我在一座深山遇见瑛子。

十年前，瑛子在一趟火车上有过奇遇。之后，她抛下外面的所有进入这座深山。五年前金融危机，合伙人撤资离遁，她独自留下，一草一木，细细慢慢，颇有耐心地依恋着改造着这座大山。我想这后面有真相。真相是什么？我不知。有一种女人，藏着很深的故事，却静默若深井，让邂逅者照不见底。

山有多大，瑛子的胸怀就有多大。山有多葱茏，瑛子的爱就有多葱茏。冷冽的寒风里，跟着她在深山里转悠，听着她始终笑眯眯地讲：这片竹林是哪一年种下的，一共有多少棵；这棵红豆又是哪一年开始结果；这里的蒲公英，长得比人还高呐；水边大树上的这根藤开起花来很好看；尝尝野刺莓，又大又甜，红红的，好吃得很……

我突然生疑，她大概连山上的花朵有多少枝也是知道的吧？

她个头不算矮，然而，比起一道山崖，她还是很矮。她不断地跳起来，又跳起来，试着用手头的一根枯枝，去挑落山崖上的另一根枯枝。几番努力之后，她如愿了。她悠悠长释一口气，"这下好了，要不这根树枝压着我的映山红，明年就开不了花啦。"

"轰"的一下，借助于一株冬眠的映山红，瑛子打开了我的心灵密码，长驱直入，直到化身为雪地里的一朵蓝玫瑰，在我的世界驻扎下来。是的，我无力拒绝一个视花朵为孩子的女人。

此后，我再也没有启问过瑛子的故事。静默相待，既是尊重，也是最好的理解。语言不必在一些相似的灵魂之间流转——它很多余。

瑛子，我们总是借助于花朵疗伤，成长，完善并完成自我，对吧？

花朵，总是用来承载着我们的爱，慰藉着我们的生，同时，也慰藉着我们的死。

很多年里，有一个朋友，不断地告诉我，她要为所爱绽放成一朵最美丽的花儿。我亲眼见得，她每一回的绽放，都比上一回更加迷人。

出生，生日，恋爱，庆典，甚至于探视病人，花朵不离我们的左右。给亡人的墓前放上一束鲜花，告慰的，究竟是逝者还是自己，我们也已无法分得清楚。

想象一下，盘古开天之后，有一个春天的早晨，一位远古的先祖走出洞穴。借助于晨光，她惊奇地看见了一朵野花儿，在晨风中带露摇曳。那一刻，犹有神启，她的心中荡漾着一种从未有过的愉悦情怀。她在花朵前停下，细细端视，情不自禁发出了一个音：

"花——"。

于是，一种叫"花"的生命，就这样随着她的第一声呼唤而得到命名。而我们，像占有其他生命一样，通过又一次命名占有了大地上这种格外美丽的生命。

花，随着先祖的一声呼唤，长驱直入，成为我们生命中的美好密码，成为我们人初的爱的元素，随着汩汩不息的血脉，源源流传下来。人类借助于一朵花儿，具备了原初的不加修饰的先天审美意识。

是的，无论在世者，还是离世者，从来没有人有力气，去拒绝一朵鲜花的诱惑。

大约五万年前，尼安德特人用整朵花来埋葬死者。蓝风信子，矢车菊，洋蓍草，还有黄橐吾。花朵里有他们的哭泣，更有他们来世的信仰。

先是 32 岁的儿子牟本死了，后来是丈夫欧利死了。堪以告慰的是，这个女人在美国堪萨斯州有一个大花园。金鱼草，百日草，大波斯菊。她把光彩夺目的金盏花送给儿子，把高雅庄重的白菊花送给丈夫。她活到了 92 岁，亲人墓上的鲜花从来没有间断过。

美丽的鲜花往来于生死两界，传递着恒久的爱的信息。

让我们觉得，这个不堪忍受的人世，也有着片刻又久远的，脆弱又坚韧的美丽。一个母亲和妻子的悲痛，借助于鲜花，而变成了单纯的美的传递。

就这样，我们大多习惯于鲜花带给的慰藉，而忽略了花事自身的成、住、坏、空。我们习惯于往大事大节上寻找事物之"道"，却忘记了一朵小花，也藏着大"道"。我们习惯于去奔波奋斗渴望不断获得掌声和鲜花，却忘记了脚下的大地，就有鲜花朵朵为你开放。

我亲历过一场因金盏花而起的惊心动魄。

我常去的那座山上，世人好美，铺修了黑蓝的沥青盘山道。初春，山道两旁顺手撒下金盏花种子，到了五月底，暮春将尽之时，那金艳艳的长达几里路的花带，就每天含着晨露跟我一路招呼不停。这个时点，空山几近无人，可以说，这里的每一朵花儿，都因为我每天的最先看见，而有了特别的意义。就如先祖第一回喊出"花"，而使得花朵对于人类有了特别意义。

花开十天左右，六月上旬的一个清早，我照例在山中漫行。突然，我被眼前所见五内皆震：所有的金盏花，都前所未见的勃然美丽，花色浓艳逼人，那娇弱的花瓣，散发出灼灼光芒。每一朵花儿，都像要去参加舞会的盛装少女，活泼、亢奋、兴高采烈，激动地说着我听不懂却又可以意会的语言。

这绽放如此盛大，这生机太过强大，隐隐中让人有丝丝不安。美丽一旦超过常限，总会令人陌生起疑。

这一天，牵挂着这些美到极致的金盏花，我活得惴惴不安。

一夜之间，发生了什么事？

**24** 小时后，我看见了谜底。

同样是这些花朵，花势颓疲憔悴，与昨日的华丽盛大判若两界。一些花瓣凋萎下来，软耷耷的，不再挺秀精神。花颜光华不再，像有神偷出现，吸去了其灼灼之光。再细看，很多花枝，举起的，已不是一朵盛开的花儿，而是落失了花瓣的菊果。

一夜之间，又发生了什么事？

事实是，昨日的金盏花，齐齐拼尽了最后的力气，只是为走进一个新的生命里程——孕育种子，迎接下一朵新金盏花的盛开。

哦，大地上所有的生命，皆不惜尽最大的努力，去孕育下一代。

就这样，我看见了一朵小花"发情"时的最美姿容，也看见了，它"生育"时的不堪面目。

我明白了，一朵小花，从"成"往"住"，需要十天左右；

我明白了，一朵小花，从"住"往"坏"，不过一个昼夜。

现在，已是六月底，我能记录的是，那好几里金盏花，已经渐入枯败干瘦，更多的菊果已经结成。"空"，在无可避免地到来。我尽日无奈的承受中，却也有一种超然的淡定夹杂于其中。

我依然记得它们的出生：是柔弱得比米粒儿还小的嫩芽。这些嫩芽，一粒儿一粒儿连绵几里，让遇见者变得婴儿一样柔软。

我亦记起了自己的怀孕：秋日高远，我赴一个好女子的嫁宴。在世人浩大的喜庆中，骤然感知到了体内的细微触动——清楚无误地，一滴清泉水，从心口滴落到心底！这个记忆，真实不虚，永不磨灭，是生命中最奇妙最神秘最个性的感知。从这个日子出发，我开始了自身生命的开枝散叶。我的花朵儿是这样临世的，小嘴噙着右手大拇指，一只小眼睁开，一只小眼闭着。深夜，她啃吮大拇指的动静把产房里所有人都惊动了。

从春到夏，伴着金盏花一路走来，我不去想自身的"成住坏空"。不想。在这个辽阔的人世，我相伴一朵花儿的生死，也必然有更多亲爱的花朵来相伴我的生死。天地朗朗，我虽然执着于花开花落，却亦有足够的力量，获得置身于一朵花外的自由。

# 六

黑夜已经来临。细雨已驻，有夏虫作天籁鸣。我记起遇见的两个尼姑，带着一群居士在湖上浮桥留影。突然，小尼姑走出队伍，嗓音清脆甜爽，开心地说，"我来教大家怎么做莲花开。"

奉佛之人，眼里心头皆是莲花。

众手纷举。

老尼姑对着她们一番奚落："我没看见一朵莲花，我只看见一堆莲藕。"

大家的笑声消融了她的粗门大嗓。

其时，远远地，我望着自己举起的莲花手，也笑了——真是开得不美。

其时，离她们五百米远处的北边湖上，有睡莲朵朵；离她们更远的东边湖上，有荷花朵朵。它们呼应着，装扮着这个娑婆好世界。

我亦有一个秘密花园，花园里的一切正在发生嬗变。我在这个花园里，蜕身为一朵睡莲。我混在她们的队伍里，没有人看见这一切。

以睡莲为认记，茫茫人海，谁会举着她向我游来？

我呢？我想举起她，穿过茫茫天宇，向梭罗游去。问问他，为什么最爱的，也是睡莲？

# 有美一人，独倚青山

一

梭罗在谈到一些至极的美好时，多次这样形容："像黎明一样美好。"

150 年之后，在羊狮慕大峡谷，一个春雨之夜，听闻此言，我心尖儿起了颤动。

心灵和心灵的相契之好，莫过于越过漫漫时空，有人于无言的交谈之后，冲着对方莞尔作笑。

是的，梭罗，我听懂了他。

羊狮慕地属湘赣边的武功山脉，海拔 1700 多米，全长约四公里，因深度大于宽度得名。

在远古，这里曾经是一片海域。

大峡谷的存在，向世人诠释着，何谓"沧海桑田"。

近两年，因为一个好的机缘，我得有长时间漫步高山之巅，日日朝圣于大峡谷。置身于大自然诗一般的美妙风景里，摆脱了在人群中起承转合的无奈，这实在是一桩"像黎明一样美好"的事情。

## 二

一些事情总是受着另一些事情导引才会发生。

前些年，我还没有邂逅大峡谷；前些年，我更不知自己正在走向大峡谷；前些年，没有来由地，我常常把自己化生成另外一些事物。

我想做一朵闲散的云，一棵婀娜的树，一枝妩媚的野花，或者深山小溪里的一条鱼，或者飞鸟口中落下的一粒麦种……

一个阳春日，我默立在闹市广场，对着一架紫藤说了一堆废话，好像我和它前生有个共同的秘密。

一个浅秋清晨，峨眉山巅，我于深庙的放生池里相认了一只乌龟，当时它正从睡梦中醒来。

秋更深了，在内蒙古响沙湾，一头老骆驼和它背上的那只长尾巴喜鹊让我挂念至今。

忘不掉的还有：夏日拂晓，我化生为额尔古纳河右岸的一朵牵牛花，又蓝又紫，在清凉的晨雾里微颤；初冬时节在江南丘陵，我进入一株乌桕，籽白如玉，一树红叶灼灼如火，像要把原野点燃。

"不可思议"（语出《金刚经》）。我是谁？我从哪来？

我到哪去？也曾一路寻寻觅觅，执意要从生命的迷障中去找回纯一如圣婴的自己。不知不觉间，却不再执着于"我相""人相""物相"，而是谦卑地藏身在万物怀抱，自由地出入万物之中。

这些不可思议的"物我同一"经历，深藏着一份隐秘而久不自知的情怀：我似乎寄望于，与寄身的环境融为一体，从而确立一个新的自我。

这个嬗变来得神秘。我看得见心灵在嬗变中蓬勃生长，却缄默不言，不外道，怕一道就破。

一个人，一旦内心辽阔起来，她必得把眼睛和脚步从日常挪开，投向更辽阔的事物。她正在出走，在去往远方。

比人类世界和日常文化更大的世界是什么呢？

"自我"成长到此境，答案不言自明：是"自然"。

唯有自然，才能提供一个没有边界的精神王国。唯有自然，才有可能抗衡当代文化中的群体意识，而让"出走者"葆有个性，挖掘她生命质地里更深沉更丰满的自我。

嬗变至此，一枝花一朵云一条鱼一粒种子已经远远不够。

当逢此时，一座山的出现就具备了里程碑式的意义。

对于羊狮慕大峡谷，初时，我一见钟情倾慕万分；未几，这种肤浅的情感令我惭愧莫名。

这片远古深沉，集壮美和秀雅于一体的风景，它永久的威仪和无价的宁静，它亘古的寂寥和永恒的稳泰，不就是一座天造地设独一无二的庙宇么？对于我，在大峡谷中，万物皆神明，芥子藏须弥。一粒苔藓，一只毛毛虫，一声鸟鸣，几抹祥云，都给予了我足够的沉静和安宁。

原来，爱一个人的方式是亲密，爱一座山，比亲密更浓烈更神圣，它是信仰。

# 三

"现代艺术之父"，法国画家保罗·塞尚，爱上了家乡的圣维克多山。费二十多年光阴，他从不同的季节和角度画山，最后倒在了山前。

圣维克多山，借助于塞尚的画笔长了脚，走向了世界。

我的爱一座山，是一种深沉广博的移情。听微信中有人诉说，"情书是多美的字眼啊"，我洒然一笑。

她不会明白，情书已然不是一个人跋山涉水后的最爱了。

人类个体和个体的两两相爱甚至多角相爱，远远不能填补生命中巨大的茫然惶惑。一个人在另一个人身上寻找最深的归属地几乎没有可能。实现生命皈依的途径有二：信仰宗教和寻找自然造化。两者的目标所向，皆是让心灵安定沉静，像群山、大地、沙漠、海洋那样稳泰。

圣维克多山给予塞尚的，远不止那些呈现于世人面前的画作。纸上的圣维克多山和塞尚心里的圣维克多山吻合度有多高，取决于塞尚的笔力有多强。然而，为一座山生为一座山死的生命行为，已经让我确信：圣维克多山，就是塞尚的信仰。

一生爱上一座山是有福的。

缪斯赐我之笔力，并不足以描述一段人和山之间，深沉相依的情感浓度和深度。但是，羊狮慕已经给足了神明般的恩宠，我在大峡谷度过的每一个片刻，都是光明神圣的，这是一个朝圣者十足的荣耀。

塞尚去世后 5 年，1911 年，比塞尚小 1 岁，11 岁就移民美国的苏格兰人约翰·缪尔，也为他心爱的一座山，写下了经典名著《夏日走过山间》。书中记载的，是其 31 岁初次走过优胜美地山时的经历。

这时，他已经 73 岁。

42 年，一座山在缪尔的心里持续生长，那蓬勃的爱意和敬意经历光阴的冲洗，愈发深沉浓厚。

很难想象，放在人和人之间，那追慕迷恋的情怀可以沉淀在光阴深处而久久不置一语。

爱一座山，就可以在时光的河流中细作揣摩品味，慢慢表白。

因为，人心易变，肉身易坏，山却可以长生，它可以抵达时间的无涯之处，与地老共天荒。

白云苍狗世事变幻，黄沙漫起处，惊回首，那些记录一个人对另一个人情感的文字已然暗淡失色难以动人，而一个人写给一座山，一汪湖，或一片沙漠的文字，却穿过岁月风沙，携带着安详安定的魅力，唤转越来越多的，走得越来越远的现代都市人。

这是因为，在一座山的怀抱里，生长着许多人们血脉基因里同根同源的东西，更容易唤起情感共鸣吧？

从前我认为最不辜负人生的事情是，有一个人值得相爱一生。如今我最想祝福的，是每一个人都能邂逅一座山。

世人装修新家，多爱悬挂山水画。白话讲这是讲究风水，往深来论，每个人心中都有一座山吧？那象征着我们需要找到一个恒常的事物，用以对抗生命中无所不在的流变：爱恨情仇，悲欢离合，环境污染，天灾人祸……

而在我看来，纵使人力巧夺天工，那纸上的一脉江山，终究少了天地所赋的真气、元气和灵气，很难令自己动心注情。人可以描摹一切，却恰恰不能把八方天地中的玉华精魂注于纸墨之中，世间锦绣，本自天地间的无边风月织就。

好的是，自古往今，人类从来没有放弃充当江山风月搬运工的努力，文字、绘画、摄影等无不尽其能。这既源于人类向往美追求美的本能，也源于人类踞美之心的小小"贪婪"。

现在再来看，我们努力着把八方好天地浓缩于方寸之间带回家的行为，真是有着孩子般的纯一可爱。我小时候，见着一块小小的石头子儿，只因喜其光滑，也要拾进口袋带回家中好好藏了呢。

也亏得人类世世代代，在大美小美面前始终如一，有着最纯真的欢喜崇拜，所以才发育成了一部丰厚的文明史吧。

从崇山峻岭中出走逐水而居的人类，谁也逃不脱无形之山的束缚。每个人的心底，都蕴藏着一种原始的气质。当远祖们从莽莽山野里走出来，大地上的崇山峻岭就注定会成为人类共有的心灵家园。

# 四

独步高山之巅，不想尘世。

在这里，生活的重担暂时得以放下，大自然对每一个懂得并敬惜她的人，都会慷慨地施以爱手。她的慈悲之力，作用于芸芸众生，令万物和谐共荣。而人类，更是仰仗于大自然的恩泽，得以一次次校正在世事无尽的角逐中出了偏差的身心，回归生命本有的和谐之道。

多年以来，我养成了定期投奔山水的节奏，这种节奏已然成为生命自身的韵律，不可中断，不可延时，否则心里定生一片荒芜。

在我的内心，早已把每一程山水行旅归位于"朝圣"之举。

亏得我们的双脚，还拥有奔赴自然的动力和自由。

进峡谷前有友人相约："卡上有钱一万多，到南方的海边，找个好地方享受享受。"

我笑了，你自个玩吧。

人生行至此境，花花世界已然了无诱惑，唯有亘古至今的山水风流，令我迷醉不已。

一个人降生于天地之间，在虚幻的繁华和享乐之中，总得适时抽身，细细打量一番置身的自然万物，并致以无尽的感恩之意，感谢它们的存在，令我们有可能穿越短短的人生局限，而去接通生命携带的远古的感受和记忆。

正是有幸伫立于自然中央，借鉴于山水的万古风貌和气息，我们才有可能，望见生命的来处和去处，从而也有可能，部分解除人生短暂的伤感和叹惜。

是的，大自然恢宏澎湃，天遥地阔间，人如浮蚁，渺小得不值一提。

朋友小雪转来一张图片，是一张羊狮慕的雨后秋景图。

峭壁万仞，植物万紫千红，薄岚湿润饱满，天幕若灰似白。这些层次丰满的景致里，却有一个小小人儿，紫红的伞，翠蓝的衣裳，眉眼全无，她是我。

这是现代版的"宋人山水图"。

无论是谁，在这张图片里，都只能占据那丁点位置，这就是我们在自然界的真实位置——小，小到可以不计！

然而，正是亿万个小"我"的出现，才凸显出山水的价值和意义。是"我"的看见，"我"的称美，"我"的听见，"我"的陶醉，让亿万年生生不息的风景，让云朵，让霞光，让朝暾夕月，让鸟鸣，让山花的气息，让山色，让一切的一切，因为人类血脉情感的介入，而变得有了体温，有了意蕴，有了美的意义……

从这个意义上，自然对"我"的接纳慰藉，以及"我"对自然的缱绻依靠，正是造物主想要看到的"天人合一"图吧。

## 五

家住丘陵。从小，大山对我就是一种十足的引诱：那高山之巅，会有什么？

多年以来，我足迹所至的大山不少，无一例外的是，它们皆已开发成熟，人造景物甚多。

有没有一座山，人类活动的影响尽可能小，而远古的风韵保留最多？

唯有这样一座山，才能对我的日久存疑给出接近完美的解答。唯有这样一座山，才有可能充满淋漓神性令人"朝圣"情怀浓厚。

大地辽阔，山外有山，山路蜿蜒无尽，行走没有终点。我登上一座山，又告别一座山。

直到有一天，我登上了羊狮慕，从此不再说告别。

哦，命定的那座山，终于与卑微的我相逢了。

高山之巅有什么呢？

时光深处，一个小女孩在好奇发问。无疑，到了今天，羊狮慕大峡谷，给了她最为精彩的答案。

黎明时分，森林低处滴滴答答的露珠；

画眉，斑鸠，红嘴相思鸟，雨燕，栗耳凤鹛，灰眶雀鹛，百灵鸟，黑眉柳莺，白鹇，乌鸦等的清晨音乐会；

求爱的野山羊，会酿酒的猴子，树林中倒挂下来一百多条"开会"的竹叶青蛇；

东方的启明星呼应西山的素月；

山谷中冉冉升起的红日以及捧日而出的朝霞；

峡谷中不断抬升的牛奶白的晨雾；

春天岭上的烂漫山花；

夏天山谷里的满天繁星；

秋天的猎猎山风，萧萧落叶；

冬天的白雪冰凌雾凇雨凇；

沐浴着阳光雨露而缓慢生长的万物；

群峦作屏云海为幕，不知天尽何处地始何方；

一只松鼠在摇落树叶；

一粒苔藓在侵蚀古岩；

一庭云彩在舒舒卷卷；

一股山泉在潺潺而下；

一只孤鸦在遥遥作喊；

两只鸟儿在夕照中归巢；

三朵杜鹃在小风中飘落；

辉煌的夕阳在眼际徐徐沉落；

……

天籁渐渐响起，山野开始低吟，长风如琴，任亘古的音律催眠长夜中的万物……

这就是羊狮慕。

无以相告，这是我眼里的羊狮慕，还是我心里的羊狮慕？

大峡谷如此美丽神奇。可是，"我知道什么呢？"蒙田这一问，问得我无语作答。

# 六

山间日久，幸遇美景缤纷，各有其韵，又各具其妙。

常常地，我的灵肉洁净如洗，在美的滋养中越发静定清慧。像那古老的睡莲，布满一湖宁静。

这深深的宁静，无时无刻，不在把我带往一个神奇之境：我竟然，一回又一回地，听到了自我开花的声音。

终有一天，这个自我会经由丰满抵达丰美，长成一树优美繁花吧。

常闻"人生如白驹过隙"。其实，只有虔诚抵达高山流水的怀抱，才能深切了悟"世间过客"的含意所指。

有时候，我呆驻于大峡谷的凌云岸上，止息妄念纷飞，忍不住伸出手，温存又敬畏地，抚摸那岩石的肌理和质地。一个坚硬的事实就是，羊狮慕大峡谷，在天地间已经活了亿万岁①。

一朝知闻，身心巨震。短暂人生所历垒起的心墙迸裂开来，一点一点崩塌沉陷。爱恨离合，执着不舍，从此可以挥挥手——云淡了，风轻了。

亿万年的无形岁月，就凝固在了一面又一面巨崖里，在满山满谷的乱石岩里。在这里，光阴变得有了质感，具化为有形又有情的事物。在这里，过去现在将来融于一体，它们不可分割也不能分割。

毫无疑问，我触摸到的，既是"沧海桑田"，也是"地老天荒"。

我既不自惭肉身渺小，也不叹惋人生易逝。在这样庄严的时空里，一切为人者的忧愁怅惘都是不合时宜的。

相反，我的内心，荡漾起不可言述的隐秘欢乐：那是真正的永恒之物才能唤起的情感，是被引领着，一寸一寸溯往生命源头，所激发的血脉基因中的古老记忆。

大峡谷，令人透过世间纷纭，撇开光阴河流上的浮华，看见了"永恒"，相信了"永远"。

这个亿万岁的大峡谷，它冷峻和庄严的存在，无时不在以其神圣和永恒，启示着每一个闯进其怀抱的人：这里有一个比我们熟知的日常世界更伟大、更古老、更深沉的世界。

---

① 注：武功山脉原系"湘赣海域"，距今 5~4.1 亿年前因大陆板块挤压而抬升露出水面，2.2 亿年前因大陆板块碰撞海水退尽，形成大陆。200多万年前山体基本成形。

文明和自然，我们缺一不可。两个家园，我们各有倚仗各有依赖。文明世界或许会有尽头，而自然家园，必将循着自身生死繁衍的至高法则，与天地同在。

# 七

有时我独步山间，会碰上三五成群的游人。他们操着人类的语言，彼此兴奋地赞美着山景。那一刻，我竟有些陌生，恍如是从梦境里穿越到了一个嘈嘈杂杂的坏世界。

某个时候，有人独行于山中某一处，大概是激动于峡谷中的美景，他不知怎样安置内心奔涌的激情，就会忍不住发出野兽般的嚎叫。我遥遥听到，总会想象一下他的样子。但这样的嚎叫，应该与他的外表无关，绅士和汉子的内心，同样沉睡着野性的基因吧。我作为一个女人，也屡屡有过在大美山水中放声嚎叫的冲动和作为呢。

还能怎么样？

美的杀伤力太大，人心的承受力有限，偶尔的放任狂野，倒更像是对造化唱颂的一首无字赞美诗，其情感的真挚和浓烈不容置疑。人的一生，能有几回这样元气饱满淋漓充沛作野兽嚎？凭借这罕有的嚎叫声，我们才可以在内心搭起一座通往远祖的桥梁，看见自己真实的来处和去处吧？如果恰好，在这动人心魄的嚎叫里，有人灵性所至有所得悟，是否有可能，他从此的人生画风大转，一派见素抱朴清风在野的姿态？

独行大峡谷，我静默如山，脚步轻轻，恭肃如仪，这是一个朝圣者应有的神色形容。不止于爱慕，不止于迷恋，更有崇仰和敬畏在其中，这是一场无数劫轮回里预定下来的朝圣，是我独自，在世间兜兜转转，起伏转承之后，积聚了足够的勇气和悟性，才敢来才能来，接受一座山的恩泽和洗礼。

在大峡谷，我看见自己分成了两个我：一个与万物同游，一个旁观她同万物游；一个安静无言，一个对着大山说着万语千言；一个内心奔涌着无尽的情感，一个极为冷静，打量她如何归置好这些情感；一个我要寻找新世界，一个我稳当地把守着旧时光……

最好玩的一件事，有一天风和日丽，我端坐于青山白云间惬意读书，不知不觉间午饭点到了，一个说要下山吃饭，另一个很不高兴，觉得她真是俗物——一个吃饭的念想就生生扫了雅兴。

每天有两个不同的"我"同步山间，无言执手，看山光山色，云卷云舒，日出日落。生命的和谐圆融，大概就是依赖于，这两重人格的互为补充互为渗透互为照耀。

# 八

一直觉得这是一个好听的故事。文字有一种节韵，内容的神妙也非笔墨能尽。

> ——起初，神创造天地。地是空虚混沌，渊面黑暗。神的灵运行在水面上。神说，"要有光"。就有了光。神看光是好的，就把光暗分开了。神称光为昼，称暗为夜。
>
> ……

西方人懂得省力气，凡事走轻巧便捷之道，神的威力真是巨大到不可思议：祂轻言几声，就万物备齐，世界创立。

比较起来，东方人的勤劳勇敢敢于牺牲，似乎自盘古而来，代代相继。同样一个开天辟地，盘古的故事，听来就要悲壮得多，那舍我其谁的勇烈无畏，铮铮我心久不能平。

可惜的是，这个从前在祖母们怀抱中代代相传的启蒙神话，如今还有几个娃娃听闻？只恐上帝创世纪的传说更有听者。文化的传承和失落，一个神话即可明鉴几分。科学昌明时代，神话的远去似乎是一种必然，一个民族的精神发育史似乎已经横盘停滞……

独步羊狮慕，面对着太古造化而来的大峡谷，自然而然地，我执着于追问它的起源和演化，追问天长地久。信仰无类的我，记忆摇晃于"上帝之光"和"盘古开天"。

我在这两个故事中的摇摆，正如这个时代的价值摇摆。

好的是，无论如何，存世已久的大峡谷，惯看宇宙沧海桑田，白云苍狗。它完全没有在意一个独行者的遐思——江山风月本就依傍着地老天荒，徜徉于其中的人只是过客一枚，浮游一粒，她杞人式的妄念种种，除了佐证其自大自负，别无意义。

倒不如，踏踏实实无所作为地单纯看风景，莫问，莫问天何以长地何能久？老子早有言：天地所以能长且久者，以其不自生，故能长生。

# 九

其实，对于美丽的自然物象和美好的自我生长，语言总是无力的。

我常常传递不了所见所感的万分之一，这令我愿意分享的善念无有落处。

或许很多时候，美就是这样无言的存在，美是安静的，美不喜欢多嘴，她需要的是个体生命全然的沉醉，而不是从他者的转述中得来廉价的二手分享。

只是，如此一来，我总是有些不好意思，觉得比之世间他人，自己从造物主手中领取太多。

神明的确恩赐了我特权。

在羊狮慕大峡谷，飞鸟繁花，日月星辰，流云飞瀑，春光秋色，我只管任性地去爱我所爱就好。在这里，可以欣慰地领略自我的圆满进程。

一个初夏的黎明，我独伫于凌云栈道，无语端看一树雪白清雅的云锦杜鹃。她们安详纯洁的神态，令我心中有神圣安宁的情感慢慢生长。

是时，一朵两朵三朵花儿在我的眼际飘落，她们坠如玉响，划开了大峡谷的万古宁静，更惊动了我。

我克制着，不去想她们的命运，也不想自己的命运。面对落花，我记起了佛家的"往生"。

"往生"，一个慰藉人心的好词，充满生生不息的强大力量。明明是去那寂灭死境，却说是去往勃勃"生"地。"死"之后就是"生"，死生演替，绝望孕育希望，悲哀连着欢喜。

的确，在悉心倾听万物的过程中，总有一些草木花朵，飞禽动物，可以让我们恍惚间有如相知三生，在我们凝视一朵花，一棵树，一拨新芽之时，总会意外体会到，人和物之间发生着暖融亲切的能量互动，存在彼此间磁石般的相互吸引。这种体验，令人忘记生命界别的阻隔。"我们不是同类，却是知音"。一时，心里有百合盛开，翠色初染；有新月静照，星光飞泻；有黄鹂婉啭，蝴蝶翩翩……而这些都不够，这些都不及黎明来临时的美好。

我想说，这就是爱情驾临了。

我想说，这样的对面含春，无语倾动，心意翻腾如自远古来，往万古去，在同类身上，几乎无望知遇。人海苍茫，最深的信赖和最契合的理解，只能是浪漫者们的奢求。但是，造物主以仁慈之手，缔结了人和自然的知遇之美，令孤单的人类，获得了透过自然女神面纱窥见天人合一大美的特权。

毫无疑问，我们敏感的身心由此获得了最深切最圆满的安抚和慰藉。

# 十

天气晴好的黄昏，我总是要在流云台上静守太阳落山。

德富芦花把日落比喻成"圣贤辞世"，那意味着，我已经幸运地，有过很多次"送别圣贤"的经历。三千大千世界，红尘滚滚，无奇不有，唯有圣贤音容，众生难有目睹。而我，却不知因了哪一世的修行之功，可以在万古羊狮慕，独自领受着造化的恩宠。

一个立夏前夕，黄昏五时左右，空山无人，我照旧恭立于流云台上，面西而立，虔敬地开始又一回送行。

突然，如接神谕，我一个转身，背对落日，目光越过山谷，望向东面的座座崖峰，有了前所未有的"看见"。

我看见，明亮而温暖的夕光打在一面一面直立巨崖上，其岩石的肌理沐光而现，隔着远远的山谷，竟然丝丝缕缕，毕毫分明，每一丝石肌都在述说着沧桑情怀⋯⋯

万古寂静！落日正远！我在寂静中央，隔空注目着这一切。奇迹发生，一种前所未有的情感排山倒海而来，受这种力量驱使，我的眼里饱含热泪，忽忽长出翅膀向崖峰飞去⋯⋯

"咣啷"一下，如神锤破法，我不仅看见了大山的骨骼，更知遇了大山的灵魂。我的心中，汹涌着滔滔巨浪，更缠绵着万千柔情。我知道，这是一种无以言说、无可复制的神性之爱。那是我经亿万年光阴流转，握着一个特定密码，千转百回后的蓦然回首：

呵，那一刻，我体验到了至高无上的情感况味，完美，圆融，饱满，庄严，纯洁，光芒四射……

这是信仰之爱，比光阴长，比天地宽，比世界上所有的诗篇更美。

就这样，生命的情路蜿蜒到了羊狮慕，从此，有一份爱叫海枯石烂地老天荒。从此，一个渺小的女子迷失在大山深处，不知她是走向了苍茫远古，还是去往了无垠将来。可以肯定的一点是，幸运的她，冲出无常，不畏流变，邂逅了无以言说的永恒之美……

# 月球之上，月亮之下

## 一

我只知道有人登上过月球，却不知更多的详细。跟大多数呼吁脚踏实地的人一样，我也认为宏大之事不必细知，那些离日常太远。

但是羊狮慕大峡谷的月亮实在迷人，这导致有一段日子，我脚踏实地的同时，更多地在仰望星空。

人类迄今，除去嫦娥吴刚，共有 12 人登上过月球，这事发生在 1969 至 1972 年。此后，人类放弃了热情和好奇不再登月，原因不明。

白云苍狗，地球愈加喧哗，而月亮，回归了应有的安宁。

八月中旬的一个夜晚，清凉的大山里，我沿着一条轰轰作响的溪水顺流而下，目光透过溪岸上高大的杉木林，急切地投向对面那条横亘东西的绵延山川。

这是夜间七点半，按照风俗，昨夜我闭门不出，任由农历七月十五的明月，独自在山里升起又落下。

现在，七月十六的月亮要出山了，我可是再也浪费不起了。隔了宽宽的溪谷，远远看，东边山脊上已经透出一片月辉，然而杉树林，却很不解风情地遮住了我期盼的目光。

必须小跑着顺流而下，奔到一块没有杉树的开阔地，才有可能赶得上迎接明月出山。

我这么努力地在深山追月，气喘吁吁间，突然就想起那12个上过月球的人，他们若是看见这一幕，是理解赞许呢还是诧异哂笑呢？

这些真正见过"大世面"的人，他们回归地球后，是以怎样的世界观重新归置、看待人间万事？这是我心中一个大大的谜。

据说，登月第一人阿姆斯特朗，回地球后变了一个人，他隐身于世，离群索居。别人劝他出门散心，他答了一句令所有地球人词穷的话："我连月球都去过了，地球上还有什么地方吸引我呢？"

阿姆斯特朗在月球上看到了什么？如果吴刚真的在那，肯定万分感谢他的到来——从此，东方人再也不会在口口相传里令他砍树不止了。而那棵可怜的桂树，也可以休养将息从此再不受那刀斧之苦了。

阿姆斯特朗当然没有看见这些，但也远不止那些令地球人扫兴的坑坑洼洼吧？据说，他的"看见"，是美国五角大楼拼命要保守的机密。

好在我没有去过月球。好在，我也没有可能去月球。所以，地球上的一切，都对我有足够的吸引力。

沉醉于顺水追月，表面上看是受着浪漫好奇的梦想和情感驱使，细思起来，脱身于大自然的人，和月亮之间存在有一种神性的应和，人们对月亮的崇拜始自远古。如我，根本无力抵挡明月出山时的刹那诱惑。从某种意义上看，我的下意识奔月，与嫦娥奔月无有分别。嫦娥的诞生和长生，正是得益于每个人的心中都有一个嫦娥。可以这样说，一代一代地球智人的奔月冲动，最终导致了登月壮举的成功。

二

那天我终于追上了月亮出山。

我站在溪岸这边，凝神远眺对面山岭上初升的圆月，"哗啦"一下，满世界都是月光：山脊上是月光，山谷里是月光，眉眼发梢是月光，心头身上是月光。那"哗哗"作响的溪水上，跳跃的也是月光。我站在明亮动人的月光里，影子在身后拉得老长……

臻景有如隔世，语言成为多余，无力分享，无从分享。绝尘的风月之妙，唯有亲历方可感知。

而我依然努力把月亮拿来言说。

风景有宏细之分，美有大小之别。天地万物，各以其独有的品性和风范成全了大自然的丰饶和繁复。在我看来，天地间最贞静的事物当是月亮了，大山里的月亮尤其。

# 三

那天是农历七月十二，晚上七点二十，我独坐驿站四合院露台上。这里地形高，视野开阔，一个喇叭口由此往东南面山谷倾泻扩张，日里夜里，远处的云色浓淡星辰疏繁尽收眼底。我照旧把眼光投向正前方，任自己消溶于无边夜色。不知过了多久，耳畔似有絮絮低语，循声抬首，我把目光转向西南山岭上空，看见一轮明月刚好出山——噢，在巨大的静谧中，我竟然听见了月亮出山的响动。

明月皎皎，夜空如洗。然而山风大了起来，非常大。岭下那边坡谷里，一阵一阵吹起了夜雾，云雾爬到这边来，越升越高，高到与月亮齐了，即变幻着身形急速从月亮下方飞过。为着答谢经过家门口的客人，月光热情地把每一片白云纱都变成了七彩纱。

这是一帧又一帧美丽而动感十足的画面：安静的圆月，呼呼的山风，圆月底下变化无尽又急速北去的七彩云纱。风那么急，云那么急，唯有明月从容高贵，一派贞静。

天幕深蓝如梦，东南和西南天隅陆续亮起了星星。这明月，这彩云，这星子，就如梦境里永开不败的花朵，热情无声地一朵一朵开在我的眼际。

"云卷庭虚月逗空，一方秋草尽鸣虫"。我坐不住了，立起，以恭敬之仪迎对明月：我何德何能，又私有了本该举世与共的美丽风景？莫非，这梦一样的彩云追月图，它只是愿意在有梦之人的眼际展开画轴？

# 四

我最近一次在羊狮慕望月，是八月二十二日黎明五点左右。

这天是农历七月二十——我不太清楚，该不该把这轮月亮算到七月十九。不可思议，日常对寄身的环境太过忽略，在大山里才突然意识到，月出月落是跨了两个日子的。更无知的是，此前我一直以为月亮从来都是东升西落的。

不到五点，我踏上凌云栈道。一路上星月皆没于满庭薄云中，曙辉未亮，天地一统于将明未明的昏暗里，所谓黎明前的黑暗即如是。秋虫在山径两旁呢呢哝哝。想象着大峡谷里万物即将苏醒的样子，确知自己正在独拥一个世人睡梦中失去的美妙黎明，我安宁肃穆的外表下，深藏着浩大的喜乐——真正的幸运和富足，就是私自拥有世人用钱都买不来的一段曼妙时光和一帧绝好风景吧。

栈道迂回曲折，凸向山谷处光线勉强，凹进处则被树木岩石遮住薄亮，一片黑暗。我承认，喜乐的背后也生出了些些害怕。谁不害怕黑暗呢？谁知道黑暗里藏着怎样的阴谋呢？

远祖们面对森林的黑暗有过怎样的恐怖，我们的血脉基因里就藏着怎样的胆怯。

心存至诚，吉祥自来。像是一种奖赏，不过三两分钟后，月亮竟然在右侧天空破云而出，原本冥昧暗沉的山谷，瞬即铺满银光。我精神一振，悄言私赞自己：好人品，连月亮都跑出来壮行了。

在壮阔的峡谷里踏月而行真是一种奇妙的感觉。城市里已经无月可踏，乡村明月也早已与我们疏离，在这远离人寰的高山之巅，一轮友好的明月却恰如其时地护佑着一个自然朝圣者的破晓独行！在人类的文化史上，多少大小画家往来于人间，多少大小诗人往来于人间，他们，画过这幅画么？写过这首诗么？可想而知，踏着黎明月光在峡谷里漫步，我心里涌动着多少说不出的情感：神圣，贞静，浪漫，感恩，富足，刻骨铭心……

多少回进山，多少个月明之夜，我都想象过在月光下穿行峡谷的"壮举"，终因胆量不够没能梦圆。

一天，有人相告，前年中秋夜，一群景区工人攀上最高的天子峰顶过节，头顶蓝天上是皎皎圆月，脚下山谷里是壮观云海……闻之，我为自己没有福分在场而失态顿足。想来，这中秋月夜的无边浪漫和巨大安详，若是被一群诗人有幸邂逅，人间又该流传多少美丽的诗篇？然而，事情全然不是这个样子，大自然就愿意把这样一个美好的夜晚，奖励给一群不写诗不懂诗的人，或许理由在于：只有通过他们不加修饰的朴素口碑，才能给听者留足想象的画面空间，从而加深对大峡谷的向往。

比如我，对于大峡谷的月亮就向往久矣。不曾想，一个八月的黎明，一轮明月会大方地应和我的心愿。最最重要的，这是我一个人的月亮。无从知道，这一刻，苍天之下还有谁会如我这般，戴月独行于高山深谷？如果这个人存在，是否可以把他（她）视作平行宇宙里的另一个我？

我一定有过在深山生存的基因记忆，一番黎明踏月，就好比是一次注定要完成的邀约回访，完成了，人生就此补上了一个先天缺口，生命从此又更圆满了一分。

月亮有贞静之德，人生也有贞静之好。这好，就是把身心全然敞开，托付归置于大自然怀抱后的美满收获。

月辉如水，潺潺流过大山空谷，山谷中人受洗而出，身心俱洁，颜容贞静；亦无心事可动，亦无感叹可生；忘了无常流变，忘了悲欢离合；也不说永恒，也不叹轮回。万念俱静，风烟俱平。那一刻，她就是月光，她就是山谷，她就是含玉吐露的草木，她就是呢呢哝哝的秋虫，她是那群将要醒来的小麻雀……她是万物，万物是她。

这印证了一句话，"在浩渺的天空之下，孤独的人要想保持个性很难。"

那么，断舍个性，消解自我，物我同一，天人合一，这该是生命很好的结局吧。

# 五

阿姆斯特朗去世前，希望将来有人可以把他留在月球上的脚印抹掉。记得他当年在月球上说的却是："这是一个人的一小步，却是人类的一大步。"

阿姆斯特朗两次离开地球。

第一次离开，他有着当代人类应有的骄傲和自大。

第二次离开，他知道自己永不再回，他不再沉默，而是低下了高贵的头颅，承认了人类的渺小，要把月球上那个永恒的、充满个性又有几分狂妄的脚印抹掉。据说，他因窥见了比人世秩序更强大的宇宙运行法则，才选择了后半生在地球上隐居缄口。

这个男人五年前谢世而去，我想，很多世人都听懂了他最后的悲欣交集欲说还休。

登月改变了人世间的许多，一些人由此走向了神性，一些人因之更加理性。科学可以抵达月球，却抵达不了血肉构筑的人心。

我却还依旧是我，月亮也依旧是月亮。这个八月，羊狮慕的月亮从贞静中来，到贞静中去。我相信，相较人类，它才是真正的永生之物。

# 羊狮慕，太阳落山又出山了

一

　　在羊狮慕大峡谷，最先迎接阳光的地方也是最晚告别阳光的地方。

　　日落之时，目光西眺，望向武功金顶及更远处，群峰之上，常有万丈霞光自晚云中四射而出。

　　逢此时，我一般正独自漫步于峡谷东岸上。

　　这天上午有雨，午后雨霁，黄昏放晴。山谷里的秋色因雨水滋润而丰满欲坠。青是青，绿是绿，红是红，黄是黄，还有各种过渡色也芳华吐艳，那半衰的茅草和半枯的青苔同样泛出活力。

　　这是立冬前日。这秋之最末，却呈现出"万物并作"的欣荣景象。夕阳的光辉万分柔和，更因穿越充沛的水汽而温润亲切。我盯着山谷，夕光先是打亮这一块，旁边云彩一动，它又打亮那一块，这像是一场愉快的告别礼：它这里挥挥手，那里挥挥手，要对世界说再见了。明天到来，一个新的安详世界也必将开启。

我注目着这些，终于心生微澜，多日的自持稍有松动：日落之光，映在心头总是带了几分挽留的意味。留不住的这一切，都在巧妙地进入某一个程序中。那秀于林的，叶必落光；那不动声色的，明朝的容颜也必将老于今夕；那喋喋低吟的秋虫，将在寒冷中噤声；那活泼的松鼠，崖鸡，也将在风雪冰霜中藏身不露……总有一些生生死死，在这大峡谷中循环往复地发生。就连古老的岩石，也将在苔藓和风力的作用下，极为缓慢地发生变化。谨遵天道循环，最是万物之德。

突然间，一只秀气的白鹇自我眼帘之下飞过，好美的一只鸟！好贞静的一只鸟！我看不见它落在坡谷里的哪棵树上。

忽地一下，夕阳把我拢在怀里，一个秀气的影子，长长地印在了崖壁湿湿的青苔茅草上。我走一步，一个影子。走一步，一个影子。我高举右臂，影子也高举右臂。我没敢做更多的动作，在这虚极静笃的空山黄昏，张扬是多么不合时宜。

伴着万道霞光，我安详地走向归程。

二

早晨六七点的阳光新鲜又圆融，穷尽记忆，也找不到这种感受和经历。沉睡一夜的大峡谷醒来了：小松鼠在树枝上玩耍，锦鸡在崖石上漫步，几只早起的鸟儿在林中唱起小曲儿。那崖上的小树，叶色比昨天更红；岩岸边松树旁的一树黄叶，饱餐夜露之后，更加明润动人。远远近近的岩壁山谷，一片苍绿猩红明黄暗褐……目光所落，是一幅又一幅色彩斑斓的油画。

我放慢脚步，调整呼吸，试图以此能够去呼应大山沉健稳笃的心跳。是不谙世事的一个小女孩，贸然闯进大德芳邻的家园，一方面好奇惊喜，一方面又惭愧于打扰……我惊乱了大峡谷的一夜好梦么？

初时，日光曦微，红太阳未及爬上山顶。远远近近的山川一道一道，泛着暗蓝。近处深一些，远处淡一些，再远处就更淡了，就这样绵延去到天边，没有止息。一道一道的浪谷里，则有柔曼的雾纱织成。有一双无形大手，轻牵纱角，从浪谷里扯出来，顺坡往上，一寸一寸地覆在山浪上。

也不少，也不多，是恰到好处的长度；也不薄也不厚，是恰恰好的厚度，于是，一幅浓淡相宜的水墨江山图就铺陈在眼前。

神明大方，好几个黎明，祂都把如此珍贵的私藏宠示于我。我每每有幸见此天地的永恒巨作，也不作喜，也不作赞，也不若惊若乍。只是默不出言，归置身心如大山一般于虚静之中，体悟那"万般放下"的殊妙之胜。

受大峡谷地形所限，日光并不能一下打进来。待微曦渐明，群峦慢慢掀开朦胧面纱，静伫悬崖东岸，西眺武功金顶，寰宇间最干净最透明质地最新鲜的阳光，就如同听令于一个最强召唤，自高高的天庭齐齐倾泻而下，遥遥照亮了一个又一个山巅。一时，心生出翅膀，不疾不徐地追着光明飞向那西边的山岭。

太阳在爬升，阳光在移动，无尽的山岭在光影中游移，心也在游移。视野辽阔无垠，不涉人界。阳光清洁无染，无虑无忧。在这里，它不用顾及照耀了穷人也要照耀富人，照亮了茅舍也要照亮宫殿。它不被人累，不被事累，它是阳光自己。每一个清晨都是它的新生。它多像一个刚学会走路的孩子，撒着欢儿在高山巅上漫步。亿万年来，它就是这个样子，人的看与不看，见与不见，两相无干。它是神圣高洁的永恒之物，也是大峡谷至柔至暖的宁馨儿。

这一刻，我并没有办法置身于它的怀抱中，要过上几个小时，它才会幸临东崖之下。只是，这远远的眺望最是奇妙，它让你深信：人间所有的希望和活力就在眼前，而人间全部的罪恶，也在这凝注永恒的当下，消弭得无有影踪。宇宙大同，世界静好，向往光明之人，必将抵达内心的光明。

《圣经》有言，从前我是盲的，现在我能看见。

# 看那雄鹰飞进斜阳里

我想我看到的是一只雄鹰。

空山无人，除了我和山，没人看到它。

此前的岁月里，无论山里山外，我从来没有见过这么庞大的飞行动物。

它飞行的姿态万分优雅，不疾不徐的滑翔速度透着王者气派。不像那些小山雀，从一棵树飞向另一棵树都是急匆匆的，扑棱棱作响，每一只都生怕落单掉队。

它过于巨大了，目测起来，双翅张开着有七八十公分。它无声地滑过日月峰前的山谷，向着武功金顶偏西北方向的斜阳飞去。这一刻，夕阳正掩在一朵硕大的薄云里，忽入忽出。若干道暮光从云端喷涌，射过座座山峰，直落到山谷里的云海上。斜阳里这只巨大的鹰，就这样飞进了道道霞光里，消失在了道道霞光里……

留下我，伫立于流云台前端，目光穷极，望到发痴。

这会不会是一只神鸟？

我这么一问，眼际处的夕阳从薄云里露了露脸，圆圆的泛着白亮。现在还早，下午四点半，夕阳还没来得及梳上红妆。但是圆圆的日头并不作语；群山万树，也齐齐沉默着；连刚才还回旋了几阵的松涛也沉默着，今天风轻语细。

大峡谷的黄昏，以巨大的沉默忽略了一个好奇女人的发问。

我亦不愠，亦不恼。寂静，亘古的寂静，奢侈的寂静，这正是我迷恋大峡谷的核心所在。这无价的寂静滋养着我，包容着我。我把自己所有的精神都抛给了大峡谷，它一言不出，一一替我收起保管。必须承认，每个人都需要有这样一个精神扎根的所在。这可以是一个值得信赖的人，是一件值得投入的事，或者像我，选择一座大山来好好地爱。

希腊小说家卡赞扎斯基浪迹天涯，终其一生，总觉得有只金丝雀栖息在心里，唱着歌。细想，我的心中不也栖息着一只鸟儿，一路飞到了今天么？这只鸟儿由小长大，长到了很大，我叫不出其名，却一直被它引领着飞向远方，直到又飞回故园的羊狮慕大峡谷。

诗向会人吟。那么，这个黄昏，这只不知所来又不知所往的神奇大鸟，会不会就是我心底里栖息着的那只鸟？它的一冲而远，意味着什么？

而其实，现实里的这只鹰从此飞进了我的心里。迎向斜阳的雄鹰带着一种巨大的力量，它的洁净双翼拂弄着我，令我回响如钟。

臣服于一些超常而伟大的事物是一种福分，这意味着我的世界挣脱了日常的羁绊，渐渐变得更开阔更高远。我曾经十分向往流浪，直到大峡谷把我的身心安定。其实，所有的流浪都是为了向内，一切的出发都是为了回归，只是没有人能够确知，内心的流浪会辗转多久？

……你看，我太喜欢猜谜了，这个爱好让我恍如赤子。不然，一只逐光而飞的鹰，怎么就让我吐露了这如许秘密。我确信，这只雄鹰美丽的飞翔，不过是大峡谷的又一个奥秘罢了。众多的奥秘之下，总有曲径通幽之道。我这么说话有弄玄之疑，然而梭罗说，"自知身体之内的兽性在一天天地消失，而神性在一天天地生长的人是有福的。"

雄鹰远逝，我揣摸着梭罗之言，独行于斜阳寂寂深树里。暮阳暖融，忽忽一大群山雀在身边飞过，它们没有惊扰我。惊到我的是向晚的万丈霞光，两个小时了，它们从我上山起就不曾消失过。

我站不到一束霞光里去，但我站在满山满谷的光里。等光消失后，我的头顶是一片星空。对，今晚我是顶着星光出峡谷的。

# 五重奏：一个女人对于动物的书写

## 下跪的骆驼

沙子像岁月一样沉静荒芜。沙漠是可以让时光凝固的一处远古。

夜晚下了一场雨，氤氲的水汽在寒凉的空气里四洇。日头已经出来，沙漠像极一个哭到发软的怨妇。沙漠腹地，有摩托轰鸣，有热气球飘浮。这里是人间，不是远古。我站在入口处，一队一队的骆驼在眼前来来往往。驼队的主人，各自正扯着大嗓门拉生意。"单程 60 块，双程 80 块。"

没有城堡，没有风情万种犹抱琵琶的阿拉伯女人，这里更像一个奴隶市场，一头头年老色衰的骆驼，伫立于寂静的喧哗中，缄默深沉，待价而沽。它们没有力气，连看一眼买卖双方的心情都没有。它们已经年暮，毛色枯乱，瘦骨嶙峋，空有一副高大的架子。一头骆驼，就是一座破败了的废墟。一眼望过去，一片沧海桑田，令人对驼队的过往产生联想。应该有过山高水长的辉煌吧？俱往矣，风流已被雨打风吹去。

对沙漠的向往与日俱远，每一回梦里少不了骆驼。当然，还有那穿着白色长袍，裹着绛红色头巾的男人。天地有大美而不言，沙漠里的驼队，总是摇着驼铃迎着朝霞走进我沉默的梦里。比我更缄默的是骆驼。缄默，一种多么值得赞美的品质，我总是容易被缄默者吸引。如此，它们一次次行走在我的大梦里，一丝呼吸声都不曾有。骆驼注定是远离人烟的，它们是世界边沿处的神。于沙漠中的人，驼队就是驼队，是生活和生存的帮手；于沙漠外的人，驼队是苍茫天地间流动的一行诗。

现在，一行行诗从梦里走到了梦外，我却无法从其间找出一缕神性之光。它们衣衫褴褛，被重利者收容教化成了要饭的乞丐。它们粗重肮脏的呼吸声令我生厌。一个辽远的好梦，跌碎了，无声无息。我也说不上气恼，我也说不上兴奋，我是有几分失落的，我是有几分悲悯的。它们这样羸弱！我目光扫瞄了几个来回，也挑不出一匹足以信赖的骆驼来。不能相信，其中会有一匹，可以负起我，叮叮当当地，优雅闲散地，去往一个年陈日久的梦。

僵持。无语。犹疑。怜悯。藏在大幕里的梦，胆小到无法适应现实中的前台。

突然，驼队主人一声叱喝，骆驼们接令齐齐跪下。它们低下身来，前面两腿先跪地；再把后半身屈下来，又后面两腿跪地；当它整个身子匍匐在四肢上时，它的表情依然是那样平和沉静，安然若素。它们超然于世事之外。我讶然了。这庞大壮观的轰然一跪，毫无征兆。我突然泪水双盈。为骆驼们的宿命。也为自己未知的宿命。

我骑了上去，这是我的选择，它是整个驼队里最老最丑的，老得驼峰都几近磨平。老骆驼比想象的有力量，它驮着我，让我在一个苍老的大梦里轻摇。一只花喜鹊安静地飞落下来，在我们身后几米远的地方紧随，我扭头，轻轻一笑，没有问鸟儿从哪里来。我看到白云像哈达一样白，蓝天像希腊一样蓝，朵朵云儿，在沙漠上空投下虚缈的影子。如同人们生命中或坚守或放弃的梦想。

谁会是梦想成真的引路人呢？一只风华不再的老骆驼，就这样把我驮进一个苍老而神秘的梦。没有人能做到这一点，原来，它依然是神。

## 两只私奔的猪

山冈在南方的大地蜿蜒。天幕沉重地压了下来。脚下的高速路匆忙地从远方来，又急速地往远方去，不知起止。四野苍茫，小肥和大胖恍若游走在外星球。路面在穿梭的车灯里泛着青光。小肥依傍在大胖身边，再也没有了往日在圈里踱步的优雅，没有着落的命运令她的步子细碎不安。夜色重如黑墨，天际处有亮光跃闪，接着传来闷雷声，她还来不及开口，豆大的雨点砸落了下来。惊吓之下她撒了一路的猪粪，她害羞地望了望大胖。大胖把身子尽可能地向她靠了靠，"哼哼"两声，小肥听懂了，他是说"别怕哦，我保护你。"声音低沉而稳重。小肥听罢，挺了挺身躯，雨中的步态就也周正了几分。亏得是在平坦光滑的高速路面上，否则一身泥泞还不把她累死。小肥抬头望了望前方，路长长长长的，长到没有尽头。她突然有些泄气，想要对大胖说声什么，看见他故作坚毅的神情，又只好忍罢。

继续游走，碎碎切切，没有未来，漫无目的。否则，小肥和大胖还能怎么样？身边时速一百公里的各式车辆，就像是在参加一场接力赛，各各拎了鞭子抽着他们向前，向前，向前。

可以不走么？娇弱的小肥已经身心俱疲，真想在公路上躺下来，睡上一觉，哪怕天亮以后的命运是被屠宰，也胜过这漫漫长夜里的无目的游走。但是不能，停下，就意味着必然的丧生。行走，就意味着有奇迹出现。娇弱的她懂这个，强健的大胖，也懂这个。几乎不用一声哼哼，无言就胜过万语，他们相依相傍着，在一条无休无止的高速公路上漏夜游走。步态是摇摆惊惶的，带有几分试探性，像两个盲人，在试探花花世界的深浅，以及命运的明明暗暗。那一低一高一大一小的身躯在雨幕里异样的孤独，可怜。

半夜雨停。旷野里的虫儿呢呢喃喃，沿路的灯光变得清明轻亮。闷响持续不断，遥遥地从天边打着滚儿来，难辨炮声雷声。重型车，轻型车，小轿车，各种各样的车辆提速呼啸着从他们身边经过，弄得他们左避右闪。动作相比车速到底又是极其的迟缓，一不留神，一个闷头开车的司机差点撞上，司机愤怒地开骂了：两只该死的猪，差点要了我一车人的命。而车上的人经过长途跋涉，早已昏昏入睡，这一声骂激醒了他们，有人眼神疾快，在飞速而过的瞬间看见了他们，于是好一番长议短议，焦点集中在为什么高速公路上会有两只猪？

有人说是运猪的车上掉下来的；有人说是附近猪圈里逃出来的；有人极富想象，说这明明是两只私奔的猪，他们正谈着恋爱在高速路上散步呢。哈哈哈，全车都笑了，人们睡意皆无。自然，在高速公路上散步是需要海胆的，可以肯定的是，小肥和大胖不可能有海胆——除非，除非他们相爱了，都在发着爱情的高烧。

这些，小肥和大胖当然不知道，猪怎么可能懂得人的世界？在猪看来，没有主人的日子并不好过，就如现在。然而他们的主人去了哪里呢？或者说，他们是怎样弄丢了主人呢？这是一个巨大的谜。这个苍茫无边的夜晚，两只无主猪的高速路历险实在不亚于人类登天。

高速路把那一车人送往了更远，留下惊魂未定的小肥和大胖向更深更远的夜晚走去。他们深深的无助很快被人遗忘。不知走了多久，小肥的泪水下来了，她忍不住问了大胖：就这样走下去，真的可以走到巴黎么？

　　大胖还是故作深沉地"哼哼"了两声。他说的是：当然，主人会沿着我们的粪便来看望我们。你会知道，巴黎，是一个多么浪漫的地方。

　　打完这一行字，我的泪水也下来了。小肥和大胖遥遥不知我的刻骨牵挂。我就是夜行车上说他们私奔的那个人。我这样说是出于相信爱情的力量，除了让这两只猪相亲相爱，我没有更好的办法可以减轻他们面对未知命运的恐惧。无论如何，风雨中的依伴，总要胜过一条绝路上的独自忐忑吧。

　　小肥和大胖最终不知所往。聪明人都知道，他们永远到不了巴黎。


## 找妈妈的蝌蚪

　　我的童年结束之后，那些蝌蚪就再也不肯游回来。

　　南方，冬去春回。蜻蜓还没回的时候，蝴蝶还没回的时候，小蝌蚪排着队儿顺着水流来了。简陋的校园里，童声咿呀，"小蝌蚪，尾巴长，游来游去找妈妈，妈妈妈妈你在哪，来了一只大青蛙……"琅琅书声落处，村里的池塘水溪，田畴湿地，到处是提着玻璃瓶儿找蝌蚪的男孩女孩。蝌蚪黑褐色，幼滑的身体，大大的脑袋，于水流中盈盈一握，它十之八九会调皮地从指缝间逃离，那异样的手感总会令稚儿们格格地扬起笑脸。一个凉凉的格格作笑的春天。蝌蚪天生的柔弱外形很是适合于被保护，而同样柔弱的孩子们，就愿意

带着一份为人者的爱怜，一厢情愿充当蝌蚪的好朋友，或者
是神。

总之，孩子们对于蝌蚪的情感是复杂的。

年复一年，南方三月的水系里，蝌蚪总是来了又去，这
些念唱童谣的孩子，这些提着玻璃瓶儿养蝌蚪的孩子，在南
方的丘陵上一茬一茬地成人了，一些人留在了村庄，一些人
去了比村庄更远的地方。相同的一点是，这些长大了的孩子
陆续掉入人间的烟火，相当多的人已经忘了蝌蚪。蝌蚪只存
活在稚儿的天地里。

还说那些唱童谣的孩子，这其间有那么几个女孩，不知
怎么的，就站在了人间烟火之外，把生命交给了青灯古佛，
晨钟暮鼓。她们告别了游走在池塘里的蝌蚪，告别了嬉戏在
溪水里的蝌蚪，告别了小玻璃瓶里的蝌蚪，告别了妈妈，在
丹霞山上结为同修。

七月的山里到底热了起来。过完早（早饭），二当家有
交代，让到仓库里把兰草席翻出来，一年没用了，先得洗洗
晒晒。妙法妙安师徒几个领了命，各自抱了几床，出了山门，
往东南几十米有个深潭，潭水潺潺的，流了开来流成了一条
山溪。她们来到潭畔溪头，这个上午好不自在。

她们蹲在浅水处，手一伸，溪水透心的凉。有人贪玩，
把灰布长袍撩起高处打个卷，脱了鞋赤了脚下了水，脚肚子
像粉白的藕。

那群蝌蚪就是这时游向了她们。"小蝌蚪小蝌蚪"，她们

盈盈的惊喜惊飞了林中的小鸟，惊扰了山间的爬虫，也惊动了，独自在山里行游的一个少妇。

少妇三十出头，大脸庞，肤色失血苍白。高个，腰身细瘦，穿一条连衣裙，长及脚踝，绿底子，白圆点儿。少妇眼神迷茫，款款地就来了。一言不发地坐在溪畔的青草间，爱怜地望着她们。她的介入对年轻的女尼们是一种侵扰。这个陌生人。她们飞扬的神色乍然凝固了下来。静寂。刷草席的动作声。水流的声音。蝌蚪游走的声音。少妇轻微的叹息声。

少妇固执，她不走。她望着她的一群妹妹。她们害羞地低着头，脸上有青春的润泽。哦，比青春还好，有山溪水的纯净。有什么地方疼了一下，少妇捂了捂胸口，嘴角挂上的却是淡的笑意。

少妇坐了五六分钟，她感觉到了两个世界的对峙。这不好，她意识到了自己的残酷和无礼。少妇起身离去，身后是溪水缠绵的流动。突然，一阵比丝绸更鲜亮的诵诗声从潭畔传了过来：

"小蝌蚪，尾巴长，游来游去找妈妈，妈妈妈妈你在哪，来了一只大青蛙……"

山风轻流，清凉的风从肩上滑落，裙裾飞扬。少妇轻展愁颜，一滴咸泪流到了嘴角。少妇在诗声里找到了两个世界的交会点。呵，这群顶着光颅的好妹妹。一群七月的蝌蚪，在一个不平常的日子带给了她神启。少妇回到山门里，收拾行囊辞别师傅一步一步走向了回家的路。少妇是要回到妈妈身边去……

现在，少妇走在了时光的另一个切片里。在深远的神秘的梦里，有一群七月的蝌蚪总是遥遥游来，唤起我深藏的隐痛和忧伤。

## 一条忠义的狗

隔壁人家两只拳头大的小南瓜，被人用指甲掐伤了。人家告上门来，父亲习惯性地对我扬起了巴掌。我是被冤枉的，我的确进去过那个百草园一样的大菜园子，捉蜻蜓来玩儿，除此我什么也没干。我其实是一个从小就知好歹的人，知道怎样做一个好人。但是父亲不这样认为，父亲认为我比家里的阿黄还没良心，还不懂事。父亲说，养一条狗还知道向我摇尾巴，哪像你，天天给我惹事。父亲的言语让我满腹忧伤，一个好女儿的尊严被一条狗踩踏在泥地里。我那时年幼，见识短，还不知道世上真的有比狗不如的人，对父亲的话听不全懂。

从我家到父亲教书的中学，半道上有一条护城河，河上有一座石拱桥。我家的阿黄，白天黑夜都要到石拱桥上迎候主人下班。如果上班，它也照例是送到桥上就止步回头。年年月月天天，阿黄为父亲所做的这些，当然是我们这些还需要父亲护佑的子女所不能做的。在贫寒艰难的生活里，阿黄用异类生命的温度温暖着父亲疲惫的身心！以至于父亲在三十年以后，提起它还是一脸的怀念。父亲怀念的，是一条狗的忠义。

继续说阿黄。我家的阿黄有打猎的天分。我家的猫不抓老鼠，因为都让阿黄抓完了。当黑夜来临，猫总是呼呼大睡，而阿黄总是忙忙碌碌，它像个高明的猎手，总是后腿一盘，前腿一支，立着身子，竖着耳朵，于冥寂中捕捉老鼠的丝毫动静。清早男主人起床，它必定守着他穿完衣服，然后轻咬他的裤管，父亲心领神会，跟着它走。于是，在不同的地方，水缸底下、灶前柴草堆里、鸡笼边上、楼梯底下、尿桶后边，总会发现死老鼠，老的少的，大的小的，肥的瘦的。父亲摸摸阿黄的头，十分满意地像夸儿子一样道，"贼狗，蛮聪明的哈。"父亲一是批评猫懒，二是批评猫蠢，偶尔抓一只也不晓得报告，死老鼠到最后会搞得一屋的臭。阿黄听到表扬，照例是尾巴摇一摇，嘴上轻微地忸怩着。这天家里熬火腿骨头汤，父亲大方地丢下一块带肉的骨头，以表彰阿黄的功绩。终于有一天，老鼠抓完了，阿黄闲了下来，觉得很无聊。它想了想，把围猎场放到了村外的野地里。

是冬天的一个凌晨，轻白的寒雾在村子上空飘荡。阿黄从外面进家，一口咬住了早起做饭的男主人裤管。父亲不理它，会有什么事呢，老鼠早就抓完了，一大家人等着吃饭上学上班呢。阿黄这回表现得很固执，骂远了几步又近前来咬，骂远了几步又近前来咬，阿黄这时候觉得，物种间语言不通是多么麻烦的一件事。这个早上，阿黄的固执战胜了男主人的固执，父亲终于放下手上的活，跟随阿黄去了离村三里外的野地里，这时，天才麻麻亮呢。阿黄真聪明，它是怕晚了被别人家捡了猎物去，所以着急得不行。

父亲和阿黄高兴地回了家。父亲手里托着一只肥硕的野兔子，阿黄在父亲身前身后撒着欢儿转圈圈。这是阿黄为我家贡献的第一只野兔子。后来，它又陆续地贡献过几只，到底多少，我忘了。可以想象，父亲给予阿黄的怜爱不会比一个孩子少。而阿黄，把在主人这里得到的温暖，化作了继续打猎的动力。

一段时间之后，野兔子打不着了。阿黄有些惶惑，觉得对不起主人的器重。它想了个新法子。急于立新功的它终于犯了个大错。

一个夜晚，阿黄从一户大摆喜宴的人家偷出了一大块肉，它同样没有能力拿回家来，而是把肉就近藏了起来。阿黄用老方法把主人带了过去，等它把肉呈现在父亲面前时，父亲先是大吃一惊，继而是对狗儿一番道义凛然的好骂。骂急了甚至踹了狗儿几脚，威胁道"再敢做小偷就把你打来吃了"。可怜的阿黄，它只知道肉对主人家是有用的，又哪里搞得懂人类道德的底线？阿黄非常委屈。

这次事故之后，阿黄似乎失去了与主人相通的灵性，它变得懒散而笨拙，它平庸的表现让父亲越来越失望，在家里的地位也随即一落千丈。阿黄是伤透心了，当它明白再有怎样的用心努力也跨不进主人的世界时，它选择了自暴自弃，神态呆痴，毛色斑乱。

最早发现阿黄失踪了的，还是我父亲。但是狗儿究竟是哪天开始不见的，家里人谁也说不出来。家里没了狗儿，一度沉入深深的伤心之中，尤其是父亲。从此家中不再养狗。

我从来没有忘记阿黄。从少女到少妇，从童年到中年，我无数次进入过阿黄的世界里，试图去解开它的消失之谜。我徒然地，任凭阿黄一忽儿跑来，一忽儿跑开，任是千呼万唤，也留不住它苍凉孤单的背影。

## 睡懒觉的寿龟

我如约到达。寿龟们还在睡觉。它也一样没有醒来。

晨雾散了，山岚似有若无，空气中有残雾的味道，山林饱满润泽。山门初开，世人熙熙攘攘。我皱皱眉，轻挪步，抬脚走进更深的一重门。

好极！空空的一个山庭，唯有一个少僧寂然无声打身边走过，他的眉目清朗。一个挂单的中年香客，在右面空地的铁丝架上晾衣服。远了，我看不清他的表情。哦，关上尘世的大门是如此简单，你只是需要，比别人向世界的边沿处多迈几步路。陡然间，我的五脏六腑、我的四肢末梢、我的筋骨血液，全都挣脱秩序躲藏起来，像一支急行军的队伍突然接到解散的军令，呼啦一下人不见了。

而我还在。我倚在放生池边，沉沉静静地，独立遗世地，等待着一场约会。它们还在睡觉。时光迢迢，我千山万水地来了，吉安、长沙、成都、阿坝、乐山、峨眉山。汽车、飞机；飞机、汽车。它们，却连眼皮都不抬一下。一群享福的龟。

冬天的一个早上，父亲在池塘边菜地岸洞里捉了只龟。"哎呀，这只龟可以用的，干净。不像有些龟，是在粪坑里长大的。那种东西，脏，要不得。"父亲的口吻是喜悦的，他的二女儿有"尿遗症"，他打算用这只龟来治她的病。这只不幸的龟被扔进灶膛里煨熟，连壳也被粉碎成了药。这个事件对我打击很大——我几十年如一日地以为，做一只乌龟是多么的不幸。对一只龟的悲悯深深地植根于我的世界，其实我一眼都没看过那只龟的样子。

乌龟从来没有讨过我的喜欢。乌龟和兔子赛跑，表面上是批评骄傲的兔子，但却万分险恶地埋伏了潜台词：乌龟是又笨又慢又懒的。可怜的乌龟，就这样被亿万孩子抛弃，你就不可以做一只聪明、快速、勤劳的龟么？蝴蝶，小鸟，游鱼，骏马，我要做，就做它们。一个大男人更干脆，一口气报出仙鹤、天鹅、沙鸭，他只要做珍禽。

有个老人喜欢龟。别后二十年，我去看他。他陷在旧沙发里，很有感情地说起家中一只龟。"这下不知跑哪去了，那年带到北京来的，谁知它能活这么久，总也见不到影子，要吃要喝了，才想起露个脸。"他数说着龟，像数落自己的孙儿。他孙儿比龟还小，才十九。说完他张望着屋子，慈祥地喊："在哪呢，也不出来见见客人。"我记起那只龟小时候的样子来，却没有相逢的兴趣，那样经活，一百岁也没问题吧？而老人都七十好几啦。它没有着落的命运让我有些忧伤。

一个人买了一只三百岁的绿毛龟，养着养着有心病了，他要给它娶亲。一番张罗，门庭里张灯结彩敲锣打鼓，人间大喜事啊。旧病刚好新病又来，现在他担心的是，自己百年后，龟们怎么办？

早上，在峨眉山，我耐心地东扯西想，等着一群睡懒觉的龟。这里有一只是和我有约定的，它会用自己的办法和我相认。一些龟趴在石头上睡，另一些水性高的，则伸出四肢，浮在水里一动不动，连一波水纹也没有。这让我惊奇，它们是如何做到的？有好几秒，我认为它们是死了，一个转念，这是寺院福地，又坚信它们是活着的。在我纠结于龟们生死大事时，它来了。

它个头中等偏大，不肥不瘦，先是从前方的石堆里醒来，然后急速地向我游来，满池生风，水浪一波一波地在池子里散到无限。它游向我的时候，我看到了它的笑意，它那么快乐，泳姿活泼得像在起舞。我安静地回了它一个微笑，我说，"你这么快活？"我赞许道，"你游得很好。"说完我看到了我和它的前世今生，它就像是我曾经的至爱亲朋，这很神奇，不可思议。没有端由，我那么喜欢它的快乐，欣赏它的泳姿。它听着我的赞许，更侧翻着各种角度，驱动着身体，快速地游过长生桥底，往池的另一边游去，尔后它又游回了我的身边，我对它依旧微笑，它安静了下来，像所有它的同类。放生池复归平静。更多的世人拥了进来，我揣了一个佛递交的秘密，藏身在人群里满足而去。

山高水长地，我奔波了那么长的岁月，抵达了这个早上。我不知道，佛安排我相认的，是不是我家灶膛里那只受火刑的龟。我希望它是。它就该是。这个念想让我的心头，开出一朵白莲花来。哦，永远的万年寺。

# 植物四章：共生的恩典

## 花生

大地万物，人能够相遇相知的，很是有限。

为人者，总有一些与某物的初见，是要起惊动的。行世经年后，细细分辨，这种"惊动"，和与某些人的初见一般，回响也是大而持续的。

人和物的缘分，有时并不浅于人和人的缘分。

大约四五岁，我第一回见到花生。

我和它的初见，很有几分庄仪。其实，说"庄仪"，言重了。真实的意谓，花生于我，更像是一种侵入。没有道理，不由分说，长驱直入。

过年，跟几个小伙伴在我家新屋边上的垃圾堆玩，齐力找散鞭炮呢。有小男孩"三仔"（或者是"细哥"）流着鼻涕，从口袋里掏出一把灰褐色的肾形果子，求让我吃。

贫家孩子，过年的果子其实不易到手。他是难得的大方，有不自知的，喜爱小女孩子的意思在里头。

我不肯。看了看他手中物，犹犹疑疑地摇头。脏脏的小手想伸出，终于又没。不是矜持，是胆小。

从来没见过的东西呢，谁知道是怎样好或不好的滋味？年岁小，对自己却也是万分地生着爱惜。我的拒绝，有着对自身生命的本能保护。

终于是经不住食诱，还是吃了。或者还是三仔细哥哪个逼我吃的呢？记不得了。

边吃边说不好吃，第一口，似乎是吐了出来。实在是与想象落差太大。

再吃，嚼来嚼去，品不出想象的味道来。孩子的舌尖，是喜欢在浓烈的味道中寻找快乐，甜酸苦辣都是可以的。以花生内敛朴实的果香，要一见钟情，并不容易。

事实上，从此往后，我对花生的感情，一如对个熟人，平常之极。谈不上喜爱，也不是不喜。遇上了，吃上几颗，算是一个招呼。不遇，也不会生出想念。

反而是此一番花生对一个幼女的惊动，在记忆中大过花生本身于我的价值。

要到许多年后，我才又记起了那一回种花生。

我十八岁那一年，亲手锄草、垦荒、整土、播种、收获、晒收成，一应农务流程，全都经历。

那一年春天，在气象站，不知是谁的提议，说要围着一亩见方的观测场垦出点地来，种点私菜什么的，居然被同意了。

其实，观测场的存在是很有讲究的，对环境要求高，周围多少距离内不得有高的建筑，不得有此样那样。但是菜蔬不一样嘛，它们矮，又不会影响通风和小环境。换句话说，取气象数据不会受影响。

就这样，年纪最小的我也分到了五平方米大小的一块地。

这大概是我此生唯一拥有于名下的一块地了。

我不肯要。我不会种菜，也不需要菜，我吃食堂呢。

但是，有热心的彭姓师傅让我一定要下来。他说，不种菜，种点花生也是好的。种花生又不麻烦，这里是沙洲地，土肥，种下就有得收。不会，我可以教你。

他果然教我垦荒整土，种下了花生。与其说，种花生让我体会农活稼穑的劳苦，不如说，这里面有对亲手植下生命，期待生命生发的兴奋和好奇。

从花生下种这日开始，我的魂就系在那块小小的地里了。早早晚晚，流连探望。每一夜入眠之前，都有一番翌晨会在地里看见什么的先期想象。花生却不完全按着人的心意成长，有时如了愿，多数时候又让我怏怏失望。

破土，发芽，分蘖，开花。每一点新的发现，对于我都是一番喜不自禁的"惊动"。那是一个好年华的青春女子，和花生们开玩的一场游戏。与人和人的游戏有所不同，人和物的游戏，是各按各的规则行局，各得其乐。花生在成长中彰显了生命之力，我在打量花生成长的过程中，收获了心中期待如愿落实后的愉悦。

岁浅不知物厚。我那时入世不深，对人世和未来有着忐忑的打量，心张得很大，胸怀却又很小。又哪里能够沉下心来，看懂地里的花生对于我的"惊动"，实则是生命和生命间的呼应和敬畏呢？

花期好长啊，竟有两个月。那黄黄的藏于花生叶腋下的小花朵，先是向上长着，渐渐地，就转身向下，插进土壤中了。

等花针全部插入地下后，期待变得有些煎熬。天气一天天热了起来，蝉儿已出土挂在高枝上唱歌了。花生呢，地上的苗叶由浅绿转向苍绿，再到老绿。地下酝酿的奇迹，我却一点也看不见了。房前树上的蝉鸣，听起来让人心烦。我连续多日，都没有去地里探访花生的心思。

到了八月，叶子黄绿了。有一天，师傅说，可以拔花生了。

云破天开。那一日，我好像是接到了一张大赦通令，它意味着，一切的隐忍和等待，都要见分晓了。

土壤肥沃，花生果繁多而饱满，满满一铁桶，泥土的清香和果香扑面，放在简陋的闺房中端详半天，是想象中的回报。我不会像现在这样想，我不会想到那是自己亲手栽培出的"生命"。

又几年后，我养育了一个女儿。为人母者，端详着女儿生命的日日变化，沉湎于血脉传续中的"日月惊动"，在很长的岁月里，我忘了种花生的事。

又很多年后，女儿长大了。生命与生命间的"惊动"越来越小了。我突然记起了人生中唯一的一回种花生。我想起那一段与花生共生的点点滴滴，清晰透明，触手即是。不可思议，胃竟起了痉挛，一阵一阵的。是不小心勘测到一些人世真相后，生理上所起的真实反应。

谁能相告，养大一个自己的孩子，与养大一群植物的孩子，在生命相续的进程中，在上天眼里，是否价值同等？

其实，我是在渴望，再有机会，可以亲手植下生命之芽，去端详和体验生命的勃发过程。从这个意义上说，一个女人亲历种植和养育，都是莫大的荣光。

## 木槿花

天光初起，鸟叫不歇。又是一日非晴非雨。我推窗看下去，见到楼下花园，有粉色的木槿开着，心里并没生出照面新初花容的欢喜。

木槿花多色，紫、粉、白三分天下。不得趣的事情在于，现今城里头，公园道路中，用了作花篱的，多是紫粉木槿。偶遇白木槿，那花蒂处还晕了几抹红，像蚊子血一样令人心乱。紫和粉，本是很女性化的娇弱温柔清丽，但若着在木槿上，竟是暧昧不堪，像一群化了妆的三姑六婆，令人看着不快。

我犹见，有人用大把的文字和情怀，歌颂着一朵紫木槿，真是为他强壮的审美叫好。

城里空气脏，那木槿叶本不细腻，着附了灰尘看着难喜。花朵也一样，紫花粉花，脏脏的感觉，离干净差得很远。我对一切有生之物，包括人，可忍其不美，可容其不青春，唯独容不下不干净。干净，内外兼修，是一种为生的境界。

话转回。不种白木槿，不知是否与此有关？为着更大的私心和爱惜吧？清纯的白木槿，在城里实在找不到生存的去处。

我喜欢的，是纯白木槿。

它花瓣有十枚，光洁白润，丰腴无骨，有数条深深浅浅的花络自花蒂处往外顺开。花朵正中，有那雄性花丝数根，烘托淡黄粗壮的雌蕊，伟伟立哉！它们的存在，使看似纯洁的一朵花儿，带了几分隐秘的性感，像极那及笄女子，惹人欲爱犹怜。

白木槿于乡间常见，又纯朴好长，不娇气。农家随意无心，常用来作了菜园子的篱笆。往往是今年随手插了几枝，明年就是一道结实的花篱，白绿相间，点缀着乡间本已富裕繁生的好风景。

我人小，睡眼惺忪中，不是被母亲赶去池塘洗衣服，就是被父亲赶去菜园摘几个辣椒，几根香葱，或者一条鲜嫩的丝瓜，煮面条用。

那时的村子，空间错落，菜园子跟房子一样多，一栋房子配一个菜园还有富余。一路走过去，满眼都是木槿花。这时的花朵，绽放得真是动人，噙了朝露，披了霞光，花姿盈盈，在苍绿青翠的木槿叶衬托之下，楚楚花容尤为我爱。

记得，每一个清晨，我与木槿的照面中，总有无可语诉的欢爱喜悦，那情愫不浓不烈，似深犹浅，说厚却薄，只是暗暗的流转，有千娇百媚的清欢纯爱。像遇着一个让人心动的好少年，两相对视，眼波交会之际，又无语默默掩笑而过……

一个可以说出的秘密就是，每一次照会木槿花，都会带来一天想唱歌起舞的好心情。

可惜的是，我人生中最恰当的年华，从来没有遇着一个"好少年"。小河对我只会嘲笑讽刺不歇。金生胖子一向对我拳脚相向。李晚生长得高大，也真心护我，冬天的手炉，宁愿自己冷得哆嗦，也要舍让给我取暖。几颗煨黄豆，我吃大半。可惜，他总是抽鼻涕，读书又笨。家里还很特别，竟然有南方人闻所未见的高头大马。有马的人家，真是怪怪。同桌段思奇，生着一头卷毛，长得很漂亮洋气。可惜，他家早上吃馒头，工人子弟嘛，高高在上的公子哥儿气，我尚不及。

算了，旧事不提。

木槿花可食，故而每道菜篱前，总能遇见老幼提了竹篮，一朵一朵地，小心采撷。有些木槿年久，长成了树形，花开满枝手不能够，有人就用了细竹，前头绑了小铁钩，朵朵钩下来。

我打身边经过，见那篮中铺满，全是华时木槿，水灵清丽，还好好地颤动着，心里就也起颤动，不与人告。无人可告。

花朵采回家，一般就是素炒来吃着，油少放盐少放，一撮姜粒，几粒葱花，清甜柔韧，汁汤多而鲜美。也有用来打蛋汤，玉一样的花瓣，浮在清水中，叫人不忍吃下。

父亲口味正道不偏，木槿在他眼中不是菜蔬，故而我小时无有食花口福。要到很多年以后，我身为主妇，有了安排家人餐桌的权利，木槿才能被我当了餐桌菜。

可惜，城里的白木槿难遇。偶尔有郊外老妪，采了自家房前的花朵，蹒跚而来，不多，太少，篮中只那盈盈一握。碰上了，我任其开价，只管欢天喜地买下，一是为着人初时的那点慰藉，二是为着对老妪的感激。是她的辛苦，才让我有了回去从前情怀的可能。

木槿花朝开暮落，生命比朝露长些。每回太阳落山，背了书包，蹦蹦跳跳再打菜园边过路，见那高枝上，花朵渐萎，一颗欢快的心，顿然就沉寂了下来，是不明白，也不舍得，这么美的花朵会死得那么快？最伤感的，是那有月光的晚上，看了露天电影归家，一路人声喧哗中，不小心一个扭头身边菜园，望见月光下那委顿低头的木槿，小小的心，就生出歌哭的惆怅。

人世很深，悠悠生长着太多秘密。一个孩子，在生命的秘密间四顾茫茫，怅然无依。要到现在，我才能确认，所有可以自知的“孤独”，其实源自读不懂身边的生命现象：出生，成长，盛大，凋零，入死。无计挽留。

我在人世最早经历的“伤别离”，大约就是关乎木槿花。历一番检索，我简直被自己对木槿的情感打动。那么诚实朴素，发乎本心自然，一丝强说愁的做作都不带。

单朵木槿花虽然活得短促，然而群族花事旺盛，每个清早，都是轰轰烈烈悄无声息地迎向世人，一茬一茬的，有着前仆后继的惊心动魄。粗心的人，会忘了她们在星月之下的默默凋萎，以为那眼见的蓬勃，是一种永生。

而木槿的确是活得很久，近乎永生。

《诗经·郑风》云：有女同车，颜如舜华。有女同行，颜如舜英。

舜华，舜英，指代很貌美的女子。但是，她们是木槿花的芳名。从来没见哪一种花，有如木槿，芳名几十种：日及、日槿、猪油花、打碗碗花、榈树花、篱障花、清明篱、白饭花、饭汤花、鸡肉花、顺花、朝菌、朝蕣、椴、榇、藩篱草、槿树花、平条树花、木桂花树、菜花树、篱沿树、金漆树、白布篱、灯盏花、暮落花……

但是，哪一个名字，都不及舜华，舜英，叫起来有古雅文气的芬芳。古人是怎样的情怀，把遍布乡野的普通花朵，要叫得如此动人永生？

有女同车，颜如舜华。有女同行，颜如舜英。诗经朗朗，遥遥太息。轻轻一句诵读，就见那远古时的木槿花，历尽数千载日月，温温柔柔，清清纯纯，壮美辽阔，开在了眼前。

年幼若愚。我哪里能知道，一朵最平常的花，亦可以活过千秋万代？

## 南瓜

午饭无有落处，想到食堂。

先问菜。答有南瓜。

斯时，南瓜正是当季恰好的甜嫩水灵，有田园菜蔬的正宗清香，口感自然纯粹。不似那反季的菜物，吃来口感别扭纠结，让人每每对旧时菜蔬生出怀念。

这时的小南瓜，让人的胃不是活往昨日，而是活在当下。

可以吃在当下，在今天，竟也是一种奢侈。至于明天吃什么，明天的"南瓜"滋味如何，已经不敢多想。对于食饮中的"正宗纯粹"风味，智者的态度也只能是，遇上一回是一回，吃得今天是今天。

这个时代，变异坠落的，已不仅仅是一菜一蔬。

有孩子遇活鸡不识，父亲告诉他这就是鸡，他说父亲骗人。因为孩子只认得超市中被斩了头的鸡。

我居地范围现在四五十岁的一批人，说起小时候的"辣椒炒鱼"，无不怀念叹息，满口生津。

我也不例外。

那是一道多么令人不舍得放下筷子的开胃好菜！快出锅时浇点自家米醋一焖，鲜香辣美无语可传，非亲自吃过者，不可"拈花微笑"。

到了今天，此辣椒非彼辣椒，此鱼非彼鱼，要自家孩子爱上"辣椒炒鱼"，很难！我们也无力让他们相信，曾经有一些滋味，不是现在的样子，而是另外一种样子！这些滋味飘散在过去的人间，飘散在旧时的布衣餐桌上。我们没有魔瓶，无能将这些滋味收纳。否则，在今天，我们尽可以学了那神仙，将瓶塞一抽，滋味袅袅，诱众生无数，神颠魂倒。

我每每在这件事上困惑很多：仅仅几十年时间，到底是为什么，让人类在作践物种的同时，也作践了自己的胃？

这个话题让人无助，不便深入。

我因为爱小南瓜，就留在了食堂吃饭。

不料，师傅口味重，把一个我有所期待的，"清欢"盈盈的小菜，做得色重味浓。形状不对，切成了拇指粗的棒条状。酱油，红椒，不要钱似的，又放得很是大方。我端着一碗黑乎乎的菜，几令欲说无语，失望到"欲哭无泪"。

小南瓜最好的吃法，是什么佐料都不放，少油少盐，切成细细的丝，几下翻炒出锅，那色泽青绿中带了嫩黄，撒少许葱花，滋味清洁爽口，如此，才能葆有上天赐予的物之本味。

除了小南瓜，老南瓜，南瓜花，南瓜藤，南瓜籽，都是小户人家的敬爱。旧时江南农家，厅堂正中有长条供桌，上供天地君亲，下陈十几数十只金黄南瓜，从秋冬到初春。于布衣柴门，南瓜就像是菜园中供养的观音娘娘，慈悲温暖，处处相帮着穷苦困顿的日子。

就连南瓜叶，也是环保的清洁剂。在村里，我总见前屋后邻，每每在洗脸水泼出的同时，顺手在屋前摘了一片老叶，在盆中转了几转，脸盆就干净如新了。老南瓜叶用来擦洗茶杯，也是甚好。

从前我家门前屋后有荒闲地。年年的年年，父亲总是要在其上刨出几个土堆，土堆中间挖了洞，埋下三五颗南瓜籽。过些时日，那南瓜种子破土，有圆圆绒绒的两片芽叶，噙了两片籽壳，娇美非常，带些害羞之意来与人世照面。

我那时小，心中却也有了对别类生命的喜爱非常。总是傻愣愣地，趁没人际，蹲在南瓜堆旁，端详打量那初生的瓜苗，盯着它的娇小，想着几个月过后那硕大的金圆南瓜，觉得不可思议，真是惊叹又惊叹。

我从来没跟父亲讲过，他种下的南瓜，已不止是南瓜。于一个对世界充满好奇的孩子，那是一场又一场对奇迹的专心等候。

南瓜长起来真是很快，蓬蓬勃勃，一不留神，就像一片火一样，把屋后的空地全占满了。有几个南瓜堆，就有几片火苗。到最后，火苗相舔缠绵，已分不出甲乙丙丁。

黄艳的南瓜花开了，多数不结果。不结果却也不浪费，总要被主人家摘去当了菜吃。我现在，每回在菜市遇了南瓜花，多贵都不管，买下一把回家炒来吃，少许油盐别无他物，贪的是它那天然滋味，湿软浅糯中有着清淡的薄甘。

南瓜花是雌雄同株，但授粉却还是要依了外力。在坐果率不高的年成，我总看见父亲拿了一朵花，给另一朵花授粉。有没有用，就不知道了。

南瓜的果子是顶着花朵生长的。先是小小圆圆的珍珠米大小，然后一天天就不与日同了。待长到拳头大小，那深浅不一的瓜纹，透着柔和的光泽，一眼看去，爱煞人。

此时的南瓜宝宝，于我实在是一种诱惑。真的不是坏心，只是被一种美物引诱，我每每在无人处，总爱伸出小手，用指甲在瓜宝宝上头刻了一个个月牙印，看那浓如蜜糖的汁液缓缓渗出，心里头是既紧张又狂喜。紧张为何，狂喜又为何，又完全说不上来。

小孩见了未知的美的事物，有探险好奇心生出，大概很是正常。

只是不懂，这样一来就会要了南瓜宝宝的命。

我掐死了自家的，也祸害了左邻右舍的，被告状挨打不计其数。要命的是，下一个年头再来，我同样的错误和惩罚又再一次经历。

那真是着了南瓜的魔。

我家的南瓜，有一年，收获巨丰。那个丰收的场面，多少年来，一直是全家的谜。

那一年，眼看着南瓜宝宝层生不穷，有经验的父亲，为了保住秋后大南瓜的质量和数量，果断地把小南瓜摘下来，一一送人。母亲学校的同事们，在那一年，每个人都吃上了好几回鲜嫩的小南瓜。奇怪的是，即便我们如何大方，那南瓜仙子，比我们更大方，一茬一茬地，不怕苦不怕累，给我们送来南瓜。随便往瓜棚下一个打量，铃铛一样，挂满了眼帘。

到了秋天，南瓜下市的季节到了，那秋南瓜，却照样结瓜不止，老南瓜新南瓜，把瓜棚累得腰都驼了。

父亲连连啧叹，说真是怪事。

我在一边，经历着南瓜疯魔一样的生长，连一个字都不敢说，是有些着吓了。我不是一个笨孩子，但是智识怎么长，都长不及那一年的南瓜。那一场轰轰烈烈的瓜事，把我的记忆，砸出一个大坑。多少年的红尘跋涉，山高水长地走来，那个坑还是深陷于生命中。

那么，我当年的无言默默，是不是就为着今天的倾吐诉说？那一年的南瓜，注定是要借助于一个亲历者的文字，活得更久远？

那一年，像是把我们全家这一生一世的南瓜都结完了。从那往今，父亲的南瓜，结得总是寥落稀少，一株到头，收上三两个就是回报了。

慢慢地，父亲放弃种南瓜了。

# 土豆

土豆内向，沉静，沉稳。

土豆开花时会有 5 个花瓣。淡紫，洁白，浅黄，因品种而异。铺散在田野里好像一颗颗星星。

今天，如果有人把土豆花别上头顶，当作时髦高贵的炫耀，必会贻笑世人。但是在 18 世纪末期，法国王后玛丽·安东尼特，就是如此引领着女人们的时尚。原因在于，那时土豆刚被一名药剂师引进，全法举国不识，奇货可居，很长时间只当作奇花异草观赏。

土豆从颠倒众生的位置沦落于不起眼的超市货架，其命运真是令人嗟叹。植物王国的权力角逐，看来不逊于人类社会的血腥倾轧。

到了近代，土豆改变世界。土豆是穷人的上帝。土豆喂养了欧洲快速增长的人口。土豆促进了西方文明的崛起……

只要稍加留心，人类对于土豆的称美不绝于耳。其实，欧洲人接受土豆经历了两个世纪。

是时，土豆因为长在地下，而被视作跟"地狱"沾边，不洁净，不吉利。法国王后头戴土豆花，更应看作是王室为推广土豆所做的努力。

更有甚者，瑞典为了纪念本国第一个吃土豆者，在哥德堡市中心的小广场上，立了青铜像。他叫约拿斯·阿尔斯特鲁玛。

土豆并不是我的餐桌最爱。

南方的土豆，淀粉少了，脆滋滋的，口感夹生单薄。有一回，在鄂尔多斯吃到内蒙古的大土豆，沙软香糯，厚实丰满，爱得不行，才知道土豆原来也可以有别的味道。

人对食物的感觉很怪，曾经沧海，怎能为水。吃了内蒙古那一程大土豆后，回到南方，就再也没有心思对待土豆了。在菜市场遇了，全然装了没看见。实在没菜挑了，买上一两个备存，搁家里也是一再的不愿做了吃。实在不方便了，才做来对付下饭。

我之所以写土豆，是因为这些日为它所困，茶饭不思。不知不觉地，竟耗尽心力，悄然不知。昨日晚饭时分，在厨房切菜时，竟突然站不住，憔悴到虚脱，四肢冰凉，没有一丝气力，几个小时发不出声。

是低血糖，我早些年的老毛病，已隔八年了。

气血一直到翌晨回复。而体力的耗损，并没有起色。这一回，元气伤大了。

我暗自思量暗自心惊：是不是，人对于物的痴迷，同人对于人的痴迷一样，若是没有个分寸，亦是可以害了健康，甚至于送了性命？

需要交代清楚的问题是，一个并不爱吃土豆的人，为什么会矫情于一颗土豆？

其实没什么好说的，就是莫名所以，欢爱起很多生物来，花草，树木，飞鸟，水禽，凡在视野内的，都有真的大的感情注入。如此，几个月下来，我差不多忘了为人者较于万物的差异，像庄周一样，每每蝶我不分地混沌着，欢乐着，不管不顾地，歌起歌落。

当我不见它们时，自然是清醒的。也就是在这清醒中，觉得只是这样去观赏去打量还是不够，非得要自己能够亲手化育出生命种种，才能慰藉了心中那澎湃爱意。

是一种移情。

这就是为人的好了。情满了，汹涌了，无处盛放了，可以找个别处去寄情，去泄洪。

一朵云爱上另一朵云，可以跑快点与之相会。或者商量好一起化雨而来，在大地的河川里相爱，雨是云的一场又一场私奔。难以想象的是，一朵花爱上另一朵花怎么办？一棵树爱上另一棵树，又怎么办？一条游鱼爱上一只飞鸟呢？最大的悲哀莫过于此了！

为人者的优势，在此时就完全出来了。

我当然有过化育其他生命的经历，比如，种植。

我种过一回花生，一回西红柿，一回土豆。再无多了，就三回。

从现在的情形分析，要发生第四回，难度很大。因为我高高在上，离地已有五层楼。更高高在上的，恐怕还有对人世根本的被逼远离。人把自己凌驾于土地之上了，回归的路，走起来就没有那么顺当。

然而，对于土地的爱恋却是生命的宿根灵根，挡也挡不住。现在，此根要发芽破土了。

也因此，就为花生土豆害起了相思。爱的不是它们本身，是种植它们的过程，爱的是因了它们而亲近土地依偎土地的情怀。

是的，我高高在上，我在五楼，深切怀想种下一块土豆的样子，土豆生长的样子，收获的样子。不得不承认，亲手种下一棵土豆，是值得向往的久违的幸福。

那时我新婚，孩子还没出生。房前有一片白杨林。林子很稀，林下是荒草萋萋。想起把荒草除了，把地垦来种土豆，一定不是为着补充厨事，还是因了青春飞扬的岁数上，对"创造"的热心和向往。

那时单位既小，又地远荒僻，眼见事业上无有舞台，一时又找不着更宽阔的出路，就觉得改造一块无用之地，也是暂时不枉费了那旺盛的生命之力。

更大的原因，还可能是因为对土地有天然的情感。这种与生俱来的情感，还没有被后来漫长的摸爬滚打磨蚀消解。一直要到很多年后的现在，我才能再次体会，那种亲眼见到种子化育成果实的一路激动。

我们选的是种下就不用管理的土豆。

那一茬土豆终于没长好。可能是林中光照不足，苗叶疯长，肥旺旺的，养料全给它们占了。那可怜的地下薯块，却是长得瘦瘦巴巴的，叫人看着同情不已。

我们种下了希望，收获的，却有几分失望。翌春，就弃而不种了。放弃比坚持总是要容易做到。年轻是大资本，总觉得可以挥霍处有很多。

接下来，我们就像土豆一样地滚动于红尘。朴素健康，足以感谢天恩。小伤小痛，不足挂齿。

同样是土豆，凡·高却因坚持而成就了大师地位。

《食土豆者》前后画了一个多月，有多次失败。

凡·高想要表达的只是：

> 我想清楚地说明那些人如何在灯光下吃土豆，用放进盘子中的手耕种土地……老老实实地挣得他们的食物。我要告诉人们一个与文明人截然不同的生活方式，所以我一点也不期望任何人一下子就会喜欢它或称赞它。

正是这种情感，使得荷兰乡村布拉邦特的几位农民获得了不朽的生命。

1885 年暮春，凡·高对于自然和土地的尊重，确立了他自身艺术史上的里程碑。

土豆不仅喂养了世人的胃，也喂养了人类伟大的艺术巨魂。

# 化生

> 所有一切众生之类，若卵生、若胎生、若湿生、若化生，若有色、若无色，若有想、若无想，若非有想，非无想，我皆令入无余涅槃而灭度之。
>
> ——《金刚经》

秋深将尽，我去远足，在旷野里见到一棵树。

一树细圆的叶片，正由橙红转深红，叶片间夹生着簇簇白色小果子。这红叶白果在苍翠的大自然映衬下，格外好看、明艳，牵移着我的视线。

我认识这棵树，它叫乌桕。它立在我的眼前，就像一团火腾腾燃烧。

我端望着它，凝视着它。心头呼应着，也点燃了一把火，跟着它烧了起来，良久不息。

这样的燃烧，没有任何内容。不是悲，不是喜，没有哭泣，也没有欢笑。单纯的，只是一种燃烧，就像露珠一定会挂在草树上，就像鸟儿一定会在天上飞。

　　我点燃自己，只是希望向树传递一个信息，至少在彼此对视的这一刻，我进入了它，懂得了它，愿意以同样的姿态呼应它。

　　就这样，一个女人，忘我地，完成了与一棵树的相认，相知，相依，相伴，相通。然后，我心满意足地别它而去。

　　旷野里，有那么多的树，各种各样的树。即便乌桕，也是屡有能见的。而唯独这一棵，吸引了我，定住了我的目光，留住了我的脚步，唤起了我最幽微的情感，让我在不动声色中，完成了一个跨生命界别的角色转换——变成一棵乌桕树，呼啦啦地在无人能达的秘境里烧上一把火。

　　我和这棵树，像有前生后世的约定。我见到一棵树，竟有见到自己般的亲切，一时，心意暖融融。

　　然后，我去了一条碧波荡漾的江。江床壮阔，江两岸是层层叠叠的山，一座又一座。我看见一只大鸟，在江面上空展翅高飞，两岸的青山，就像是列队在为它送行。我昂起头，在一艘小船上目送着它，它比我的船走得更快，很快我就见不着它了。我把眼睛都望穿了，却根本不知它长得什么样。

　　但是这又有什么关系呢？

　　因为，我仰望着它的翱翔，心底也生出了一双翅膀在飞。

　　在这个片刻，我分不清谁是鸟，谁是我。深秋的一条大江上，遵从神明的旨意，我完成了与一只鸟的相遇，相认，重合，然后是分离。

其实，我相认相合的，不只是一棵树，一只鸟，有时也是一朵不知名的花儿，或者仅仅是某个动物的一双眼睛，有时是一个婴儿，有时是一张老者的笑脸，有时，甚至是寺庙放生池里的一只乌龟。

有一回，我在菜市场遇到一个老汉，缺了门牙，精瘦友好的样子。他在卖蒜。一笑，我的心头开出一朵花；再一笑，我心头开出两朵花。他笑到第三回的时候，我怀疑自己的笑模样简直就变得和他一样了。刹那间，我以为他就是曾经的自己。

那只乌龟么，是在峨眉山顶的山门里遇见的。是一个深秋的大清早，它在我的面前，翩翩起舞了好一会儿。我在《五重奏：一个女人对于动物的书写》中专门写了它。直到现在，我依然认为我是很懂得它的。

还有企鹅，信天翁，骆驼，高速路上夜行的两只猪，等等，这些都被我写到过，相同的经验，类似的相认与相合，总是断续着发生，像是提醒着我这个灵长类的生命，来自何方，又会归于何处。

当一些人已经淡出记忆，一些别界的生命，却在记忆里扎下根来。

生命和生命之间，真的可以跨界往来，无有间隙么？

其实，我最想成为的，是一朵睡莲，一只小鸟，或者一只蝴蝶，或者一尾小鱼。

偶尔，我会拿这样的问题去相扰他人。

我实在很好奇，到底有多少人，如我一样，连做个人类也不安分，总是幻想着自己的另外一种样子？

答案真的好搞笑。有人说想做一头中华沙鸭，因为这是国宝级的珍禽；有人答想做一只老鼠，我大跌眼镜之下忘了问缘由。

最近的一回，有人扯着喉咙说：

小时候，我和一伙小孩老想做一块石头。因为石头永远不会死掉，而且，永远不要为自己辛苦谋吃找穿。

这个答案让我五内俱震。

此前，我从来没有想到过，一块石头，就是一个万寿无疆的生命。顺着这个起念，我真想回到某个时空，去见见那群孩子，他们是怎么就拾得了如此大的智慧呢？

佛日日夜夜修行，抵达了不生不灭的涅槃之境，只是为着逃离六道轮回。在我的眼里，一群乡村的野孩子，为着逃离人世之苦，选择做一块无烦无忧的石头，与佛的涅槃之功有异曲同工之妙！

不知道那群野孩子，有哪个把初时的佛性，带入了今天？

给我答案的那个人，早就不会想做石头了。他伙同一群人，挖开了许多石头，正指望着石头底下有海量的乌金，可以带来一朝暴富。

而我依然要感谢他讲出石头的故事。这个故事擦亮了我的心。觉海慈航，一块石头，是有光在的。

# 第二辑

## 静水流深

在一个好时辰里

借助于神的宣谕

有幸写下了这一些

我很是心满意足

# 你的老去如此寂然

## 一

我把我的心疼，寄给一个在中国乡间等着终老的村姬。

## 二

她叫赵秋云。生日在农历八月十八，在乡下人看来很吉利的一个日子。年龄？八十七或者八十八，谁也搞不清。她自己也搞不清，反正就那么老了。

她是我的外祖母，小小的个子，温柔的性情，眉清目秀的面貌。基于她的糊涂身世，我总是一厢情愿把她设想成江南水乡来的女子。

外祖母老了，她是个找不到娘家的老人。娘家血脉上没有一个亲人。一辈子没尝过女人"回娘家"的滋味。

# 三

骨骼和皮肤之间没有哪怕一丁点肉；血管不再平直地顺着经络运行，而是无序地扭曲着，严重的地方，鼓得像蚯蚓；表皮白白的，脆脆的，透明得像张玻璃纸，勉为其难地覆着"蚯蚓"和瘦骨。"纸"上麻麻点点的，是曾经的色斑寿斑。手是不敢伸上去的，似乎一触到这"纸"，就会碎成粉末。壮起胆子捏了捏她的四肢，四肢像葡萄根一样枯硬。牙齿几近落光，由于咀嚼受伤，牙龈发炎，下巴变得肥厚光亮，与铜菊般的枯脸异常不协调。头发大约是在二十年前就白了的，只是没了当年那银子般的清凉光芒，现在它们像一把稀拉的枯草，散落在她头颅的后半部——她的前颅倒是有些光亮的，只是头发早已不知不觉间弃它而去。还有从前那温良的眼神，现在也看不到了，现在她的眼珠像木鱼，盯着一个地方不得转动——由于上眼窝的塌陷干枯，和眼角的向内收缩，其实她的眼睛比黄豆大不了多少。

这双眼睛收拢了一世风雨沧桑。现在它累了，不想再看了，造物主展给它的人生画轴已经收尾了。之所以睁着似乎只为找一个终点。它知道，那个终点近了。若是它还能偶尔动一动，那是因为它的主人突然心里有点烦了：那个点到底在哪里呢？

# 四

不是亲眼所见，我断是不敢相信，一具血肉丰满的肉体会被岁月烟火整成这副样子。一副躯壳。一具木乃伊。

我蹲跪在外祖母面前，外祖母坐在一张发红的竹靠椅上，屁股下是颜色暧昧的青布棉毡，旧得已经分不清年月。阳历八月的暑热，正肆无忌惮地侵袭着外祖母的村庄。舅舅家那条同样不出屋的老狗，软怠地趴在屋门口，正热得扯长了脖子，舌头一伸一缩哈哈喘着粗气。屋前不远处池塘边的野树上，知了有一声没一声地叫唤得像要断气。午觉的村民，空调或者电风扇呼呼地响着；不午觉的，则坐在屋巷的通风口上纳凉。暑热涂炭生灵，拿外祖母却是没有办法的。我小心牵起她的衣角数了数，三件，单衣，偏襟盘扣的。我摸摸她的手，凉的，居然是。

我心里一酸，微微一叹，放下，放下温度全无的一双老手、爪子。这双手给过我们多少温暖啊。我们兄弟姐妹五个全是这双手抱大的。

这双接纳又送出过蓬勃生机的手，怎么就可以毫无生机了？怎么可以呢？

# 五

我犯了一个大错。我忘了眼前这具形容枯槁，状如朽木的肉体还有清醒的神智——我这一放一叹竟是伤着了她。以她心思的细密，她一定敏感地捕捉到了这叹息声里的悲悯——近些年来她最担心的正是这来自亲人的悲悯。她并不晓得也不承认自己的老，但别人的一个眼神，就足以提醒她的老，她不要这个！

我悲伤地看见外祖母黄豆大的眼窝窝里，闪过了点点泪花。

生命力随自然运行，并不畏惧枯萎，如果躯体和灵魂同步老去的话。若是不能呢？若是枯萎的躯体盛不下丰满的灵魂，那种无处安放的受挤压的痛，与谁言说？怎么言说？

难怪大画家吴冠中在一次访谈节目中，痛彻心扉地谈及"人老心不老"的生命大痛。想想，眼见枯骨衰败零落，骸骨无存，雄心犹在，那是多么的悲壮痛楚。这样的悲楚于生命本身，原是无解药的。刻骨铭心啊，总是有太多的生之痛，我们于天地间找不到解药。

在大自然的铁律面前，我们不得不低头承认人的渺小。再伟大的灵魂，终了也斗不过那座肉造的居所。没人找得到永远的居所。冰冷的石头造的屋子，居然比温润的血肉造的屋子在大地上待得更久。

我扭过头去，看外祖母左边的狗，看她右边长长的杉木条子。就是不看她。就是装作没看到她那浊重的泪花。狗已经透够了凉，已经睡着了。杉木条子很粗糙，上面有很多的小木刺，我想象自己的手捏着它会被扎伤。但这是无所谓的，反正它扎伤不了外祖母的手，那双手已经几无知觉了，使劲捏它也不晓得痛了。

杉木条子比人高，比外祖母高。说不清哪一天开始，它成了她须臾不离的随身之物——外祖母总是挂着它，在屋里一步步打着转转，消磨这人生余下的可有可无的时光。

我记得在很多年里，外祖母总是把姨娘从井冈山买下来的拐棍扔在一边，而情愿净手打着颤颤，迈着粽子般的小脚走过她自己的日子。那拐棍曾经让她有些不快，我又不老，买这个干吗？她快快地说。后来她不得不要有所倚仗了，拐棍却找不到了。

也罢，实话说，在乡下，老人用拐棍也是众人眼里的奢侈，不合适的。老人们用的是竹棍子。笔直笔直的，一根小竹子，在手里操久了，竟也光滑可人，看得顺眼舒服。

但外祖母居然连小竹棍也没有，居然用粗糙的杉木条子，想是她烧火做饭时，自己从柴火堆里留心拣出来的。

我的手里并没有杉木条子，杉木条子在外祖母手上。但我总是免不了被它扎着，我，疼得不得了。

# 六

外祖母轰然老去。我不得不有所警醒。

仔细观察自己的肌体，真的很好。饱满，光泽，有弹性，没有一点多余，青色的血管布在雪白的皮肤下，清晰又透明，热血在那里汩汩地流，体温不高不低，摸上去自然美好。头发浓密，不是想象中的黑但绝对闪着光泽。眼神不够亮但蓄着些知性的力量。

我就住在这具肌体里面。我的外祖母也有一部分住在这具肌体里面。但因了其他部分的掺融，外祖母不可能是我，我也不再是外祖母。

我轻轻一叹，叹过后不得不面对事实，事实就是，那具制造过我生命之源的肌体，也曾经如此这般饱满过，光亮过，有弹性过，那头发甚至比我的还黑亮过，那眼神曾经比我美丽过。就是那具肌体，在我未曾留意的时光里轰然老去。等我终于留意到时，一切，已经不再。只有那黄豆眼里的泪花，千斤万斤重地提醒说，看看吧，记住吧，我的现在就是你的将来。

是的，由不得我愿是不愿，我的将来就是那个样子，确切地说，我灵魂的居所，将来就是那个样子——外祖母现在的样子。

那么，在当下，此刻，我的居所真的完好无损吗？当然不是。我再仔细观察，肌肤的确不错，但裸露的部分已经有了色斑，额头不经意间看到皱纹，岁月在上面留下画痕；头上长发早已不再，多年来总是短发示人，原因是嫌它长得太慢；眼神不再单纯，除了知性和自信，还有经过一些世事后的沧桑。口腔里有一颗牙，一年前出现了一个洞。

漏风漏雨了吧，这居所已经开始？

那么灵魂呢？她还年轻着吧。是的，她年轻，认识她的人说她比她的居所年轻有五岁，她也认可这种说法。但这又怎么样？我写小说，写到修车，就羞羞答答问家人，小汽车有几个轮子？写到月亮，就漫不经心问同事，月亮是从东边升起还是从西边升起？

笨透了不是？我已经，灵光不再。

哦，一个人的老去原来不是轰然一声的，它是慢慢的，寂无声息的，连贯的，不由自主的，点点滴滴的，须得暂时停下往前的步子，才能看得到。

心思再细密些的，甚至于听得到。

天，我们从岁月那头揣过来的青春肌体，我们东奔西忙喂吃喂喝伺候着的亮丽居所，却总是自顾自地一步步弃我们而去，能甘心吗，我们？

# 七

外祖母是不甘心的。这从她最初对待拐杖的态度可见一斑。她不愿看到更不愿听到自己的老去。

那次她八十岁生日，祖孙四代围了两桌。她心情爽透了，吹生日蜡烛时她朗朗地，半是期待半是叮嘱地说，我还年轻着呐，九十岁时我要更大的蛋糕，一百岁时，我还要自己吹生日蜡烛。

如果你由此认定我外祖母是个多言的村妪，错了！她从来都是一个寡言女子。但在自己的寿命问题上，她必须发言，那是一种生命的态度，含糊不得。

她很清楚这一点。

我也很清楚这一点。记得那回在外祖母的乐观期许下，我很不人道地想的是：九十岁时，您老还能在吗？请原谅我这豁达的悲观。

后来的日子，外祖母在这种生命态度指导下，尴尬地活在了等待终老的门槛内外。

一方面，她加紧了对身后事的操办。"老屋"（乡下对寿棺的俗称）是五十几岁就置备好了的，但"灯芯草"（乡下老人过世后用来垫棺用）现在不好置了，姨娘好不容易置了几次，她总是嫌少，怕到那边去"困不舒服"。那寿衣寿被也是有讲究的，只能单数不能双数。和村里的老太太坐一块，这些都是聊天的重要内容。哪个置办好了，全了，那是真让人羡慕得紧。终于有一天，外祖母对这些都满意了，每回母亲和姨娘回去，她就装作不经意地小声说，在我床边第二个箱子里头哈。问什么在箱子里？她含糊地答，那些东西嘛。

另一方面，外祖母本能地抗拒着终老的到来。她总是抱怨自己腿脚不便，很奇怪为什么现在力气没早几年够用了，手脚总是打软。说完她就说自己是生什么病了，希望儿女们能送自己去治病。她说这些的时候，可是轻言细语的。一辈子，她极少大声说话。这点，她没变。变的是唠叨了。日子久了，儿女们不胜其烦，皱着眉说，你哪有咋个病嗦，是老得这个样子，老了的人都是这个样子嘛。外祖母听不得老，一听就炸开了嗓门，突兀地叫，老老老，什么老，我比隔壁秋生他娘还年轻几岁的，咋个人家就比我好呢？咋个人家就吃得睡得行得歇得呢？叫完又戛然而止，回到沉默。

儿女们回报她的是更大的沉默。

外祖母眼里头只有比她岁数大却不显老的，她看不到那些比她小，却早已死去骨头在土里都打了鼓的。

我的亲人们都在背后这样说。

我却心疼得紧，我晓得这是一个风烛残年的生命对人世的必然留恋，我晓得外祖母其实是怕死。谁不怕死呢？

我安慰不了她，安慰不了一颗孤独的将要终老的灵魂。我甚至，听着她突兀的喊叫而疼得安慰不了自己。最要命的是，我知道，从此我更不能期望来自外祖母的慰藉。

# 八

但是，在我的生命旅途上，外祖母给予我的慰藉，却是岁月不能湮灭的。

我小时候大概是调皮得过分的，以致我的父亲总是难以容忍——他免不了有恐吓着要把我拎到水塘里淹死的行为。被父亲拎在手上的恐惧真是很难启齿的感受——我想世界末日不过如此吧。而这样的惊惧总是由我的外祖母，一个小脚女人来抚平。她总是在我落水前及时赶到，难得地耍一次岳母娘的威风——她尖叫着冲过来抢下我，然后对着女婿喊，你要浸死她不如先浸死我好了。

我当时是那样小，小到根本不晓得外祖母意味着什么，我甚至于糊涂到搞不清她和母亲的关系。但这又有什么要紧呢，反正我犯事后，总是于世间有了一个呵护吧？平日里外祖母并不住我家的，所以我眼里的"外婆"是个陌生人，我总是糊里糊涂地琢磨，怎么生命里凭空就有了个"外婆"？总之对于她在情感上我是怯怯的，我连她递过来的米果子都不敢吃。她一定要塞过来我就哇哇大哭。这又有什么要紧呢？反正我被拎着往水塘里去的时候，唯一盼望听到的，就是这个还陌生的她的大呼小叫。也只有她能这样失态地呼叫而来。

太奇怪了，为什么全村只有这个女人敢来救我呢？

我太小，不解世事，不能掂出血亲生命关联的力量。其实这种力量太过强大，以至于我们要在人世间花太长的时间，走太长的路才称量得出来。

我恋爱了，遭遇到强大阻力。我愁眉苦脸，以泪洗面，想找个地方哭泣，想来想去只有外祖母家。我背起包去了。

我无助地望着外祖母，不说话，只流泪。外祖母慈爱地望着我，抚着我的手，也不说话，好半天一声轻喊"好崽"，温温暖暖地，就把我心中积郁的冰霜全化了。她没文化，不会讲太多的话，只会喊"好崽"。两个字，那热力却胜过太阳。

那段日子，外祖母的亲唤成了我恋爱胜利的动力源泉。

我就这么跌跌撞撞地在外祖母的呵护下成人了。终于，我的生命强大起来，不再有需要外祖母慰藉的时候。由于文化的差异，成人后的我不自觉地把寻求慰藉转向了其他生命。我总是借着别的生命来依恋这个世界。父母，男人，孩子，朋友。没有外祖母。

我在精神上把外祖母开除了。一个生命强大起来，另一个生命衰零下去。这就是代谢。外祖母在我的世界里渐行渐远，只留下一个寂然的背影让我偶尔回望……

现在，当我反过来想给外祖母慰藉却无法给予时（死神的力量是那样蛮横无敌，以至于生命相互间束手无策只能茫然相对），却悲哀地发现，其实我后来得到过的任何慰藉，都不曾有外祖母给予过的那样温暖强大，刻骨铭心。这个世界，有些体验原是无法重复的。

看着在屋门前木然枯坐，打发一天又一天残余光景的外祖母，宿命般的，一种薄凉渐渐弥漫周身：从前那像冰雪中的火炉般的慰藉，今生今世，我是无法再拥有了。而且，我的生命注定也会有一段慰藉不再，寂然走过的日子。

我们谁也逃不过那段日子。

好在，我有幸得到过。

# 九

终于有一天，秋天，一个太阳缱绻的日子，外祖母承认自己曾经是怕死的了。

没人注意到，外祖母是何时起不再唠叨了，她总是沉沉默默地，容身在一种谁也猜不透的安静里。这是一种独立遗世的状态，屈服于躯体衰败的外祖母无可奈何地退出了俗常的生活。猪草剁不动了，衣服洗不动了，扫帚拿不稳了，屋门也出不去了。她的时光因为空无内容而显得漫长空虚，她颠颠倒倒总是搞不清早饭和晚饭的时间。她存在着，但她的存在已经没有任何意义，周围其他生命的空间里已经没有她的位置，谁也不再有需要她的时候，就连她的女儿，也麻木地说，她是过得一天是一天了。每一个后代来到跟前，她照样喃喃地喊得出名字，她从不会像有些老人一样会搞错他们。但喊完名字后她期许中的天伦之乐没有出现，他们望着她，怜悯地喊一声"外婆"就离开了，他们都有自己的世界。只把一个老人抛在时光的角落里，任由死神在她耳边呢喃不断。

外祖母就在这安静中获得了大智慧。她的躯壳是安静的，但她的心神却总是在忙于考虑死神的提问，不曾安静。

她找到了答案。

有一天，外祖母把我母亲喊到身边，喃喃地说，早几年里我的确对那个事是有怕的，但而今我不怕了，而今我想通了，这就好比是来做了一回客，迟早是要回去的，这样动不得了，还不如早回去好了。省得给你们添麻烦。

面对躯体的困扰，外祖母不想再折腾了，她平和下来，无奈地道出这样的话。我听来如释重负，我不怕外祖母的放弃，我最怕的是外祖母的不甘心，心甘不了就是苦的，我不忍她末了揣着苦涩离世。

谁都知道这一天迟早会到来。谁都担心这一天真的会到来。去年冬天奇冷，我的亲人担心她熬不过去，她挺过来了。

今年夏天奇热，我的亲人又担心她熬不过去，她又挺过来了。但秋天来到的时候，外祖母突然说她想通了。

外祖母的心平气和让我想要流泪。无力守住亲人生命的哀伤在心头萦绕不散。为什么，我们深爱着的人，同时也就是离去的人？想回老家拥住外祖母大哭一场，却又生怕吓着老人。做梦最怕梦见她，因为有说法，梦都是反着来做的。

外祖母已经连起床都很困难了。每天早上要在床上挣几个回合才能攒劲起来，身上没了血肉，没有热量，怕冷，穿了很多衣服，偏襟盘扣根本扣不上，手上没力气，够不过去。舅舅承担了给她睡前醒后脱衣穿衣的义务。村里人都说，这个老人最后就是老死去的，她太老了。

母亲跑去说，你起不得床早上就多睡一会。外祖母不答应，嘟嘟囔囔还嘴说，不行，我一定要每天下力坚持起来，不然的话，也许就瘫在铺上起不得了。那多麻烦，害你们呢。

澡还是要洗的，这个活儿由我母亲承担。把她抱到澡盆子里，然后回避，因为当娘的怕羞，死活不让女儿看到油尽灯枯的躯体。不，是躯壳。

也许，这是一个老女人能够守住的最后一点尊严了。

外祖母为这点尊严付出了代价。她滑了一跤，额上跌出一个大包，腰部也挫伤了。

这样，她可怜巴巴地躺在床上几十天都动弹不得，她喃喃细语问旁人：咋个搞的，还真是不经摔了。

## 十

罗丹有具泥塑《丑之美》，取材于诗人维庸的《美丽的老宫女》，把衰老表现得哀艳、惨痛而残酷。罗丹说，"在自然中公认为丑的事物在艺术中可以成为至美"，这一点，当我用写作者的眼睛看世界时，我认同。把视野收小来，当我用外孙女的眼睛看外祖母时，我无法认同。

活生生地面对一个亲人的老丑零落，有什么美感可言呢？毫不客气地说，我最怕看到外祖母傻木木地坐在屋门口的样子了，那副样子总容易让我生出声讨人生意义的莫名哀伤，看多了，就连哀伤也没了，空惆怅……

我必须分身出来，以一个写作者的姿态追问外祖母的人生意义。苦于外祖母的不善言谈，我的追问也是寂然无声的。我总是坐在她对面，一言不发。她总是坐在我对面，也一言不发。一个风华正当的女子，与一个寂然衰零的女子，就那么坐着，没有一句对话。像一株花树上次第排列的两朵花儿，一朵开着，一朵谢了。这开着的看到那落红的凄艳，悲切地想，有什么意义呢？她把谢幕的时间拉得太长了，长到人生舞台上的春欢秋悲，竟已在时间的卷帘后模糊一片……

## 十一

不知出于怎样的机缘，外祖母其实系统地跟我提说过自己的悲欢。那可能是她对后人绝无仅有的一次长谈。也许冥冥中她是知道我迟早有一天会为她写些什么吧？

我依稀记得当年倚在竹床边聊天的情景。那是一个夏天的午后，乡下的房子窗户又高又小，房间里阴凉薄暗，太阳兀自在屋外走动。酷热吞没了一切声息。我因为恋爱不顺又一次去撒娇于她。没有任何预兆地，素来少言少语的她拉开了话闸。我不明白她出于什么动机要说那么多话，但显然那番长谈打动了我。当时我设想过为她写一些字。只是没想到这些字来得这么晚，它们在路上慢慢腾腾走了十五年，但总算是来了。

我找到了。1988年8月8日，晴，周一。我有一篇六百来字的日记是为外祖母写的。从她三岁做童养媳记起，笼统地记了她的一生。

在外祖母不可靠的记忆中，她三岁左右被人从上海一带卖到江西腹地一大户人家当丫鬟。后来她出嫁了，碰到了一个恶婆婆。接下来闹分家，除了一对水桶什么也没有得到。那对水桶，桶箍是松的，有多少水漏多少水，家里徒有四壁，她整天对着这对水桶哭得泪水涟涟。她一生连产带流怀过十五个孩子，但千辛万苦救活下来的只有三个。她老公忠厚老实，却在中年头上撒手西去。她的三个孩子都是高中毕业，在乡下十分难得，读书的钱是她起早贪黑流血流汗种菜卖油果换来的。她万不得已再嫁了，结了十多年的老伴又先她而去，素来胆小怕事的她顶住种种乡俗压力，力主厚葬，只因为"他这十多年为我们家出了多少力哟！"……

再后来，她就寂寥地坐在屋门前，看太阳出了又落了，看风雨来了又走了。

有意义吗？这吃苦受累的一生？

我不敢回答。生命的意义不是三言两语能够涵括的。我只是知道，我，就是外祖母的意义之一。除此，我不能再去追问那些亘古至今经不得问的问题。

只是，外祖母在时光的边边角角中那落寞的坐姿，似乎坐穿了个体生命的人生底蕴，所谓的意义和价值，就在这个漏洞里点点滴滴，跑冒滴漏着……

我要用很大的力气，才能说服自己用积极的心态来兜补这个洞，我要意义和价值，我要让它们能够托起我，像外祖母曾经那般和现在这般，顽强地活下去……

# 十二

有一天我也会老。你也会。我们都会。

这些字，不是写给外祖母看的。只写给不小心碰到的你看。

别想太多，我们只管活着。

# 我们那些远去的先人

一

我父亲和母亲的家族世代平民，夫家也如是。

在祖辈们身上，后人听不到丁点传奇。荣华富贵是肯定不曾有的，战争和饥饿，似乎在家族中也少有阴影。他们生命的荣荣枯枯，自然平常得像风，阳光，和雨水。这样，祖辈们的生活从来不曾引发过我的好奇和探究。在有些时候，我甚至抱憾自己血统的太过平常布衣：没有大富大贵的渊厚，没有起起落落的兴衰，没有刚烈英勇的传奇，甚至，连一段让人兴奋的风流艳史也不曾听闻。没有历史，就是我们家族的全部历史。没有故事，就是我们家族的所有故事。

我对自己的先人，未曾了解就开始遗忘。年年岁岁的扫墓，在我，不过是一种没有内容的仪式。说起来有些悲凉，自我出嫁以后，谁是我的先人？冬至清明我该为谁扫墓？成为一个大问题。这个问题的产生不在我：按传统，夫家的先人成为我的先人，但是在情感上，我对他们不肯予以认同。甚至，夫家的风俗是不允许女性出现在墓地的——入嫁多年，那些陌生的先人，一次也不曾接受过我的拜祭。而在我的娘家，每年农历七月十五，那些厚鼓鼓的烧给先人的冥钱包上，再也没有，我的名字。

一个不能归抵先人去处的人，她是否还有"故乡"可言？

我认定，当我带着女性的体征临世，就注定了，终生是一个没有"故乡"的人。一路走来，我或浓或淡的乡愁，像舒舒卷卷的云朵，在生命的天空飘飘荡荡。

它们无处安生，无处为寄。

这漫山遍野，弥漫一生的幽幽伤痛！说不得，道不得。像心房里跳来跳去的蚤，冷不防就在心尖尖咬上一口。

由此，多少年来，对于远去的先人们，我缺少应有的敬爱，也没有缅怀。我甚至，刻骨铭心地记得一个电影或小说角色，也记不得曾经活过的他们。

曾经好几次，我对人提起过年幼时家养的一条忠诚的狗，我提起它时情深意切，像追忆一个久违的亲人。我还记得一只毛色杂乱的老猫。在老屋阴暗的灶台上，它咪咪呜呜，跳来跳去。它跳来跳去，打翻了一只宝贵的热水瓶，害我挨了母亲冤枉，一顿好打。还有那只气宇轩昂的大公鸡，雄赳赳的，像个国王，满村的小母鸡都是它的爱妃。它那一身金亮的盔甲。

你看，我对老屋里的生灵，是这样的爱意绵长。可惜，对我的祖父祖母，我沉默如金，一言不着。无言可着。

我，我祖父，我祖母，我爱着的那些生灵们，我们共同生活过。离散发生在我不经世事的幼年。稀薄而模糊的记忆，是遗忘的理由么？可我分明记得邻居家那对优雅从容的老头老太，还有他们家那些仪表堂堂的儿女们——他们曾经是有钱人，老头当过国民党的大官。他们在乡村特别令人注目。花谢了，香已随风飘散，但骨骸还在。还有另外一个寡妇，她那隐忍的高贵。她家房间那异乎寻常的整洁和淡淡的香味。她黑色瓷瑂筒里，那束洁白肥软的芦苇花。她如风如柳的身摆上，那日日如新的清洁布衫。

我遥遥地记得这么些乡间异人，他们提示着另一种活法的存在：打破环境的阴暗，涂亮人生的灰暗，诗意而高贵地栖居。这个入世的最初印象，到今天还在影响着我。

那么，莫非，是祖父祖母无可显摆，潦潦草草的草根命运，让我不愿记忆？让我惜言如金？一念既起，我悄然心惊。

我怎么可以这样？

## 二

让浮华闪开，溯沿命定的血脉，静下来，让我静下来。让祖父祖母回到我的身边。让我穿越茫茫人世，去找寻他们活过的痕迹。他们是我的来处，我是开过他们老树根下的，一朵蒲公英。两棵老树，一朵小花，彼此无缘相守。一朵命定随风开往他乡的蒲公英，比不得一棵传宗接代的小树——花儿低低地生，进入不了树的视野。

祖父祖母曾经有过一两张照片。照片上，祖母的形象模糊，头发上窄下宽齐肩，总是零乱不齐，如我的记忆。祖父圆头，厚嘴唇，一个老实样子。后来家事辗转，祖母的照片不见了。孙子孙女们都无福一睹她的尊容了。我例外，兄弟姐妹中的老大，淡淡地记得她的容貌。

我很小时，我的文盲祖母总是对我唱儿歌：虫虫虫虫飞，飞到花园里，花园里有双新鞋子，把给我妹妹穿下子。同样的歌谣，在我的小村子里传唱着。祖母一定不止唱过这一首，小村里唱响的歌谣也一定更多，然而，我只记得它——"来，跟婆婆来唱虫虫飞"。我的祖母，总是这样说。她挂着鼻涕，黑瘦的老手，捉着同样不干净的一双小手，食指对食指，张张合合："来——虫虫飞。"冬夜又黑又长，昏黄的煤油灯旁，一盆旺旺的炭火，火里煨着红薯，或者芋头。贫寒的暖香。村庄静寂，偶尔有人闯入，狗儿忠诚地吠。也有猫头鹰，在后山的老树上，不讨人喜地啼。这时，祖母就停了捉我的手，发一会呆，叹一口气："又有人要过世了呀。"一家四口，我，我妹妹，我祖父，我祖母。祖母叹气时祖父在哪，我一点也想不起来。妹妹呢，她是睡了吧？

第二天，有消息果然就从村溪头传来：有个老人过世了。

我的祖母，没有气质，长得像田岸上的野菜，却又少了野菜的横泼生气。一双不曾裹好的脚（或者根本就是天足），行路高高低低。关于她本人，我有着淡漠的不喜和不亲。她离世很早，所有关于祖母的美好记忆，就是她留给我的"虫虫飞"。这是不可思议的一段歌谣，穿越茫茫时空，它一直与我相依相伴，在偶尔想起时让我神不守舍。

是的，飞，花园，新鞋子，这几个关键词，贯穿了我的一生——多少回梦中，我总是双脚并立，张臂起飞……是怎样的一个妹妹，才能穿上那双新鞋子呢？那会是怎样的一双新鞋子呢？

童谣风逝，现在我要说的是另一桩有关祖母的记忆。

祖母躺在床上，一双涂满紫药水的手。刚从省城归乡的父亲挨个把我们抱起。我，我妹妹，我弟弟。紫色的老手握着小手，一双，又一双。老的不舍，小的害怕。第三双，祖母转过脸，艰难地用眼神瞟向枕下。枕下有两块钱，新票子。她早准备好了，给刚出世的长孙子。她要走了，留下两块钱。两块钱，是对传承香火者的奖励！或者她也是想给孙女们的，但她穷，拿不出更多，她有心无力。或者她根本就是不想给。孙子是树，孙女是蒲公英。我记得，那昏暗的房间里，那绿色的两块钱，变成了一把刀，生生地砍在了我幼小的身心上。我不记得，当时我是否泪水双盈？哦，我脆弱的尊严。

人世的大幕轰然开启，一些潜规则浮出水面。男女有别。祖母走了，她伤到了我，留给我一生一世的痛。一个女子永久的"故乡"，在那个昏暗的时空从此失落。

很多年后，父亲批评我的记忆有误。父亲言之凿凿：是三份钱，明明你们都有的。我抚着深深的刀疤，沉默。我不批评祖母。没有人能说她有错。她长在这块土地上，不能脱俗。我宁愿，是记忆出了错。那样我会长成另外一个人。

我祖父在村外的青草坡上哭泣。

春阳潋滟有声，蚯蚓在青草下窜走不息。黄艳的迎春在祖父身边开放。谁家的菜园，桃花红李花白。南风送来浅浅花香。一个女儿的父亲，在春天的气息里哭泣。

是姑姑的嫁日。没有唢呐，没有喜宴，出门前她跪在了母亲面前。我的祖母，决然地扭过了脸去，不置一词，没有交代，不肯祝福。祖母从头至尾不喜这门亲事，她不原谅。祖父嗔怨祖母的无情，他老实，寡言，不知所措。他倚在门前，望着爱女远去的背影，泪涌成河，他跑到村东的青草坡上放声哭泣。那个姑姑的好日子，村里人在口口相传：可怜的成立公，他在蒙岗岭上哭泣呢。

我有情有义的祖父。我老实无能的祖父。我心慈面善的祖父。

祖父先于祖母两年离世。穷尽搜索，我几乎没有祖父的记忆，我所知道的，仅有的这点祖父的故事，来自于我母亲的多次提起。母亲话里话外是对祖父的同情，还有敬重。"一个男客，硬是被老婆逼得冇得办法。"

如果说，祖母离世带给我的是伤害，祖父的离世带给我的却是恐惧。

据母亲的回忆录，祖父的死因更像是乡间久远的迷信传说。祖父盖屋，为了省钱，远去几十里外的石灰窑担石灰。这天下午，祖父累了，他在一棵老树下歇肩。他撒了一泡尿。回来就病了，就此亡故。

——祖父尿到了树精，他的"不敬"受到了惩罚。

祖父停棺堂前，覆棺的，是一张偌大花布，灰绿底子，椭圆的苦楝子图案。这是我今生唯一关于祖父的记忆。与其说是有关祖父，不如说是因为花布：它要是能做成新衣裳给我穿该多好！

出殡了，村里到处都在找我。我躲了起来。有人告诉我，那时长孙还没出世，作为长孙女，我得提着花公鸡随祖父的棺椁前行，在墓穴里还得沿棺脊按一路鸡头。我吓坏了——我太小，弄不懂死的含义，我心疼的是我的大公鸡。

祖父祖母先是葬在我家的后山上，父亲回乡后又把他们迁往了另一处。那里有更多家族的先人。那里过去是一片旷野，几十年以后的今天还是。出嫁前的每个大年三十，我都要领着弟妹们去看望他们，给他们送去好吃的。鸡，扣肉，米酒，米饭，专给祖父的墨鱼和一杯好茶。

那一般都是正午，天地间有鞭炮金石作响。早春的野地里，肥肥的荠菜开出了碎碎的白花。我们五个孩子，走在那条探望先人的路上，嘻嘻哈哈，把那沉沉的祭品轮换着提，走着走着就大了。

而唯一对祖父母有零星记忆的大姐我，对弟妹们同样，惜言如金。

# 三

我未曾谋面的外祖父，他离世于我出生前两年，我到现在不知他的名字。外祖母家的厅堂里，他的遗像太过年轻，似有若无的笑，忠良而且英俊，以至于我很难把他当作长辈来想象。于我看来，他和那些贴在屋里的其他东西，比如各式年画，明星照，区别不是太大。这个来世上待了四十多年的男人，在我而言，竟是从不曾活过似的。倒是他的遗孀，我的外祖母，在我的生命历程里，给我带来了世间最刻骨铭心的亲情体验。

外祖父的村庄叫"庙背"，庙却不知何处。庙背很小，十几户同姓人家，三五栋老屋。一座庙的背能有多大呢？

我的亲人，外祖母，母亲，姨娘，舅舅，对外祖父一直是寡言的。就如同我对祖父祖母的不言。这可能也跟外祖父短暂的一生，没有可圈可点的故事有关吧？

不是所有的生命都会写下故事。难道所有故去的人，都要凭借故事才能活下来么？有些故人，是活在后人心里；另有些，则活在后人的嘴里。

庙背小，却并不是这块土地上的世外桃源。天灾人祸自然也是躲不过去的。比如战争。日本兵败退那年，顺便在村里就抓了一些男丁当挑夫，我外祖父也是其中一个。外祖父不想客死异乡的战火里。他装肚子疼，躲在一丘野塘的水草里，直到月黑风高才奔逃到家。刚进家门，惊惶的外祖母，忙碌着她娇小的身躯，把她湿漉漉的男人，藏了楼上的稻草堆里。他们的嫂子却不让，要把叔子往外赶，说怕受牵累。几个追兵赶来。危急关头，一个戏剧情节出现了：外祖父的嫂子，一个蠢笨而胆小怕事的乡村女人，她居然把嘴向楼上呶呶，失态地对追兵喊：不是我屋里男人！不是我屋里男人！

外祖母后来告诉母亲说，我当时心里毒怨得很，想嫂子啊，我平常做人又不曾和你过不去，干吗这样把我男人往死里推？

外祖母说，当时她杀了嫂子的心都有。

后来？后来一切化险为夷，惊恐交织的外祖父，在稻草堆里死睡了一整天。醒来后日子复归平静，他们恩恩爱爱生儿育女甘苦与共。厚道的夫妇俩原谅了那个自私而吓破胆的嫂子，大家和睦相处到各自谢世而去。

这是我母亲家族里，上演在近代的一出电影。穿越六十多年的时空，几个当事人真真切切的血肉悲欢，已经随着他们的陆续离世，淡化成烟云散去，只留下一帧帧发黄的画面，牵引我回到他们各自的内心：借助这出电影，在我的世界里，外祖父第一次活转了过来，在 2007 年。

2007 年 10 月，在母亲的回忆录里，这出尘封的老电影，吸引了我的注意。劈面生死间，主人公们各自的挣扎豁然石出。哦，几个乡村小人物，相互人性间的拷量和较量，打破了我对先人们生命质地的忽略，满足了我对家族传奇的设想，尽管这远算不上传奇。直面凡人在绝境里的遭遇和冲突，会让我和生与死，灵与肉，崇高与渺小赤裸相见。

和外祖父一样，"电影"里的那个"嫂子"，照伦理我也该喊"外婆"，我从来未曾见，连一张旧相片也不得见。她是个怎样的女人，平常日子里为人大概七姑八婆不会太忠厚吧？一只鸡蛋一把米都是她与人争执的对象吧？隔着时间的帘子，照见先人们的爱恨情仇，让我对她又陌生又熟悉，淡淡的埋怨过后，席卷而来的，是薄薄的同情：对于乡间一个卑微的女人，我无法从道义上去指责她的自私和不义。她居住过的老屋，小时候我是欢笑嬉闹着出入无数回的。

而我善良的外祖父母，居然没有让此事成为家族间争斗的导火索。他们的隐忍，宽厚，大度和宽容，早已随着他们的血脉，传给了母亲，姨娘，舅舅，传给了我及我娘系血脉里所有的兄弟姐妹们。

人们的苦难从来不会白白经历。

# 四

我嫁入夫家时，是一个透明的秋日。那个好日子，在一个以古窑和文天祥闻名于世的村庄里，我和丈夫坐在高高的古窑包上。他指着不远处几丘家坟，他说，我的先人都埋在这里，风水好着呐，以后你也要埋进这里的。

我问是吗？那一刻我对着坟包看了看，阳光正明媚地照亮了坟头，神秘又深邃地拉长了岁月，是一段我一点也不相识的岁月！我再环顾村落，也很陌生。树很绿，不是我的；水很清，也不是我的；时间走得从容，却还不是我的；人很多，我一个也不认识。有古塔。塔离我们不远。我却离塔很远。塔在岁月的那一头，我在岁月的这一头。岁月？那是用一程程风雨，一阵阵阳光，种种酸甜苦辣，段段悲欢离合，砌成的一个生命过道。一个没有起点也没有终点的过道。在过道的某一个点上，我要停下来？要和更早一些在这里停下的人事相逢？这个点就是我的终点？这个绿草坡？

这怎么可能呢？多可怕的事。

有朋友的母亲是北方人，她一身的关节受不了南方的湿冷和湿热，活着时总是叫嚷死后一定要魂归北方，"否则骨头都会发霉"。结果，结果她还是安身在南方的墓园里，和她世居南方的丈夫相依相伴。男人的故乡是实的，女人的故乡是虚的。

我丈夫的祖父死于一次感冒。我不曾见过他。他死前一周健康得很，却莫名地到村里村外到处看了看，交代了一些事情。他是看好了路才走的？据说他高大威严是个很有男人气的人，先后有过两房妻。我介入这个家族时，见到的，只是他的后妻。她大气而智慧，敢说又敢恨，在村里威望很高，完全不是这个家族的脾性。

这样的一个祖母，却有无尽孤独。

先是丈夫走了，后来是一手掌大的六个孙儿孙女陆续成人，全在城里安了家。再后来，唯一的儿子儿媳也被子女们接进了城。

祖母迈着一双小脚，提溜着比自己高的扫帚，成天在屋前屋后打转转。屋前的柿树结果了，屋后的老樟发新芽了，屋里的老狗又生崽了。祖母越来越沉默了。偶尔我们回家，她喃喃道，"我想回娘家去歇几天。"

娘家其实没什么人了。后生晚辈和她不亲。把老人送过去，第二天她被送回来了。这次经历，成了她人前人后炫耀的资本：我老弟的孙子，给我下了一炉碗肉丝面，还有两个砣砣蛋。她沉醉于自己的满意中，忽略了听者不屑的笑容。

像祥林嫂。

回到家，帮她到楼上放柴火。她急急地扶着楼梯跟了上来，如火如风，把人吓一跳。她奔到一块亮处，护出双手，"这些，都是吉州窑的东西，是我的嫁妆，我爹娘花钱置来的。你们小心些，不要打破了。"后人大喜，以为有文物。看看，都是些家常的瓷陶。高高低低的坛罐，有的还豁边缺角。遂打趣她："这些不值钱的破烂，扔了省事。"她急得猴叫："哎呀，你们这些没良心的，这是我娘家的嫁妆呀，只有这些了，只有这些了。"再打趣她："等你不在了，还不是扔了它们。"她急得老泪盈眶，"看哪个敢？"袖手就把坛罐上的尘灰抹了干净。

这个细节，在夫家的老屋里像排戏，上演过多次。

一个罐子，装得下一个老女人的沉沉"乡愁"么？我疼。

丈夫的祖母走在一个将尽未尽的夏天。一个九十高寿亡者的葬礼，没有哭泣和悲伤。

此后经年，一个老妪"我要回娘家"的呢喃和她对"嫁妆"的护佑，不断地牵惹起我对她的思念和追缅，她成了我很多文章里的原型。可惜，她在世时，我不曾相告对她的懂。无法言诉——我跨不过近六十年的生命距离，我和她用的是两套语言体系。

那些搁在老屋楼上的坛坛罐罐，从此下落不明。祖母娘家的后人，我亦从来不识。

# 五

岁月如河，生命就是如此来来往往。"先人"曾经是后人，后人将来也会成为"先人"。所谓"先人"，就是身不由己地先我们走入了另一条河的人。他们不再回来。如果遗忘成为必然，那么，这偶尔的隔河打量，这不准确的记忆和回望，是否能聚焦成一束亮光，穿透世事的迷雾，抵达我们的血脉，暖暖我们在尘世间渐冷的身心？

人们啊，莫可忘了来处。

# 哲学课

## 预习

父亲和母亲的老去很突然，发生在十三年前的夏天。

那个夏天小弟出车祸了，从县医院转到市医院时已经奄奄一息，他双瞳放大，小便失禁，人事不省。

检查治疗还没开始，迎接我们的先是一纸病危通知书。父亲那年57。父亲强作镇定，他拿笔的手没有颤抖，但我看见他短而又短的花白胡子，在轻轻地颤动。

咯噔。我的心疼了一下。

这是我平生第一次，洞见父亲的软弱。这个细节直到今天记起来，我依然感到突然和讶异。一个父亲对于女儿的意义，只有女儿自己知道。父亲对我的严厉无人不知，而我对父亲的敬畏和崇拜却无人知晓。我一直以为父亲这个男人，是一座山，一锭钢，一块岩石。是无所不能，无所不知，无所不为。是英雄，也是导师；是国王，也是暴君。父亲于我，是世界的缔造者也是统治者，是生活的创建者也是破坏者。父亲开心时，满世界好水流好花开，原野上雏菊朵朵在风中摇曳，大地上溪流潺潺鱼儿嬉戏。父亲发怒时，世界天昏地暗，摇摇欲坠，随便一声轻叹就能把它粉碎。

你看，就是这样一个男人，却被一张轻薄的纸片，消解了与生俱来的力气。面对起意要夺走爱子的死神，父亲来不及悲伤，他只是感到万分无助，他眼神木然，全身僵硬，每走一步路腿不是打软，而是不能打弯。

这是我第一次看见，世上还有能把父亲打垮的东西，它叫生离死别。

母亲不一样，她只是哭，泪水流不止，虚弱娇怯哀怨，一句话也没有。母亲一素不经事，却偏当着了这惊天动地。

夜深了，我带父母回家，他们成了两具木头人。我一路牵了他们的手，左手爸爸，右手妈妈。我牵着他们，心意缄默，像在送别他们的昨天，也迎来自己的明天。我们仨，一路无言无语，任由万家灯火，远近高低地在夜色中明明灭灭。

万籁俱寂。北面小房间遥遥传来马路上的声响，动静忽大忽小地在人的心尖尖上辗过。

母亲侧躺于床，泪水已枯。她干涩的眼睛怎么也闭不拢。我陪坐一边，第一回感觉到妈妈对我之需。她一动不动盯我问，崽呀，我们可怎么办呀？一遍又一遍。我爱怜地摩挲着，她的脸，她的手，一遍又一遍。别怕，有我呢，我们会找最好的医生。

我，一个 **29** 岁的女儿，不期然地成为他们的依靠。没有任何迹象地，一夜之间，我家的舞台上，父母由主角退为配角，连谢幕仪式都来不及举行。而我虽已出嫁多年，心神却始终承继着闺阁之习——唯唯诺诺于父母。这天开始，我却突然发现，我的精神彻底独立了，小弟的意外却成为一个姐姐真正的成人之仪。

从那天开始，无论我做错什么，当着面，父母再也没有半句对我的责备和批评。"长大"发生得如此突兀，我像一个悠游于山水间的过客，毫无防备地就被黑心导游带入一片没有过渡的异乡风景，以至于多年以后想起来都有些分不清虚实。如果可以，我是否可以永远当个逃课的小学生，永远嬉戏于校园外的百草园不要毕业？

小弟脑部手术后二十多天神志不清，病友们建议要去大山里找"半仙"。"半仙"说，是他酒后撒野尿尿到了土地公公，结果惹来此段祸事。又是撒野尿！多年以前，我们的爷爷出门买石灰，也是树下一泡尿，回家后莫名得病，不治而亡。村里人说他是尿到了树神。难道，同样的梦魇要在爷孙两代人身上纠缠么？

这些，我都不对父母说，不能给他们加上最后一根稻草。"半仙"给了一小撮茶叶，用粗糙的红纸包了，我捧出茶叶像捧着救星，且就相信一回科学之外有圣手吧。茶叶只够泡三次，一天一次，不泡时放病人枕下压着。父亲不置可否，强大的人原本不信这些。记得他说起平生三次亲自"遇鬼"的故事都是爱信不信。他阳气俱足。不反对，是为着尊重我长途跋涉的一片虚妄又厚重的心意。

三天后，小弟清醒了安静了。又二十天后，小弟出院了。出院当天，我们一家喜气洋洋地前往市内一家公园照相。小弟的平衡感没有恢复，他高一脚低一脚走在我们身边。多年后我再看，照片上父母真的很年轻，谁能相信他们已经由此步入了老途？

死神输了。我们宁愿相信，是强大的求生欲让身高体壮的小弟赢了。四十天的时间里，小弟的病房里走了两个人，一个是男孩，三岁；一个是女孩，十八岁。他们都是摔死的，一个死于滑滑梯，另一个死于建筑工地。人间有多少家庭，就会有多少出和死神赛跑的比赛。不同的，只有赛时和赛程的不一。人们也许能赢，也许会输。赢是相对的短暂的，但输也不是绝对的彻底的——是家族间血脉的生生不息，保证了人们的赢。小弟后来结了婚，生了子，家族的血脉，经由他在传递。

从我记事起，这是生老病死的大戏在我家的首演，或者说是预演。我的爷爷，早早地就领着奶奶，和一大群族人，安睡在一片偌大的旷野上。我一直认为那是一个不错的地方，清静，自然，隐逸，没有打扰，陪伴他们的，只有明月清风，阳光雨露。当扫墓日久，它的意义已经固化成为一种生命的仪式。在墓地和家里往返的我们，有叙旧，有言情，有打闹，有嬉戏，也有墓前短暂的把持和庄重，唯独没有情感上的痛苦和伤悲。远了的死亡，意义只在于增强家庭的凝聚力，而非其他。有一回，我五岁的侄子居然对奶奶说，将来有一天，你和爷爷也会睡在这里吧，到时我也会来给你下跪打鞭炮的。说完赶紧伸出小手，摸了摸奶奶的衣服，安抚着又补一句，我是说假如哦。

年纪小，也是懂了忌讳的。

想我那素来娇羞怯弱的母亲，听来心里会是什么滋味？

H 和 M，是我心魂契合，无话不谈的知己。H 二十年前突然没了弟弟，M 一年前突然没了父亲。好几次，我试着要和他们谈谈亲情失散后的心境，终于是无功而返。倒不是他们不配合，而是这个话题一提起，他们的伶牙俐齿就会变得支支吾吾语焉不详，像是一口奔突得正欢的泉水突然被堵了泉眼，无奈间只能有一下没一下地，冒些大小不一的泡。我记得，二十年里 H 只说过一句，是很难过，最初几年里有时半夜醒来会想，呀，怎么我就没了弟弟呀。而 M，在相见欢的打趣之后，听到提问突然话势低落，答，我也不知怎么过来的。嗯，这个话题太沉重了，我五点还要开会呢，下次再聊好么。

生老病死，悲欢离合，这不会是一个讨喜的话题，它在最懂的人们之间也不能展开。有关生死的所有细腻的情感起伏和悲喜担当，注定了人们只能独自品尝，所有的生命，注定了只能孤寂地生和死。我甚至搞不清楚，人们在这个话题上的失语，是因为无力，还是因为无心？这有什么不同么？

不堪顾望，不敢面对，回避就成了理所当然。

但是，我是多么想要和人在这个话题上有所深入啊。

如果说，十三年前弟弟的意外打垮的只是父母，那么年龄越长，生老病死越来越赤裸裸地和你面对面，它就像一个严厉的老师，在黑板前板着脸等着学生们的举手发言。而我看到的，却是一片沉寂，大家都在交白卷。同龄人已经开始传出离世的消息了，追悼会也开始轮到自己去参加了。同办公室的 Y，三年时间我亲眼看到他从胃不适，到绝症，到手术，到离世。他年轻的太太来整理办公桌，留下了一本厚厚的笔记本，几条肥皂，几支笔。余下的，是一些碎纸片，"哗"地一下，从七楼的垃圾通道倾声而下。Y 在世间活过的痕迹，从此不再有。我和 Y，很好的同事关系，却从来对他的疾病不着一言。他没生病前我们有说有笑，他得大病了，我再见到他，就不知说什么话才好，安慰也不是，说笑也不宜，全是尴尬。我眼睁睁地，看着他孤单走向末路。以至于他走的前一夜，我突然梦到他从病床上跳下来，轻松微笑说，看，我全好了。

在最后的时光里，他到底有着怎样的怯弱，畏惧，抑或是坦然，勇敢？

同样的，不能施展的情感外援之惑，还发生在外祖母的暮年。可以说，我们是眼睁睁看着至亲之人的老去，直至死亡。外祖母咽气后，等着入殓时的躯体，比一条老死的狗大不了多少。外祖母要谢世时倒是说了，她含着泪说不舍得这一屋子的人。每回她这样说，后代中的一群博士生，硕士生，大学生，作家，老师，竟无人应答。

谁又舍得她呢？光阴无情，离别总是要发生。我们都是时间的奴隶，所有生命的离世，无论寿短寿长都是嫌太早太早。

我对 M 掏心，从前我的迷惘围绕着生，现在我的茫然却来自于死——如果亲人或自己的生命面临威胁，那美食，华服，花花绿绿的钞票，要死要活的爱恨情仇，所有的俗世生活的意义何在？它们正一点点在塌陷。

M 语塞。"生命不息，战斗不止"，是 M 的人生哲学。但 M 在父亲病危的关头，毅然选择了辞职。和我不同，M 是一个行动胜于思索的人。无奈的是，无论是行动，还是思索，我们仍然需要臣服于生命的铁律，生老病死，谁也逃不了的课。多数时候我们是个旁听生。

但仅仅旁听，那伤筋动骨的疼与痛，就已经足够打消我们在人世的狂妄与自大，让我们充分意识到自己的渺小与卑微。

M 一声叹息：在这件事情上，所有的人都是没有做好准备。

## 上课

公交车上很挤，一个带着双拐的老汉，友善地示意我到他身边坐下，那有一个刚空出来的位子。我争不过别人，一路依然站着。老汉对我满是同情，他是看出了我的虚弱不堪。到站了，他颤巍巍站起来，我不假思索地伸过手，搀扶他下了车。整个过程不着一言。在异乡的人群里，我得到的仁爱竟施自于一个比我更需要帮助的老汉。

一个小时前，医生对我贺喜。确诊结果让我有些意外，何喜之有？我正犹疑着要不要接受他的心意，他进一步说白来，你真该高兴啊，要知道，来做这种检查的人有相当比例的绝症。

绝症？！

这两字吓了我一跳，甚至有些怨怼。我这么年轻，从来没往这里想过，即便每回住院病房里都有病友查出不治，我还是没有动摇过对自己健康的信心。我对生命有太多的贪恋，一段契心的闲聊，一部好看的电影，一本好看的书，一程开心的旅行，一袭漂亮的衣服，一夜无梦的安眠，一回成功的股票操作，一阵荡气回肠的写作，一碟合口的小菜，一场好听的雨，一寸金色的阳光，甚至，一次痛心的生气，一段断肠的忧伤，一股莫名的愤怒……这所有的体验，没有生命的依托，它们将附丽何往？冬日出好晴，我会突然放下工作到处约人出去晒太阳；久旱逢甘雨，我会欢喜轻流，写上一段短信供人分享。我活得正如此山清水秀兴致勃勃，怎么可能提到"绝症"？想都不要想。

但是，谁不是活得兴致勃勃呢？38床那个健壮的山里女子，不过三十出头，儿女成双，老公俊朗能干，家里开着厂子吃穿不愁，等结果的几天里，她依然洒脱，她天天到城市广场上跟人跳舞。她眉眼大方，精力充沛，举手投足都咕嘟着生命的热气，像一朵盛极时的花。但是，她真的没有逃过去，结果出来的那天下午，她花容顿失，把病友们的心都哭凉了。唉，所谓开到荼蘼花事了。

以她为镜，我就好比是一个劫后余生者，难道不应该虔诚合十，对苍天伏首长拜么？

病情没有大碍，但稍有复杂，需要把工作和生活作个适度停顿，拿出很长一段时间来调理身体。就是这样一个结果，当我面对它时发现事前准备远远不够，长时间架设在风花雪月之上的生活一下变了样，精神极度矫情的我，头一回知道身体上的矫情同样难以伺候。很长一段时间，我的身体变成了高高在上的君王，我就像奴婢一样，要想着法子哄它开心高兴，否则它对我施以的惩罚不敢设想。前景不明的"预后"让人如履薄冰。

一天又一天，我对它朝思暮想，日常生活开始围着它转。按时吃药，定期体检，活动多了怕累，不活动又不行。早睡早起替代了晚睡晚起，吃东西开始有了禁忌。全部精神生活几乎停止，因为心里心外牵挂的只有"君王"。阅读的习惯还有保留，床头书变成了《养生大道》《中医入门》《教你怎样不生病》《求医不如求己》。我成了一只倦飞的鸟，被关在疾病的囚笼里，埋首于自检自省的阴影中：做过不敬天地的事么？有过亏人亏己的言行么？时间不长，一种平生没有体验过的情感产生了：它是自卑加屈辱。

是的，疾病让我尊严灭失，自卑顿生，它挫败了我素日的自信和从容，让我深知与健康者的不平等。记得一个笑话，一个哲学家不满自己的身体，他屈辱得大叫，"它竟然每天晚上让我为它洗脚。"哲学家说这话时一定身体健康，为它洗脚算什么？分分秒秒成为它的奴婢才让人不可忍受。

我开始自闭，主动切断与外界的联系，不回短信，不接电话，尽量少出门。H问我怎么样，我答八个字，行尸走肉，了无生趣。

母亲很是担心，我对她问询的敷衍让她寝食不安。她开始想入非非，认为我是隐瞒了大问题。她的惶恐更是令我不耐烦：不会有生命危险，放心好了，不用来看我。

急火攻心，母亲终于生病了。夏天的一次出远门彻底打败了她。六十三岁的母亲，平生头一回住进了医院。

我惊慌失措，心疼牵挂间夹有抱怨，她怎么可以这样，她这样一病叫我如何承担得起？

消息不断传来，第一次检查没大事。第二次检查，疑有事。第三次检查，大弟来电话了，妈妈的情况不妙，要转到市医院。背地里，大弟说，妈妈可能时日无多了。

见到母亲，她消瘦苍白，眼神里尽藏恐惧，话音细若游丝。乍看一眼，我竟心生不喜：母亲应该表现得更坦然些，更坚强些才对，要像我，一个人敢壮着胆子在北京的各家医院奔波游走才对。因为，她是母亲啊！

对不起，亲爱的母亲，我们爱莫能助，你要勇敢些才能跨过去这个坎。

不知说些什么才能安慰她。大弟媳说，妈妈你别这样，你一这样把害怕写在脸上，我们都不知怎么劝你了。母亲失态地叫，那我要怎么样，我要怎么样？

仅仅是一段必要的休养生息，我就已经变得恍然厌世。但我却在要求另外一个女人，要像刘胡兰一样视死如归。

我们在市医院一无所获，它竟然连个诊断书都不肯出具。大弟坚持认为危险迫在眉睫。一团慌乱。母亲去了广州。在广州，母亲紧张得血压超高让检查半途而废。

我们心乱如蚁，阵脚全无。小妹在现场祷告上帝，我在家里求告观音。我们私下议论妈妈太娇气，不懂得端拿为母之仪。

其实我们真正想说的不是这些。

我们想说，一旦有事，失去妈妈我们可怎么办？

我们想说，失去妈妈的心理准备我们还没做好。

我们想说，妈妈不能一走了之留下我们在世上漂泊。

我们还想说，其实我们比妈妈本人更害怕。

我们更想说，绝对不可能有事的，妈妈一生谨小慎微，又没一星半点亏心事。

上帝啊，原谅我们对母亲的不敬吧，我们该说的没说出来，不该说的全说了。

母亲心思缜密，母亲嗅出了潜在的危险。母亲胆子小，母亲不知怎样去面对这发生在自己身上的突如其来的事故。我们呢，难道我们不是么？细究其来，我不喜母亲的失神慌乱，难道不是因为讨厌自己的失神慌乱么？我抱怨母亲没有应有的仪态风范，难道不是因为自己正抱怨自己素日风仪难再么？

该说说父亲这回的表现了。七十岁的父亲这回比十三年前坚强。他坚持要亲自陪送，态度强硬，斩钉截铁，"无论如何，我是要去的，谁也别拦我，你妈胆小，她需要我。"我小心说服，"你没有你想象的坚强知道么，那一年弟弟出事，你的胡子都吓得在抖。"这是我第一次说出这个秘密。说出它后我有些不好意思，好像是把偶像说成了稻草人。

十天后，母亲回了家。折腾了二十几天，母亲不再自己和自己打架，多少安静了下来。人总是这样，初迎风浪难免有天崩地裂式的惊惶，最后还是会被逼安之若素。人知道战不过天斗不过地，人也打不赢自己。农历七月二十八，母亲过完了六十三岁生日。七月二十九，母亲正躺在床上默神打遗书腹稿，广州来电话了……

结果？结果是一家人喜极而泣。母亲的事，从头到尾就是一场虚惊！死神，不知出于什么目的，戏耍了我们全家一把。要命，这样的玩笑闹大了！

母亲轻松愉快，柔语相劝：好崽，听话啊，你要好好养身体哈，你可还年轻呐。

话短，意沉。是共同经历了风雨后的相惜相怜。更像是一个重获自由者对狱中难友的祝福和叮咛：好好改造，你也会有出牢的那一天。

平安是福。所有人的生活恢复正常。我悄悄捂紧属于自己的生命底牌，还是不外道内心的苦闷，担忧，讲详细的病情病痛。如果我们曾经对别人类似的困境伸不出手，那么也别奢望可以得到感同身受的情感外援。

## 课后

苦夏已尽。风平波定。秋天在来。

故事远没有结束。有一天，我无所事事走在路上，突然想起母亲的事，竟悲从心起，肝肠寸断，恸伤不止……我在悲号中泪醒，抹得两手尽湿。早上5∶45，我听到了公鸡打鸣。6∶30，一只老鸭在强一声弱一声地叫，四周是啾啾的鸟鸣。微寒轻流。天亮了。

阳台小花园里，很久没开花的米兰又散出甜香了，文竹枯了又活了，吊兰萎了又盛了，桃树叶子落尽了，十年前的一株盆景，现在长得像山上的野树，有人高了。夜来香有些委屈，只一朵两朵地开，三角梅叶子新出不少，而紫罗兰，被挤到了最外沿，小心地往虚空里悬着身子，让我要在楼下费劲仰视才能看见它。

我收拾好自己，去买回一套看了两遍的秋裙。邓皓品牌，很高的价，费资一月薪水。穿上它，我不再是"奴婢"，而是一个"王妃"。

破费奢侈，是为了给自己一个心情，我开始试着打破受制于"身体"的人生窘境。

有友名妍，二十好年华被当头一棒，划归绝症患者。此后三年一路波折，先是哀哭，怨上天不公；后是心一横，死了拉倒。再后是发现误诊误治，悲喜交集，三年地狱般的光阴！妍现在三十好几了，治癌让她丢失了苗条楚楚，肥胖的她见人总是笑意盈盈，她所有的文字都如春天的柳色，秋天的湖光，一片花好月圆。那曾经的翻江倒海，天塌地陷一字不着。

她用力着墨的，倒是有好几条与青春和美丽相关的旗袍。旗袍于她，从此只能是，挂在衣橱当文物，一袭相思难提起。她选择了手磨咖啡作替代品，在安宁的夜，静静地烧上一壶，任由沧海桑田在咖啡的浓香里化作烟雾。

我比妍幸运。四个月内我有过短暂的消瘦，如今身材依然如昨。任何一条旧日之裙，都不必就此承担怀旧任务。

四个月过去，我从丢魂落魄，从纯粹的对身体的痛苦臣服，变得比从前更加相信灵魂的高贵和力量。无论如何，灵魂必须凌驾于身体之上，而不能是相反。如果我们无力安置身体，至少我们可以用心安妥灵魂。

铃声响起，从"生老病死"的课堂上暂时退下，我安静下来，给自己布置课外作业。我把四个月的表现细细地过滤，细细地过滤，到末了只余下对自己的同情和鄙薄。逃课和厌学都不是办法，是该直面生死的时候了，死神在夏天的玩笑不止是玩笑，我更愿把它看作是友善的醒诫。相比失魂落魄，会有一种更好的姿态可供选择吧？我甚至想得更远：如果在某个将来，自己也是以这样的失态送走自己，那才真是枉了一世修为。

在我安居的城外西郊，有一个新建的"回归园"。我至少是在第六回经过它时，才恍然意识到，这到底是个什么所在。如果没有意外，那该也是自己的归宿吧。

有远亲客死异乡。不知出于怎样的考虑，临终前，一生浪漫的他竟然立嘱不得将骨灰送回故土。他交代妻儿，要为他选一处人烟不达的深山，要有参天大树，要有潺潺溪水，不修坟，不立碑，只在树底下打一个洞置入骨灰盒即成，至于祭扫什么的，就免了吧。妻子说无力办到。他妥协，那你就一直把我带着，你去哪，我去哪。他为难的不止有亲人，还有自己。妻子当然不会带着他，她在自己故乡的墓园选了一块地，安放了他。有夫妇，妻自北方来，受不了南方的潮湿，抱怨了几十年，她发誓死后一定要魂归故里，否则怕骨头在南方的湿壤里会起霉。可惜，最后她还是随男人安息在了南方的土地上。嫁鸡随鸡。

这样的违愿而终，相比预知归宿，哪样的结局才更有人性的温暖？

李银河有博文提到：

> 记得我的导师许倬云对我讲过一件事：他有一次去瑞士做学术交流，一位瑞士教授带他去到一个朴素的墓园，指着一个简朴的墓穴对他说：我从很年轻的时候就知道了我一生会怎样度过，这里就是我的归宿，不会有任何新鲜事，也不会有任何变动。说时脸上带着一种安详又落寞的表情。

1983 年，我在浙江义乌实习。那还只是一个破败穷困的小县城，街树上不可思议地，挂满捆扎成束的毛豆秆，或者水稻秆。唯一气派的，是随处可见的，为活人准备的墓穴，路边小树林里，菜地里，屋群空地里，当时看得目瞪口呆：一个人刚在世间活出点兴致来，怎么就可以准备这样一个洞穴？

预知归宿会不会让人活得更踏实些呢？或者更加了无兴头？

我找不到答案。因为我想要的归宿只在梦里。这世间没有任何一个人可以让我把它讲出来。不是没有知音，是这个话题的本质使人失语。每当我想说出点什么的时候，就能感觉到有巨大的屏障竖起在两颗心之间。我缄口，伸出十指，拂下苍茫的落寞……

我需要一个导师。恰逢其时地，我看到了网上风行的《兰迪教授的最后一课》。

兰迪·波许，美国卡内基—梅隆大学教授，他年轻英俊，热情优雅，有超强的幽默感和亲和力，一个终生为梦想而活的人。可惜他的人生旅程是以加速度方式进行。2006 年夏天，他查出患了胰腺癌。2007 年夏天，他被告知只有 3~6 个月生命。

2007 年 9 月 18 日，兰迪发表了"最后一课"的演讲，轰动世界。

上来就放了几张自己病情的影像，接下来几个俯卧撑，证明自己虽然活日不多，但身体依然很好。一直在笑，不讲妻子，不讲孩子，说自己再坚强也无法谈及这两个话题。也不讲宗教，不讲死亡，他只讲"梦想"，讲梦想对一生的引领作用。

一直很轻松，全场笑声迭爆，掌声不绝。兰迪笑容迷人，这个即将远行的人，视死如归。

2008 年 7 月 25 日，兰迪在家中去世，年仅 47 岁。上帝寂寞了，需要个好玩的伴，把他早早地召去了。

我们都要听上帝的。

兰迪教给世人的，不止是"梦想"，更是远行的艺术。他的表现赋予了生命最完整的尊严，体现了灵魂的高贵之美。他俘虏了亿万人的心。也俘虏了我。

## 毕业

H，M，你们好！

是秋天了，天很蓝，云很白，轻风很凉爽。

"打打打，争争争，我们都是木头人，不许讲话不许动。"

还记得这首遥远的儿歌么？那些当"木头人"的日子多

么无忧无虑，饿了就吃，困了就睡，渴了就喝水，高兴了就傻笑，生气了就乱哭。冷了加棉袄，热了穿单衣。

我们为生而"生"，何曾想到会有一天与"病"，与"老"，与"死"的劈面照见？而我曾经的好奇和惶惑，导致了对你们心底城堡的冒犯。敬请谅解。

我现在才明白，面对疾病和死亡，再亲密再强大的情感，也会遭遇无力的困境。对于大多数的世人而言，它是雷区也是禁区。生命彼此间的疏离感是与生俱来的，即便相知如我们，也无力由此胜出。这个事件也教会我，要适应终极意义上的孤独，面对人世的风浪，除了有并肩作战的勇敢，还要有孤胆冲锋的勇气。

疾病是一场哲学课，听课的讲课的都是自己，会有怎样的收获全在悟性高低。但是，只要可能，我还是祝愿普天下人，能够逃了这门课。

至于我们仨，再来玩一次游戏好么？

打打打，敲三下，回到过去，回到本初，回到当"木头人"的日子——

哈哈，不许讲话不许动。

此致敬礼

爱你们的 A

2008 年秋

# 精神私奔者的北京

这是神灵驾临的时辰。我接到了一个口谕。

星辰在天庭隐身，鸟儿开始唱歌。这个旷远而寂寞的早晨，宁静，安详。无爱无恨。无喜，也无悲。世界如禅。家中的米兰花，黄莹莹的，细碎而饱满、结实。

我喜欢这个时辰。这是一个世界的开端。

就是这样的时辰，一座城，跋山涉水，乘着夜色走来。他温柔地，轻手轻脚地把我喊醒。

"哦——北京。"结结实实的静谧中，我两目微睁，轻启双唇，认出了他的面目，读懂了他的眸光，满含爱意地，柔声喊出了他的大名。

## 国家图书馆

2011 年 6 月 19 日上午，在国家图书馆，我席地而坐，读了两个小时书，时光明亮而自由。这种事情，是第一次也可能是最后一次了。

国家图书馆，始终是我精神高地上的一个谜。我用巨大的私心爱着这个谜。十几年来，学习，出差，旅程歇脚，参加文学活动，甚至求医，一回又一回，我从从容容地行走于北京。像是故意的，国家图书馆这个谜，我始终不曾去解开。心中有谜就好，有谜的生活才有芬芳意趣。

而终于要去揭开谜底了。一切的隐忍都是有限度的。

公交车上，我激荡在一个梦境里：在国家图书馆，我看到了年华不再的自己，一次次地立于书架前，沧桑的十指，缓慢地抚书而过……我沉迷于梦意中，不为人察知地，为这种大胆出位高贵逼人的老年生活而怦然心动。

果若如此，那就是一个老妇人的天堂啊。博尔赫斯说过，天堂就是图书馆的模样。瓦伦蒂娜·巴尔比安尼，米兰贵妇，墓盖上用大理石作了浮雕，浮雕中的她和生前一样美丽。她坐在墓盖上，读着一本书，做伴的，是一只殷勤的哈巴狗。不知道那是一本什么书，竟可以让一个妇人，从生看到死，从此不怕日晒雨淋，山河变迁。我若有一天谢世而去，把家中所有的书捐给图书馆吧，我要让我的书本们，带着我的气息，带着我的心绪，带着我生命中的喜乐哀愁，融入更多爱书者的心灵中。我要借助于这些书本，活得更久远更幽微。

运通105，车资一块。交大南门，北下关，西直门，西直门外大街，动物园，白石桥，海淀区中关村南大街33号。到了，这里就是国家图书馆。

放轻脚步，放轻呼吸。心走得比云更快。游走于一架又一架书籍中间，我像一个亢奋的探宝者，我历经劫难，来到了藏宝的深海。我眼花缭乱，神色中居然生出久违的羞涩和腼腆，哪一颗珠宝都无从下手。

有一种令人心神安谧的香氛氤氲而来……

是书香，一缕一缕的书香四围而来。不可思议，我真的闻到了书的体息。莫非这里也有防蠹虫的"芸香草"？在这个时代，哪里还有"芸香草"呢？我微闭双目，专注于深呼吸，这样的书香，要细细慢慢地吸闻。生怕一睁眼，它就会绝我远去。

作家公刘在论及书香时，说书香的内蕴在于一些无从估量无从把握的东西——中华民族历代精英永不泯灭的血、汗、泪，还有超前的智慧，终极的关怀，东方式的至忧至戚和大彻大悟……"它标志着一种无与伦比的对精神高贵的追求。"

不是"芸香草"，是一种呼应，是血脉深处一些基因被激活了。

一层一层楼地走，脚步软得像一只猫。四面有廊，廊合处就是阅读中心。顶处是玻璃，我抬起头，看到有闲云走过。阳光透进来，有些微热，读人却浑然不觉。一张桌子上，摊着一堆 GRE 教材，主人却不知跑往了哪里。另一张桌子上，一个小伙子，在读着一本《熵：一种新的世界观》。

熵？记起来了。熵，物理学上指热能除以温度所得的商。

反熵，负熵，热力学第二定律。《热力学》很难，全班一大半人补考，我是其中之一。

社会意义上的"熵"，指的则是世界和社会在进化过程中的混乱程度。恐怖主义肆虐，疾病疫病流行，社会革命，经济危机爆发，人性物化，等等，都是社会"熵"增加的表征。宇宙本身，会在物质的增殖中走向"热寂"。热寂，就是逐步走向恶化的死亡状态。

这些知识，来自于二十年前。那时读来惊悚，眼前的劈面照见，还是惊悚。比之 20 年前，人性物化的程度已然不忍卒睹。我自己，一个春天竟然买下了四双凉鞋，七八件花花衬衣。"熵"的理论和意义，被我忘得一干二净。我的坠落，没有比别人更慢。朴素，于现代的人，是一个高贵而奢侈的字眼。

突然间，我看见那个乡村学堂的五岁丫头，她也跟了过来，姑姑用过的旧红书包已洗得发白。她淡黄的眼神写满好奇，写满面对一个新世界时的惊喜，她要借助于云梯，去人类心灵的最高处看风景。她的风景里，不会有熵，不会有热寂。有的是明月清风，山清水秀，鸟鸣翠柳。还有最初的，简单朴素。

我无力抗拒她的牵手。

倚着书架，我们席地坐了下来。裙子是军绿色的，地毯是灰黑色的。书打了开来，《亲爱的张枣》。

　　　只要想起一生中后悔的事 / 梅花便落了下来
/……（张枣：《镜中》）

　　诗人已远行，他不朽的诗行，我抄录在了日记中。刹那间，梅花如雨。

　　我盘腿席地读书的样子，留下了一张照片。生活从此少了一个谜。总是这样，总是在一步一步中，去解开存在之谜。而存在的真相如此残酷——当我们探究到最后一步，我们就死去。

　　从来没有人可以抵达最终的存在。但人们却前仆后继，从来不曾停下抵达的步子。书籍，承载着人类不倦的探索。

　　最后，我忐忑不安地，借助查书系统，查到了《水月亮》。没人看见我脸红了。没人知道，七年来，我没有勇气再去打开这本处女作。没人听见我在小心告诉自己，要写好一点，再好一点，要有更好的书，放进这座圣殿。这里是中国国家图书馆，这里是精神私奔者的最高乐园。

　　除了在此，你还有更好的地方制作灵性中最芳香持久的谜面吗？

## 北京大学

　　在读书唯上品的中国，它更像是一个图腾。

　　北大学子卖肉当屠夫是新闻，北大学子放弃留学出家礼佛是新闻，北大教授夫妇辞职躲进深山自耕自足也是新闻。北大的一举一动，聚焦着国人的目光。

我是一个卑微的私奔者。我的行为，只是自己人生中的发黄旧闻。

多年前的 7 月，一个炎热的下午，我私奔到了北京大学。

在家乡，很多师生说，我该是全县考上北大的第一人。要命的是，我对此说深信不疑。从认字开始，我就像一只不知饱足的蜜蜂，万分贪婪地，把针刺深深扎往一切有字的读物和字片，恨的是彼时可读的东西太少。一本新华字典，就足以让我像蝴蝶恋花，心神飞舞。我对北大的痴迷和向往，源自于对汉语的真爱。但是，命运弄人。

多少年来，对于北大，我是一个痴情缠绵的暗恋者，内伤重重无药可医。北京大学，对我的情意全然不知。我揣着薄怨和隐痛的这场私奔，看起来更像是一种决绝的宣告和诀别。无语相诉无言能诉的爱恋，诀别的方式依然是，沉默无语，不着一言。

我像个哑巴徜徉于燕园。缄默是一种力量，推动着爱意和恨意在心底哗哗奔流。面对一个伟大的爱人，我娇怯虚弱的身心，抵挡不住积攒多年的磅礴爱意，瞬间粉碎崩溃。打扮很精心：棉麻衣裙，素花立领盘扣短袖，白色裙子很长，及脚踝处各有盘扣。凉鞋舒适轻巧，平跟麻编雅韵十足。然而，我把自己弄丢了。肉身在空空洞洞的衣裙里晃荡，我却不知跑去了哪里。

我先去了一栋旧的学生宿舍。光线薄暗，楼梯很宽。台阶上青色的水泥在弱光下沁出微亮。多么好看的水泥色，一看就是非商业时代的出产。一个模样平常的女孩出来了，手提一个旧的开水瓶。一个照面，我且惊且羞。惊的是我看见她就是前生的自己。羞的是以银行小职员的身份，怎么可以贸然闯入一个深幽厚重的时空？那一刹，我心底生出无尽的卑微和哀痛。未及女孩打问，我已先把自己匍匐到了尘埃，一低再低⋯⋯

不是所有的爱，都有通行证。一个私奔者，纵有再多理由，也是底气不足没有自信的。这种感受一经生出，从此缠绕于生命中挥之不去。这个细节，我在一篇文章中写到过。但是那时浩荡的卑微感和羞怯感，我对世人不着一语，深深隐匿了多年。

是的，一个人总要走上足够长的路，经历足够多的事，才有勇气和力气不耻陈情示痛。其实，北大作为中华文化的一个制高地，一个暗恋者的匍匐和卑微，是必然的也是必需的，是应该直陈示人无须遮掩的。

继续走，看那些浓绿的爬山虎，一面一面地，爬满了垛垛红墙。朗润园中，看季老的荷花，一朵又一朵地，寂寞开放。骄阳热烈。卑微在继续，匍匐也在继续。在燕园宽大深厚的怀抱里，我无声无息的私奔，也在继续。

未名湖。我走累了，依了湖畔坐下来。岸柳上知了声声，斜阳照在博雅塔上。一家人走了过来，三个人都长得喜气圆胖。我帮他们拍合影。儿子很小，才八九岁。爸爸说，儿子呢，记住这里，长大了你要考北京大学。妈妈问，要不要我帮你也来一张？我摇头谢过，不拍。我更愿意把心留在这里。人走了，我盯着他们的背影，心里空落落的，大脑一片空白。两个小时后，我离开。起身时有了弘一法师圆寂时的心境——悲欣交集！

我最后在北大校园书店买了两本书，《外国文学史》上下册，大学中文系专用教材。我揣着书本一步三回头。一场痴恋于无声处寂然了断。

我再次回到未名湖畔是在10年后。

2010年秋天，我和一个姑娘坐在湖边，开心地评论着迎面走过来的对对小情侣。这一对很和谐，简直就是金童玉女；呀，那个女孩眼光差了点；看这个男孩，不要太帅哦……慢慢地，我安静下来，眼带泪光，讲起了10年前的未名湖，讲起了彼时的伤感和缠绵，还讲了，无休无止的疼痛。

顶破时光的尘封，往事发芽了。我的声音在颤抖。我的心在颤抖。一切埋藏了的，正在点点复活。最痴最深的爱，必然伴生着最深最疼的痛。

姑娘执了我的手，放在她心口上，微笑像湖水轻轻荡漾：妈妈，我懂你。正是因为这个，我才放弃了复旦呀。

姑娘的话很软。比阳光和清风更软。

## 鲁迅文学院

这是一个事实：北京的士司机，很少有人知道鲁迅文学院在哪里。人还在江西，朋友范晓波就有交代，打车的话，你要说农民日报社，那里有个十字街口，到了右拐三五分钟就看到了。你别说鲁迅文学院，那样没人知道的。

朝阳区八里庄南里27号。我却背得出这个地址。这里是城乡接合部。交通不便，路窄灰大，地铁线正在准备接通。人流也杂，三六九等都有，混生计的更多。街道上流着污水，店铺简陋低矮。其间居然有个早市，新鲜的水果蔬菜鱼肉蛋，又多又好又便宜。光是看上一眼，就有起兴当厨娘的劲头。这在北京城是不可想象的好事。一个卖黄瓜的小年轻，扯着唱腔在夸自己的黄瓜新鲜得不得了。一块钱一斤。仔细一看，他的货色还真与别家不同，鲜嫩得好像把田野中的夜露也带了来。忍不住就买上了三五根。早市上还有地摊，质次价廉，拖鞋凉鞋短裤袜子老汉衫手电筒皮带，等等，居然还卖手机监听卡。是暮春五月，将要退场的槐絮在空中飘浮，四周树上有斑鸠咕咕作叫。到了晚上，一排烧烤铺狼烟四起，桌椅零乱地摆在了路边，食客的形象并不入流，几杯啤酒下肚，脸泛油光，光了膀子的比比皆是。入得此地，疑是时空置换，以为是在江西家乡的某个偏远乡镇。

可是，家乡哪有鲁迅文学院呢？

一个 80 后美女告诉我，她所在的县城，连找个人说说文学都不可能。酷爱文学的她，每天只好寂寞地行走于那块生她养她的土地。我的境遇比她好不了多少。在写作的最初几年，我竟然会因为别人谈起自己发表的某个稿子而忐忑不安——不是怕品头论足，而是羞于被人知道自己在干着一件常人不干的事，我担心这会给自己带来麻烦。文学，于很多人，只能是一块隐秘的私家地。有一次，在某个不对的场合，我不幸被人介绍为"作家"。结果，座中一个小官员，一个女人，很是同情地投来目光，丢出一句话：写作的女人都是苦命的人。我大度一笑，无语作答，不愿作答。我在云梯上看到的风景，绝不想跟她吐一个字。这一些，恐怕是那些功成名就的作家们所不能想象的。在我看来，文坛，始终只是极少数人的舞台。而我们这些边缘处的文学爱好者，最本色的角色，是哑然充当看客。在很多时候，我们连喝彩或喝倒彩的机会都没有。

八里庄是贫民的，是入世的，是喧嚣四起的，八里庄的日子是匍匐生长的。但八里庄有了鲁迅文学院，它就有幸沾上了好风水，在全中国极少部分人眼里，八里庄就有了一丝仙风道骨，它注定会被一些人记忆并膜拜。它不断地被人写进文字，它成了一些人重要的人生驿站。

被我及同道们视为圣殿的鲁迅文学院，就像一个流落俗巷的绅士，以独特的风姿立于八里庄。而我更愿意把她视作一朵高贵的白莲，以朴素洁净，以端方庄重，成为全中国文学爱好者的信仰之地。

这是一个小院，院门很别致，铁艺白漆，从周边纷乱嘈杂的背景中凸出雅意来。庭院既长且深，因着文学打底，风骨傲然，面目沉实而宁静。甬道的尽处有两楼相对，一栋二层的小红楼，一栋五层的灰色楼。空地里全是树。雪松，槐树，瘦竹，泡桐，柳，银杏正在结果，嘟噜噜一串一串的，没有人可以够得着。早晨或傍晚，我总要独伫树下，忍不住抬头望望这些青果子。有些遗憾，我没有时间等它们长熟，我是这里的过客。这里的主人不多，白描，成曾樾，施战军，杨小蕾，王冰，赵兴红，聂梦……还有那些叫不出名却面孔亲切的服务员，炊事员，保安员。我真羡慕他们。他们可以一年又一年，看到银杏果成熟的样子。他们既是文学的主人也是文学的仆人，他们的身上，无一例外地，不染尘俗，有着如树一般清新干净的气息。这些，他们自己是不知道的，他们不知道自己动人的好。只有我们这些从尘世中打着滚儿来的过客，才在对比中有此一致发现。食堂有个胖师傅，据说研佛已深，往来的过客中，就有人在饭前饭后和他聊得投机。我亲耳听到有人宣称，他在胖师傅身上学到的，比在大师们的讲座上所学还多。

还说树。就是这些树，招来了无数的鸟，这里的早晚，都是鸟类的天堂。有一个黄昏，我竟有心情坐在 405 宿舍，和一只长尾巴灰喜鹊对视达二十分钟。院中的生活，就有这样的奢侈。同时，这些高大蓊郁的树，也是一道精神篱笆，有效地隔开了万丈红尘。文学，就濡养在这块净土上。迎来送往的，是一批批虔诚的信徒。我注意到，一些人带着隔世般的迷离，带着梦幻般的神色，在这个小院中进进出出。据说，全地球上，这是唯一一块，以国家级形象出现的，可以给写作者提供高规格培训和礼遇的净土。仅此一说，出入者的心灵就受到了最温暖的抚摸。这里栽培出了很多共和国文学大厦的脊梁。但也需要看到，更多人的写作命运，是湮没在了海量的汉字书写中。然而，奔向此方的朝圣者，依然络绎不绝。兔年五月的一次联欢会上，文学的信徒们选出了两个主持人，最主要的理由在于，他们的名字中，一个有"冲"，一个带"闯"。人们笑称，要"冲出中国，闯向诺贝尔文学奖"。话是戏言，却也有几分符合中国文学界几代人的真实心理。

院子里的生活就有这样的好，没有奔突，没有算计，没有蝇营狗苟。小说，诗歌，散文，戏剧，电影，音乐，绘画，读书，日常中不大拿来说事的话题，在这里堂而皇之地成为每天的生活内容。当红的作家，批评家，理论家，艺术家，权威杂志主编，师长们在这里设坛布道，各说各话。有人凭着艺术的良心解惑，有人凭着过人的天资传经，有人把最前沿的文学理论带来，有人于文学之外教授了做人的道理。也有人，一时激动任性，在观点互动碰撞中拔剑以向，一不小心，失了师长之尊。"没有关系，这里是我们鲁院嘛，这里又不是机关。"成曾樾先生见惯不怪，很是淡定地打着哈哈。听者们各取所需，往往在某个不经意的地方，就灵光一乍，火花四射。天天都有精神大餐，令人拔地而起，登高望月，乐不思蜀。

好日子真是舍不得过。离别的泪水，在这个院子里，流了一茬又一茬。我也不例外，逃也逃不过去，哭了好几场。几乎可以预见，这个地方，我是回不去了。不能预见的是，从这里出发，我可以走到多远？命运充满玄机，每一次的抵达和告别都必有因果。离开的时候，记得一颗心空空荡荡，午后三点的太阳，有一点白。

# 798 艺术区

有一件事情，发生在暮春的一个上午。

我因为做报纸副刊版面，需要找一张老房子的插图。百度图片，找到了无数栋老屋。墙体生着青苔的老屋，房瓦粉脆发黑的老屋，门前开着红蔷薇的老屋，老黑狗把守着大门的老屋，被人废弃荒草满园蝴蝶纷飞的老屋……

我花了很多时间看这些图片。慢慢细细地看。看得物我两忘，不知何处何夕。不是吗，偶尔，一个人要舍得在一些看似无谓的事情上花时间，这样会有好处的。几天以后，我痴痴婉婉，对人倾心谈起了这些老屋。我说的是，太奇妙了，这些老房子，竟然让我想到的是活着真好。

人间真是迷人啊——！

那是一声很轻很长的叹息。人间真是迷人啊。事情就是这样发生了：白云苍狗，风流雨散，生命在老房子的门里门外生息轮回。而时光不会流逝，它一直兴致勃勃地，旁若无人地，顽皮任性地，活在老房子里头。暮春的那个上午，我和它玩起了游戏。一场捉迷藏，让我捉住了它的影子。我清楚无误地看见了它。它的深幽，它的从容，它的厚重，它的包容，它的绝情，它的破坏性，它的建设性……

我迷醉的，其实是时间的味道和力量。借助老房子这一系列载体，我幸运地触摸到了时间的质感。工业化无处不在，生活中诗意荡然无存，我却试图穿越光阴，寻找和挽留另外一些东西。

二十几天后，在798艺术区，我又看到了很多红砖青砖绵绵砌起的各式老房子，徜徉其中，我惊喜地发现，自己又在和时光捉迷藏了。把无涯的时光当作躲猫猫的对象，这真是一件好玩得不行的事情。隐约地，我也找到了一些想找的东西。

这是一片电子工业老厂区，有六十岁了。厂区建筑颇有特点，大气简约，坚固实用，宽大和谐，是典型的德国包豪斯建筑风格。

这里被废弃后，被一些思维超群的前卫艺术家们，改造成了艺术乐园。不过十年光景，迅速闻名地球，成为全世界卓然有名的最具文化标志的艺术中心之一。近一百年前，当德国包豪斯学院提出技术和艺术应该和谐统一，艺术家、企业家、技术人员应该紧密合作的设计教育理念时，它大概没有料到，在 21 世纪的遥远东方，就有一块地方，真正地实践了其建筑美学意识，把艺术建筑在了工业化之上，包容生长在工业化中间。

于是，在工业废墟上，有一种诗意奇迹般地生长出来。

那天去得早，园中游人不多，如果没有记错，有薄的雾岚在草树花木间弥散。有画者搬着小板凳，沿进口的甬道右侧，在树下支起了画架。画不画肖像，50 块一张，不像不要钱。开张的生意，等下人多了，会贵起来哈。

几乎是众口一词地拉着生意。

是在一眼间，我就喜欢上了整个艺术区。厂房被原汁原味地作了简单设计，厂区具有工业特质的钢管纵横八方，那高大的烟囱也是在的，只是变得很安静了。美，和谐，舒服，新奇，我想不出太多的词来描述所见。应有尽有，出版，建筑设计，服装设计，室内家居设计，音乐演出，影视播放，艺术家工作室等。除了画廊，还有酒吧，餐馆，咖啡馆，服装店，书店，瑜伽中心，画展，珠宝展，时装表演……

有一家小门店，卖衣服。店名好奇怪，二徒。只有一个顺眉顺眼的小伙子在。我收脚进去，里面却很宽大，是个制衣间。打问店名缘由。小伙子乐呵呵地：我和同学开的，我们都是学服装设计的，两个服装界的徒弟而已。你看我们走的就是知性路线，像您这样的气质，太适合不过了。

知性？我喜欢这个词。于是就挑了一件 T 恤，藏青色，大圆领，前胸用灰白布条缝裁了一个不可具名的图案，的确有几分舒适优雅。人民币 120，吊牌上写着"二徒"。真的不贵，诱惑人的，当然是其原创性。此 T 恤，我爱惜得很，总是捡着心情来穿。每每穿上就有祝福：或许终有一天，时光会把"二徒"变为一个传奇。

接下去，我变成了一个坏小孩。确切说来，是我的内心一直睡着一个坏小孩，她想卓然世外，想不群于人，想对抗陈规，想小奸小坏，甚至于，想调皮捣蛋做件惊人的坏事。但是，多少年来，她被捆得很紧，她被丢在心房的旮旯沉沉而睡。她不敢醒来，她怕自己的叛逆给自己带来厄运，她怕被世界遗弃。

告诉我，难道还有比中规中矩更好更安全的活法么？

在 798，她醒了。唤醒她的，是厂区内那些无处不在的塑像：泥雕，石膏像，铁铸像，铜像，木偶像……

一个国人尽知的超级大人物，没了头颅，一个硕大伟岸的身躯在跟我对视，制作者是谁？他真是胆大狂妄！四个蛤蟆人，正叠罗汉，他们展颜作乐，笑容里有着愚蠢的单纯。奇怪的是见者无不呵呵齐乐，想来愚蠢有时也有偌大的市场。从高到矮四个铁人站在一排，张开双臂，迎着我们，他们表情同一，毫无表情，令人想起某个时代……美国前总统奥巴马，穿着红卫兵服装，在大义凛然地怒斥房价高得过分。

就是这些家伙，让我在厂区乐个不停。坏小孩醒来了，如果可以，我也想去用艺术发个言，搞点破坏性的建设。我已经懂了时光的本质了，那就是，这个世界，没有什么是不可以推倒重来的。哪怕仅仅是一个创意，一个机灵的思维火花。

798 就是这样一个地方，以艺术的名义，这里极尽嘲讽，力展荒诞，创意奇崛，用看似怪诞的春秋笔法，在时空隧道里穿梭，对过去现在和将来的社会，有着深浅不一的嬉笑怒骂，让人笑过之余，隐隐觉得有什么东西在心中沉淀下来。这种沉淀，一时间，三言两语是说不清的。难怪有人说，798 较于日常所见，是一种震撼。

说句真话，我其实写不好 798。

我写不好 798，是因为 798 太有野性了，太有活力了，太有诗意了，太让人新奇了。太具有游戏精神了。

"昔日有一个比当代更加快乐的时代。它大胆宣告，我们这个物种是游戏的人。"约翰·赫伊津哈，荷兰最伟大的历史学家、文化学家，在其经典作品《游戏的人》中，旗帜鲜明地作此宣告。

可惜的是，昔日已远，游戏精神在人类生活中日渐丧失，一个俗气的工业世界在地球上建立。理性主义和功利主义把神圣和嬉戏剥夺殆尽，"游戏的人在凄风苦雨的冬季旋律中落幕，林中仙女和牧羊人再也不会翩翩起舞"。美国文化批评家史丹纳如是说。

静夜读书及此，嘘叹不已，"林中仙女"和"牧羊人"，竟似是远古时的字眼，被遗忘太久。田园牧歌，亦不过是天堂中的画面，在现实中如何敢打妄想？而这一切，的确是地球人曾经的生活！

一直以来，我活得很是正经严肃，时有倦怠。以至于，当我无所事事在798闲逛时，沉睡多年的坏小孩醒了过来，眼里心里看到的，全是"游戏"二字。

是的，798，就是一个以游戏对抗严肃，以夸张消解紧张，以嬉戏抵达神圣的游戏乐园。它的存在，当给不完美的世界和混乱的生活，带来一种暂时的，有局限的完美。

顺便说一句，坏小孩仅仅醒来五个小时。她最出格的举动，是模仿那四个蛤蟆人，在相机镜头前露出了愚昧无知的笑容。

游戏结束了。坏小孩再次深眠。她的再次醒来是一个神的秘密。一个人，和时光的捉迷藏却在继续。


## 国家大剧院

难以相信，在庄严的天安门广场西侧，国家大剧院附近，可以看到落日之美。

五月黄昏，晚风吹来，裙裾飞扬，微凉沁人。环绕大剧院的水池波光粼粼，圆形的玻璃幕顶映射着西下的日光。我像一个灰姑娘，穿着水晶鞋，去往一个平生未曾抵达的高贵堂所。我的姿态是匍匐的，那一刻，我是一棵贴地而生的小草，昂首仰望的，是头顶那朵硕大的蓝莲花。

我承认，在国家大剧院，我生出了几分自卑。在这里，我甚至连"谦卑"两个字都不敢用。谦卑？我还没有资格。一个人，可以对事物有所"谦"，那是需要底气的，至少说明她于此方面长有所物，否则"谦"从何来？

我在一个乡村长大。14岁以前，走出家门不会超过20里路，那也只有三两回而已。我第一次到达的远方，是省城南昌。记忆中，我接触到的舞台表演艺术，是村中晒谷坪上，一场又一场的魔术和杂技。现在想来很奇怪，那时这种外地来的表演还真是又多又迷人，他们的到来，是村庄的一场狂欢。当然，也有学校的各种文艺会演。不知怎么回事，青年以后，我对剧演有着本能的对抗，而不像童年对待魔术那般着迷。

这方面，我并不想指责自身挑剔的胃口。一直以来，戏曲，话剧，音乐会，歌剧，芭蕾舞剧，等等，是我精神史和成长史上的盲点。这种狭隘偏执的审美心理和审美选择，我并不以为是我一个人的错。我想说的是，如果我投生于维也纳，或者悉尼，我也许会长成另外一个完全不同的人。

我是对自身的生存环境死了心。除了出入于电影和文学这种普世性的艺术，我不敢再奢谈并奢望其他。我如此明白自己命运的卑微，以至于对一切高雅的东西，都视作遥不可及。艺术如是，生活方式也如是。毕竟，人要安于自身在世界上的位置。不是么，我身边的绝大多数人，正是这样无为而活的，滋味也不见得就差了。

但是，我真的心有不甘。

况且，又不是没有例外。

我从前的楼下，住着一个清瘦本分的退伍军人，老婆是电线厂工人。他就狂爱芭蕾，每回电视上的芭蕾舞表演，那是一秒钟也错过不得。对于他的好胃口，我曾经是又惊奇又叹服。一个老朋友，一以贯之的严肃紧张。一回，有人不小心告诉我，他们曾经结伴驱车几百公里，去听了一场罗大佑的音乐会，门票一张3千。我听到，嘴巴久久不曾合拢——我怎么就没看出，老朋友心中也会有这般如火激情呢？

回到天安门的黄昏。

这一天，我像做梦一样地，得到了一张国家大剧院的入场券。剧目，意大利罗马芭蕾舞团芭蕾舞剧《朱丽叶与罗密欧》。时间，2011年5月25日19点30分。地点，歌剧院3号楼座9排40座。票价，180元。

从南门下车，绕过大剧院的半个圆弧，北门入场。进去后第一层，是长长的宽宽的通道，灯光美丽诱人，两侧竖着各种演出照，话剧，昆剧，音乐剧，芭蕾舞剧，艺术的芳香不由分说四合而来，心醉神迷。出入者衣冠堂堂，神色端雅，有激动也有期待。一个女伴，特意穿上了锦缎的红旗袍，说不可亏了这件好衣服。女士们皆净身沐浴而来，香氛迷人。这个时辰，对于我们中的大多数，都是生命中开天辟地的一场大典之仪。它不是满月酒宴，不是婚庆嫁娶，不是升学贺典，不是乔迁喜仪。不是，它跟过日子无关，跟俗世无关，它甚至，跟这个物质世界无关。它把我们带入了另一个世界，一个看得见摸不着的世界，这个世界明明就在你的眼前，但是，我们却以为，这是云端上的世界，我们都在云朵里飞翔起舞……

事后，我才知道，我们中的大多数，都在这个晚上成了云端上的一只飞鸟。我们在俊男美女的舞姿里迷失了方向。有三两个人，居然提前退场了。我们为自己的单薄阅历和审美缺失付出了代价：我们不懂芭蕾，真的不懂。如果不是对朱丽叶与罗密欧的故事有所耳闻，我们的鉴赏能力和审美水平，与一个婴儿并无二异。

但是，这并不妨碍一只鸟儿的飞翔。在国家大剧院，我平生头一回，体验到了"登堂入室"的滋味。三楼，并不是一个值得一提的高度。但是大剧院，却的确给了我一个日常之外所能企及的高度。这个唯一的高度，吉安给不了，南昌给不了，非北京给不行。

演出结束，掌声绵绵，鲜花芬芳，演员们一次又一次，庄重恭敬地行谢幕礼。他们优雅的举止，将我深深打动，我的心中，有莲花徐徐绽开……泪水是不知不觉涌上来的：我想说，此前我不知道，有人可以把鞠躬做得如此漂亮迷人。此前，从来没有一个场合，我会被人尊捧得如此高贵。

如梦如幻。我真是不舍得，忘记这种皇后般的感觉。

我知道什么呢？

爱一座城的理由实在太多。小时候我向往的，是他的磅礴声名，是他的遥不可及，是他的深不可测。少女时代我是他的狂热信仰者，青年时代我是他的漠然过客，现在，我是他遥远的敬慕者。

生命和生命是没有差别的，但是，心灵和心灵会有高下，城和城，也会存在不同。城和城的差别，不是高楼，不是车流，不是空气，而是人心的来处和去处，是生存之外，另一部分流光的去向。北京，挑破熙攘的繁华，穿越喧哗的声浪，在滚滚红尘的止息处，总有一些洁净的高枝，可以让一部分渴望高贵、向往飞翔的灵魂，有所依傍和栖息。

世界因之而风生水起，美妙袭人。

除此，我其实对浩渺的北京一无所知。

我所能知道的，是他赐给我的世界，比我知道的，还要辽阔高远，还要深幽神秘，还要绚美丰饶，还要神圣高贵。

但是，到此为止吧。在一个好时辰里，借助于神的宣谕，有幸写下了这些，我很是心满意足。

# 备忘书

　　春天的一个早晨，我醒来，看到自己变成了一个新生儿。我毛发柔软，赤身裸体，肌肤粉红，以绝对的质朴和高贵在梦中熟睡，哦，我爱死自己吸吮手指的小模样。天地人大和。

　　八点，我再次进到了那栋楼。

　　办公室是我想象中的样子，光明，典雅，干净。我敲下这三个词，就如同敲开一扇通往秘境的门。

　　阳光在窗外澌澌流。一盆鲜花摆在茶几上，常绿，叶子厚实质感如橡胶，摸起来有些失真，是我不太喜的品种。两个盘，一盘花花的糖果，一盘颜色很正的橘。墙上有挂件，四方的框，框着一幅隽美的字，是一首唐诗。书家是我的一个朋友，看到它，有刹那我以为是他本人贴在墙上。我记起来，有一两秒我甚至友好地对他笑了笑。我喜欢这种独特的邂逅，我邂逅一个人，这个被邂逅者却一无所知。这让我打量他的目光变得无所顾忌，我开始走神，目光随着他的笔墨游移不定。我必须承认，这个人的字比这个人本人，更加具有诱惑力。但是我不能在字上久留，我不是来看字的。一个女孩对我微笑，她发齐肩，有三五分卷。脸清丽，身量是南方女孩特有的娇美，她整个的人，好看新鲜得如同一朵新开的葵。

我坐下。一种莫名的自在席卷过来，虚空中有我熟悉的气息，我像一只离家已久的犬，一路追嗅着那隐秘的味儿，忠诚地踏上了归家的路。

现在，我到家了，一种深深的，不能言说的满足把我结结实实地包裹。我身心舒泰，如同一只水母在大海深处慵懒地舒张着触手。我记起的事情有，六月的广玉兰在徐徐的雨中被打落，它们叭叭的落地声；我记起的事情还有，宽宽的木制房廊，高跟鞋踩在木板上那沉沉的声音。我又记起来，七月的知了在森林里合唱的声音——如果你有足够的经验，会知道知了在森林里的表现和在一棵树上的表现是不一样的。我再记起来的是，三月的鸟儿在窗台啾啾的声音。现在，我变成了一个新生儿，在一张光明织就的新棉网中熟睡。

你看，我待在别人的楼里，就像待在久违的梦里。你看，我的梦是这样的怡然惬意，不费分文。你看，原来世上任何一处，都有可能变作你的睡床，承托起你丢失的梦。

2009 年的整个春天，我就这样和一栋楼关联着，或者说我是那样奇怪地依恋着一栋楼。楼不高，七八层，有裙楼，裙楼有三层。一座楼穿上裙子是优雅的，它就那么优雅地伫立在人民广场的西北侧，位处黄金点，却丝毫没有喧哗和狰狞，而是安静简约别致。在现今的城市，一栋楼可以用"别致"相称，大抵就是值得一说的了。

那天一起看云的人，有站长 Z，同事 W，Z，S，我，应该还有人的，八个吧，记不起来名了。云类，云量，云高，云码。我们的作为现在看起来是如此的不烟火，但正是此样作为供给了我们衣食，保证着我们的烟火生活。观测场由一块洼地堆起，高出环境五六米，低处全是菜地。我很喜欢去观测场的感觉，轻盈，自在，自洽，是爱情的味道。从观测站出去，走过一条六七十米长、四五米宽的甬道，再登上十几级高高的台阶，就进入一个近一亩见方的场地，四周用白色木栅栏围了，场地中央是绿莹莹的草，很清洁的味道，就如彼时的生活。百叶箱，风向标，地温场，日照计，蒸发皿，雨量计……四周空旷，南边是一望无际的飞机场，如果天气好，可以看到有人从高空跳伞。这里视野太好，往东南方向看，有一栋高楼正在拔地而起。这栋楼四周并无大的建筑，所以尤其在视线里显得突兀，能见度好时甚至会以为可以数得清它的楼层。

那天看完云一时不舍得散了，就又开始数楼层，大家愿意数它是因为寂寞，你不知道与天空为伴的人总是要寂寞些的。但打发寂寞的方法多着啦，为什么总是要去数人家的楼层？没有人能够解释得清，可能是因为传闻它是全市第一楼吧。再寂寞的云朵，也有际会风云的意愿。第一楼的名号下，会有怎样的浮华和堂皇，我们不能想象，这已经远远超出了在场者的经验。1991 年的经验是什么呢？电视洗衣机都有了，空调冰箱羊毛衫算是奢侈品。我以为，我们的数楼行为里有对繁华的艳羡心理。由于距离实在是远，事实上我们从来没有数清楚过。

我一般不加入这种游戏，我认为那栋楼跟自己没有任何关系，它多一层少一层都是可以的。但是天上的云多报一成少报一成就不可以，我的心地是纯洁正大的，理想是高尚美丽的，"给青春插上科学的翅膀 / 让理想披上知识的彩霞 / 为了气象科学的明天 / 我愿献出火焰般的年华"。多少年后，我写在日记本扉页上的诗行被女儿一番嘲笑，这样的语式，这样的抒情方式，这样的思维，于女儿，就如出土文物。她问我理由我无语，继而与她一同笑，笑声里我走过了一个时代。对，是走过，仅仅是走过。我的曾经的时代，它立在时间的地基上，牢牢的，它是我青春的城堡，它不会被我摧毁，更不会被我的后来人摧毁。

奇怪的是，那天我也加入了数楼层的队伍，并且看着那栋耸立在大片菜地中间的楼如获神启——我意外地看到了自己出入于那栋楼的身影！这遥遥的望见让我颇受惊吓，"呀，难道自己会成为楼里的一员？"我听到内心一声喊叫，很轻，很尖锐。

我摇摇头，再摇摇头，像摇落一个白日梦，我不再遥望那栋楼，而是很快神色镇定回到看云者中间，我注定是他们中的一员。我什么也没说，因为自己根本不信——我对眼前的工作有初恋般的爱情，怎么可能会有背叛之举？绝对不可能！

你看，我三年理论，十年经验（其间又三年进修），大致读懂了天空的秘语，但是我读不懂神的暗喻，神把未来展示给了我，我竟不知，或者我是宁可不信，假装不知，神不讲情面，让我割下初恋，我如何舍得？

我又如何能不舍得！那个和同事们在一起的上午，神就告诉过我，属于我的红灯照时代已近尾声（我后来才意识到，那是很多人红灯照时代的结束），它要给我一个新的时代（我后来才意识到，那是很多人的新时代）。神决定了的事情，才不管人乐不乐意。对于旧时光再有怎样的欢喜留恋，我又如何抵挡得了神的安排？

距此事又两年，我知道了那栋楼的准确楼层数，我一直没有机会告诉那些远远数楼的旧同事，楼高是，十三层。在高楼里上上下下的日子，我偶尔会记起那个获得神启的上午，我看到那曾经遥遥望见的我和现在奔波的我，身影相叠，形容相加，从此心中有了敬畏，不敢对命运说三道四。

十六年，我从来不曾提起这个秘密。Z站长老了，W失去了健康，S活得顺风顺水，Z年纪不轻了，但韵味越来越好。我爱着这些老同事，他们是我青春的镜子。他们永远不会知道，在生命中曾经有过某一天，他们充当过我命运转折的见证人。他们也不太会相信，我是真的没有打算过要离开。天上的云，来来往往无生无灭。我却走得比云更远。从前云朵是我的饭资，现在文字是我的粮票。我问神要不要说出这一切，神不语。

亲爱的，你如果能静下心来打量自己的命运，一定发现神对你已经有了好几次慷慨的眷顾，某次眷顾你会立时意会，另一次眷顾则要费时间读懂。神从来都在我们生命的左右，牵着我们慢慢走。神说它爱我们。

直到今天，我依然不明白的是，神为什么要把我牵进那样一栋楼？或者，我其实已经明白了一切？

林中的小木屋，乡间的白墙黑瓦房，公园一角的咖啡馆，水岸边的吊脚楼，校园里的图书馆……一个日本建筑师，在寂静的山林里修了一栋读书用的屋子，满屋除了书香就是宁静。我喜欢这些有着独特气息的建筑，它们总是以别致的表情诉说着自身存在的理由，从而引发世人深深的眷恋。借助网络，一个朋友恋上了一个德国工程师，她发来一张图，是德国人自己造的屋，斜顶，白体，带花池的窗，屋子伫立于一片绿草坪中，是欧洲人家常见的，一派宜居的好模样。朋友的恋情早已旧了，德国人的屋子我舍不得删掉，起名"彼特造的屋"，偷偷地保存着。

那栋大楼呢？几天前我又经过了它，我坐在车里，于夜幕下一个意味深长的打量。不置一词的十六年之后，爱恨已然俱了，我该怎样去描述一栋大楼的表情，以及它所独有的生命气息？在如今的城市，它早已不再拥有王者之风，然而贵族之气不减，它瘦削俊朗，如玉树临风，像刀剑般凌虚而上。它的四周，依然是城市的平民区，破败，陈旧，沧桑，一群布衣在一个公子哥面前俯首称臣。这个奇怪的意象是别扭而拧巴的。记起风水传闻：大楼开业的最初几年，流产保胎的女职工不少；院子里没有职工的孩子考上像样的大学；租用裙楼的餐饮店，怎么开都是以亏本收场。这些，当然无损一栋楼的屹立不倒，最终，它镇住了一切。显而易见的，是一家以伟人姓氏命名的饭店已经旺开了5年以上。

13楼开大会，6楼开小会，7楼办公（后来换了部门，到4楼），1楼偶尔去存钱取钱。开大会的时候，我喜欢坐在北边窗旁，朝西北方向遥望——我看见的有民居，菜地，飞鸟，天空散步的云朵，几口开满莲花的野塘。还有几回看见飞机掠过天际。蝴蝶和蜻蜓一定是有的，但楼太高了无法望见。你知道我真正想看的又是什么呢？对，就是那个观测场。但是，我从来没看到过，神把它藏起来了。我知道它在那里，它在大地上，但是我不能站在大楼里望见它，我只能，在午夜的梦里把它思念。哦，我已经，16年没有看到过它了，我离它那样近，却从来不敢回到从前的旧时光打量它哪怕一眼。已经出走，何必回头？悠然，闲散，从容，清贫，朴素，像云朵一样自在，像风儿一样自由，像冬闲的老农一样袖手晒太阳，慢慢地过日子，哪怕其中夹了几分无聊。这些旧了的生活品质，在物质时代明显不合时宜，我也没必要，像前朝遗老一样守护着它们，一生叹息。当我赶着时髦以变应变，要体验什么是"跳槽"滋味时，我对自己的弱智毫无意识，相反还有几分自得：和老同事们不一样，我到底是个不被时代抛弃的人。多么令人脸红的自负呵！二字头上的岁月有着令人可以宽宥的青涩。

其他楼层，则是可去可不去了，不过总还是去过不少回的，因为我在这栋楼待的时间不短，超过10年。一个人在一座楼里待上10年，而不曾把全楼走遍是不对的：总会有事要找头头脑脑吧，总会有事要与其他部门沟通吧，总会偶尔违规想去串串门吧。甚至，我和她工间躲到11楼的杂物间说悄悄话，说到最后两人都哭成了大花脸——杂物间的灰尘真多呵，比我们心上的积尘还多。2005年，等我下决心离开大楼时，她又哭了，她真诚的泪水是我离开时的唯一慰藉。她还在大楼里，那么多年，她在8楼没有挪窝，说起工作，她除了抱怨就是喊累——这正是我所不能忍受的生活。不要骗我说，工作就是娱乐。卡夫卡笔下的变形黑虫不会是我的人生目标，如果可以，我希望长出一双飞翔的翅膀。

同时喊累的，还有另外一个朋友。准确地说，她是这栋楼的下属，远在县城。她给我的电话不多，一年三两个。电话一般会在深夜打来，电话里说着说着她就会哭起来。她哭诉的内容多少年来始终如一，就是太累很累累得吃不消了。起初我总是极力劝她放下，放下，再放下。我是不知道，对于一个听从惯性支配已久的人，"放下"比"坚持"更有难度。她放不下，下次来电话依然是哭诉，她就像一头驴，只有在避人处才有辛酸不已的喘息。那么，我就只有无言地陪伴她的喘息，因为她需要。时间一长，她的信任成为我深深的内疚：是我的好意害了她么？

她是我受命贴身三天采访过的一个典型，我曾经深深地被她的"忠诚"感动，发誓一定要尽自己的力量帮助她，让她的付出能够得到应有的回报。这有什么不对么？我成功了，不，应该说她成功了。她上报纸，上电视，进北京，被提拔，所有的风光都是短暂的，灿烂过后她被声名拖入深深的泥沼——从此她就像与这个行业签下了卖身契，除了做得更好，还是做得更好，代价是她赔上了疲惫不堪几近崩溃的身心。12年，她的生命里再也没有"个人生活"四个字，大楼里的首脑换了一任又一任，每一任对她都有足够的重视，那是一种职业上的重视，唯独没有哪一任对她的生活有过切实的关心。卡夫卡笔下，格里高尔变成了甲壳虫，换来的是家里人的漠不关心。

让我想想，我在大楼里都干了些什么呢？

一个同事高烧三天不肯请假，最后晕倒在岗位上，我在总结里歌颂她；另一个同事父亲重病他不肯请假，我在撰稿的电视片里赞美他。还有一个同事，家里出事了，年关上她眼巴巴地盼着大楼里有人上门慰问一声，结果没有。她跟我诉说深深的失落，我不以为然地对她一番讥讽，笑她天真还有此样幻想，都什么年代了，头脑们的一句话就有那么重要？这里是什么地方，号称国际化现代化的挣钱大企业啊，谁会顾得上家长里短的婆妈事。我甚至很无情地对她说，你是在一架机器里生存，这里不会有花红柳绿，月明风清，别做梦了。

事隔多年，想起曾经的作为，我什么感觉都没有，只有深深的悔疚。在庞大的现代机器和被工作异化了的生活方式里，我不意成为一个多事的"帮凶"。那个背人哭诉的模范，是我心底永远的秘不示人的痛。在不哭诉的白天，她可有闲趣打量过头顶的天空？也许，她也是想过翅膀、飞翔之类字眼的，但她最终成了一只蚕蛹。翅膀折断，成为蚕蛹，这是很多进入现代化摩天大楼者的必然命运，不仅仅是她和我们。有资料说，75%的人，已经被工作异化。我们的周围，全是格里高尔。


五月的一个清早，电梯门口，门卫老刘告诉我说，×××走了。他的湖南话很难懂，我以为他是在说笑话，骂他是做梦。等他跺脚发誓过后，五个雷在头顶炸响：四十出头的×××，我的同乡兼邻桌同事，真的是在一夜之间走了！

那段时间真的很累，×××昨天下午就感觉不适，但他所负责的新系统实在离不开，他不便请假。他脸色苍白，捂着胸口跟我们说打算次日再去医院，后来，他脸色回转，一切皆好，我们看不见后果，对命运一片盲视。结果，竟成永隔！

大楼上下都在说他的好：他老实，本分，他总是无条件答应同事的代班请求，他总是默默做了很多头脑们看不到的琐事，他出差总是像个绅士把女同事照顾得周到舒服，他老婆下岗女儿生病家境贫寒却不忘给更贫寒的哥嫂以经济上的支持……

没有人相信，堂堂一家大企业的员工的后事，是大家捐款办成的。他家的沙发，一坐一个洞，一坐一个洞。

有人建议我写写他，让这样的好人能够活在文字里。我轻轻摇头。我不说理由。他是我的同乡，没人比我更在意他的存在，我不住院子里，住在院子里的他替我打掩护做了不少事，给了我多少方便。我对他充满感激。但是我不写他。我深深怀念，拒绝歌颂。我已经知道，一架机器运转所需要的，和一个人生命所需要的，是两条平行的铁轨，永远不要对它们的交汇抱有幻想。嘹亮的合唱台上，任何别出心裁的发挥听起来都只是怪异的噪音。

还是我的那栋楼。这栋13层的大楼，至少容有200号人，而它所护佑的总人数，该在500以上。毫无疑问，它给我们遮风挡雨，它给我们面包粮食，是我们的"安身所在"，我们视这栋能够安顿"肉身"的大楼为自己的人生依归。多数人的"红灯照"时代已经结束，理想和梦想云淡风轻了，物质世界的构建变得无比崇高。一个中国家庭移民美国，它只关注买房，买车，它从不参加谈论人生的社交活动，也从不阅读那些在国内难得一见的书籍。外国人看得很是奇怪，他们认为人应该有对俗世生活的"超越意识"，一个人怎么能仅仅满足于"贴地而活"？外国人不懂中国，中国人的人生理想，就是在俗世生活中"安身立命"。我也是大楼的"移民"，我进入大楼后也不见得做得更好，在大楼里，谈论小说是可耻的，谈论人生是奇怪的。一切的务虚，对于大楼都是一种不敬。那么，我们能谈论什么呢？数字，除了数字还是数字：余额，净增额，市场占有率，损益，当然，还有工资和奖金。这些，就是我们"安身立命"的全部内容。最初的 5 年内，出于对大楼的"忠诚"和对现状的"自满"，我不曾读过哪怕一篇短小说。这种过度的"务实生活"是一个隐患——又 7 年后，我蜕变成了一个彻底的务虚主义者。

我的进入大楼，对于 Z 站长等老同事们，始终是一个谜。其实谜底很简单：那是一个时代贲张，一个行业扩张的必然。"你、我、他"皆有可能，只不过"我"恰巧俱足机缘，被神挑中而已。回到 20 世纪 90 年代初期的中国，那些像葵花一样打开的日子，下海，跳槽，练摊，人心浮躁，以为财富可以像韭菜一样地生长。我绝无仅有的一次"练摊"，是把不穿的旧衣驮到乡下婆家卖，72 块钱，很值得一说的业绩，而这件事写成故事又换了 20 块钱稿费，92 块钱呐，当时月工资的三分之一了。但我的行为不是为着"三分之一"，而是为着"体验时代精神"：那是一个让人血流加速，充满激情的时代，巨大的泡沫让很多人沉浮在生活的海面上。无论如何，一个二字头上混岁月的人，如果对时代没有适当的呼应是说不过去的。

那么，就探出头去呼应一下吧。

"经营钱的单位，哪里会没钱呢？"我到今天还记得进入大楼第一天，一个当权者所言，像铁一样坚硬的信心，多好的自我感觉！大批有过财务经验的人马从社会各方汇入大楼，彼时它被戏称为"破产企业下岗员工的收容所"。

困境很快到来，1998 年，经由我起手报告并且亲身参与，辖属旅游名城的一个网点撤销了。这是第一个，随后是不断的撤并，搬迁，临时工被陆续清退回家。"今天工作不努力，明天努力找工作"成为一句流行语，它高高在上视劳动者为草芥的恩赐意味深深地伤害着大楼内外的每一个人，"当家做主"的感觉早已成为过往。我们视为"人生依归，安身立命"的所在，正在风雨中飘摇，它单薄的身躯再也给不了我们安全感和托付感，明天的早餐在哪里？

2005 年，我离开大楼，交接的资料里，有一大摞是跟机构撤并有关的，我都干了些什么呀？给人饭碗的好事没赶上，砸人饭碗的坏事却拿我当了差。

风声越来越紧，异地同系统内，有人受不了失业打击跳楼自杀了；同城同业内，很多人被逼交了"自愿买断书"（后来集体上访事件时有发生），从此世人眼里这个行业光环不再；传外省有机构撤销时业务数据全部被毁，据称是有人以此报复发泄不满。病退，买断，内退，离岗，各种各样的方式在逼"老人"退出，为"新人"让路，此举称之"换血"，哦，多么血腥的新陈代谢。资本的逐利性渗透到了普通人的生存之道上。

一对很好的姐妹花，被形势挟裹着分不清南北，商商量量一起交了"自愿买断书"。哪知回家，其中一个被更具眼力的先生一顿好骂，遂心生悔意次日找关系把"自愿书"撤了回来。当然也是告诉了另一人的，可惜另一个没关系，反悔也来不及了。这两人的命运从此不必再提，而情谊，也因之荡然无存。

2000年8月，我受命参与起草一家县级机构的撤销方案。这种伤筋动骨的动作是头一回（也是最后一回，其后果之严重是管理者纠偏的重要原因），此前的收缩都是针对网点而言的，痛在皮毛。平地一声惊雷，知情者无不惊异——那可是一家经营业绩蒸蒸日上的机构啊。开的是绝密小会，在大楼的6楼，很少的几个人。方案要周全，要安全，要保全。方案出来了，离执行的日子还有几天时间，我每天都跟自己打斗：那是我的家乡，那家机构里有我的朋友，有我的同学，有我父母兄弟的熟人，我不吐一字对他们是否公平？我对大楼的忠诚是否就是对亲情友情乡情的背叛？

我的行为果然受到指责。8月底，当我回到家乡执行撤销公务，一个同学说要来看我，其父母一阵雷霆，"快别提她这个人了，一点消息也不透露，哪里还有点人情味？"同学的母亲，在挤兑的队伍里扭伤了脚。我自己的父母，也是不满的，"这么多的亲戚朋友，都把钱存给你们，你居然也不先打声招呼，让我们出去怎么见人？"

我无语。这种事没有先例，家乡人见识不够，他们对自己权益的杞人忧天我不能嘲笑。谁又知道，整整一个 8 月，由于精神压力，我的例假维持了绝无仅有的 25 天，任何一种医学检查都无法解释问题出自何处。而每天每天，我陷入的，绝不仅仅是对自己身体的恐惧和担忧。在家乡的那栋紫红外体的大楼里，深夜 12 点，我亲眼看到几十号男女在接到命令后那绝望的伤心哭泣，他们的泪水，足以把在场所有人的心都泡成糊沫。全场哭泣。宣读完命令，省级头号首脑眼圈发红，一句意味深长的"对不起，同志们，我来晚了"，更是让撤销事件变得充满神秘令人费解——一家充满活力蒸蒸日上的机构，它的诞生和死亡，只是取决于一个特定时刻，几个特定决策者的头脑发热，在这样的事件里，个人的命运什么都不是，哪怕当事人有过真诚的热情和忠心的付出。

父亲烦死格里高尔了，已经变形的儿子成为他的负担，他一个苹果砸过去，慢慢地要了儿子的命。

起草撤销方案不会是我的耻辱，而是决策者的耻辱——事隔 8 年，当年的收缩政策又被市场无情否认，扩张又一次成为战略目标。它们再次把机构设到了我的家乡，具有讽刺意味的是，当年那栋风光的楼，买不回来了。

消息既出，众多的当事者，回报的是沉默。深深的沉默。

作为当事者之一，我深埋心中的耻辱被再次唤醒。我的耻辱在于，在当年的撤销现场，我被连夜要求向上级写报道，报道被撤销当事者们的"识大体，顾大局"，报道他们在撤销工作中"可歌可泣"的事迹——彼时全系统风声鹤唳，需要的正是能够抚平人们内心不安的典型。把人卖了，还要人帮着数卖身钱。我心里有话，却连一点异议也不曾表示，不敢表示。在别人的尊严和自己的饭碗二者间，我可耻地投身于后者。我像一个汉奸置同胞的感受于不顾，只为保全自己有肉可吃有青菜可吃的日子。我不会忘记，当我无奈地在键盘上执行"首脑意图"时，那扑扑而落的泪水，是为他们的今天流，也为自己的明天流。庆幸的是，当时的两篇稿子，上头终于是明智地没有发出来，这一点上，上头表现出了充分的人性和对弱者的尊重。而我，也侥幸保留了几分面子和尊严。于是，我自己，和那个授意者，成为它们的终极读者。但是，这样的行为依然是我职业生涯上的一道肉瘤，它的丑陋，它的委琐，它的冷酷，让我始终不敢回望，无法面对。我假装遗忘，假装耳聋眼瞎，假装自己从来都是像父亲所希望的那样，行事正大光明，没有一丝一毫地对不起良心。只有这样，我才能忘记自己灭失过尊严，才能忽略自己的"小"，以为自己活得一直像个人。

2009年3月，是下午，春阳斜照，我坐在大房间的地板上发呆，手里是这两篇从没见过天日的稿子，展读它们，我像是一个来到战场遗址的幸存者，我站在群山之巅，绿浪鼓荡着我的心房。一只和平鸽自天而来，它洁白的身姿温暖了我，让我从曾经的丢盔弃甲中抬起了沉重的头颅，我轻柔地抚摸着它——哦，卑微的安然，懦弱的安然，伪善的安然，敏感的安然，痛苦的安然，宽宥吧，宽宥吧，只有宽宥自己才能宽宥整个时代。只有宽宥时代才能宽宥自己的命运。神在我们左右，神一直在牵着我们的手。神说，我爱你们。

2000年8月以后，那一双双饱含热泪的眼睛，变身为一群羔羊，就那样被放逐到了遥不可及的天边……一个外表壮实的新婚小伙，受不了撤销的打击，三个月内突发重病含恨身亡。其余的人，由此步入另一条生活之道，有人走得比从前好，有人走得没有从前好，但是没有人的生活就此停步。"安身之所"从来都只在自己手中，何处天涯不养人。

"下一次，那个被放逐的，就会是我自己。"彼时每一个在场的参与撤销者都这样说。兔死狐悲，我们有着深深的不安和忧伤。这是个体面对潮流时的无奈，一个动荡的时代，一个物质的时代，任何一个行业的成熟和转型都是要付出代价的。原来一个时代不会比一个人更有智慧，一个行业，也不会比一个人更聪明，它们也是一步一步摸索着长大定型的。有人注定要为此牺牲。多少年后回味这一切，这好比是一场看不见硝烟的血腥拼杀，留下来的，是幸运者，但不一定是幸福者。

我看着自己在大楼里的作为，就如同外国人看不懂中国移民家庭，我到底是为着什么进来的？我问神，神不语。如果我们心向往之，身献往之的物质世界是脆弱的，不堪一击的，是否应该有一次别具意义的"超越"，才能让我们的灵魂如铁？而这样的"超越"，该由谁来引领完成？如果安"身"

远远不够打消我们穿越人世的不安和惶惑，那何处天涯，又会是"心"的居所？

又过了几年，一个偶然，我读到了科学发展观，是这样说的，科学发展观的核心是以人为本，是以人为本的发展观。"以人为本"，四个字，犹如春风拂面，那是我生平第一次与政治理论没有疏离感，第一次对一个政治名词产生好感和亲近感，我的眼里有泪水要掉下来。亲爱的，请不要问我，这是为什么？

大楼 10 年，我伤痕累累，身心俱疲。富裕的物质条件没能使我更幸福更轻盈。我焦虑，抑郁，忙碌，不开心，就以为整栋楼都不开心；我开始怀旧，开始想念从容悠闲甚至清贫无聊的旧生活，开始想念青山绿水，已然跟不上时代的拍子，就以为是时代的节拍已经错乱。事已至此，除了逃跑，我还能怎么做？

暮春下午两点，我进入院子，看见门卫老刘端着一海碗饭正在怡然享受。他刚刚忙完，他把自己养的一百多盆花草逐个伺候了一遍。现在，他像一个国王面对着自己的疆土，他神色正大尊贵自足，他蹲在花池沿上，他拨一口饭，看一眼自己的花草；他拨一口饭，看一眼自己的花草。他穿着背心光着膀子，捂了一冬的身躯略嫌肥油却腾腾地冒着热气。那是我多年不曾见过的，老刘最尊贵的神态。这场景像幅画一样刻印在了我的心版上：我比老刘不如，他还有自己的花草以资成就，我的"花草"在哪里？劳动着是美丽的，我的美丽又从何而来？

如果时代不放逐我，就让我来放逐时代吧。

辞职报告交上去，大楼首脑很是不满："她要去的地方，会比我给她的钱还多么？"

转述者的话让我一笑而过。"不差钱"的生活的确是好生活，但肯定不是最好的生活。我要的生活，就是可以"一觉睡到自然醒"，这过分么？不过分，人活着，连最基本的睡眠都不能保证才叫过分。天哪，我已经有多少年睡眠不足了？当然，这是我说出来的，我没说出的，才是真正在意的。不说不说，一说就破。

出于礼貌，我和首脑面对面了。首脑依然是高高在上的，没有挽留，这在我意料之内。说的却是"要走可以，我只能把你开除，因为你是骨干，不能放行。"这在我意料之外。

我把笑脸收起，"不可以，你不能开除我，因为全楼尽知，我从来都是一个敬业的好员工。开除我，于情于理都行不通，于你于我都于心不忍。"我清了清嗓子，今天豁出去了，"还有，你何必做事这样绝情，城市这么小，抬头不见低头见，人生这么几十年，还请多加关照。"

我打住，再多出一言，就是对自己的作践。我挺起身子，转身离开，高跟鞋踩在地毯上无声无息。我不坐电梯，我走楼道，六楼，五楼，四楼，三楼，二楼，一楼。我是跳着回到地面的。我不再是蚕蛹，我破茧而出了，我是一只美丽的蝴蝶，就要飞往一个别样的明天。我扎扎实实地睡了一个好觉，因为，我再也不为明天发愁了。但是，我忘不了最后的伤害，首脑说，要开除我。我的过错仅仅在于，我用自己的方式，表示了对浮华和喧嚣的蔑视。十年阅历，我对一栋大楼，不再恭敬，不，我是对一种现代的价值观不再恭敬，我对一个时代，在做出无声的抗议。再见了，利来利往的生活。

我已经是一只蝴蝶了，我命令自己快点飞，飞得越远越好，我要把这十年遗忘。让格里高尔回到书里去吧，我是安然，安然无恙的安然。

人民广场的西北侧，有一栋别致的楼，2009 年的整个春天，我很奇怪地依恋着这栋楼。在一场激烈的广告竞标角逐中，我赢得了这家单位广告总投入的一半。优势在于我是"前从业者加媒体首席"。广告系列很长，迁延一个多月，几乎每天，我都出入于这栋大楼。这栋楼的首脑叹服，你真的是很敬业。

有敬业的成分，但隐秘的原因我不能言说。这里是我通往生命秘境的一扇门，我乐于出入其中，是因为我依恋它。它像一个充满魅力的说客，说服我回到从前，说服我和从前握手言和，让我宽宥了生命中最难以宽宥的经历，让我在它那里有新生的感觉。我看到自己像一个新生儿，赤身裸体，肌肤粉红，以绝对的质朴和高贵在梦中熟睡，哦，我爱死自己吸吮手指的小模样。天地人大和。

先是为着任务，然后是发现谈判中斗智斗勇的乐趣。最后，就发现这栋楼的光明、典雅、干净，是我一直以来不能忘怀的品质，是我毕生所要追求的品质。它们唤起了我的情感，让我回到了另一栋楼，耗了我 10 年生命的 13 层楼。而必须亲历亲为的广告内容，更是需要调动从前全部的职业积累和素养。一直以来，我把那段 10 年视为荒凉之境，但我怎么可以否认，就是这段荒芜的时间成全了我的今天。

时间的力量让人崇拜。新时光就像一个艺术家，而旧时光就像一坨橡皮泥，一块石料，一截树根……提升新时光的艺术素养，就是重估旧时光的价值。一个人不能去抱怨时代，一个人，要有能力从任何一个时代中去找出它的好。人生有限，生命是经不得花销的，我们所能做的，就是和生命相依相恋，和生命中一切好的坏的经历相依相恋。

今天，路过已然荒凉的旧时光，只见旷野无人，清风徐来。苍天下我独自放歌，歌声中只见新葵灿灿，铺天盖地，开满眼帘……

神啊，我爱你。

# 月照空山

凌晨三四点，庵里的板打响了。我身居高山崖壁，于一个叫锦石岩的客寮里醒来，意外地看到了农历闰五月的月亮。它正在西斜，有足球那么大。它寂寥而安心地挂在西侧的山顶上。它冷清的光辉，洗浴着整个天庭，苍天给洗蓝了。莽莽群峰也给洗蓝了。除了月光，我再没看到一点人间的灯火。迷离间我把它当作了自己心中升起的月亮，怀着莫名的清冷之悦，我重新睡下。几分钟后我再起来，追看月亮，看到它已坠到那山顶的下方了……

而尼师们早课诵经的声音开始响起……

紧接的是我把山门里的月亮好好地晒上了几晚。那是一轮多么干净而侘寂的月亮啊，高蹈纯粹，静静地晒着悬崖平台上孤单的我。庵里的暮鼓早已响过。山虫在月亮下歌唱。尼师们在月亮下安睡。只有我年轻迷惘的心，在月亮下不能平静。也就是那几个晚上，我如获天启解开了一些纠缠已久的人生症结——时光的内部自有属于每个人的不同秘密，在光阴的罗网里行走的我，其实尽可以用一种更从容的姿态

缓慢前行。由此观照，从前对未知生活的急切探索显得是多
么徒劳而没必要。意识到这一点，我生活的河流就此开始
拐弯。

然后我总无力阻止自己冥想，想这轮月亮如果没有我的
偶然目睹，它的升起落下是不是一场浪费？

我是一个这样的女人：总是渴望贴着时光说话。而时光
却从来没有贴近我的意思。时光是一种没有亲和力的东西，
它的倨傲很难让人爱上它的存在。我和时光保持这种姿态
的后果，是我在时光里成了一个梦游者，总是飘忽着无法找
到踏实的人生质感。这逼迫我转变了态度——我开始学着写
作，用一种特别的方式面对时光微语，很快这种方式就成了
我的一根金稻草。

我以为能把那金稻草一直抓下去的。但是不行，另一段
时光里的外祖母打碎了这一切。这已经是我用正式的文字第
二次提及她了，头一次提她是因为人间亲情的原因；这一次
提她，则是因为不满时光的残酷——残酷到我很难相信，面
对无情的时光，我一厢情愿软弱自欺的微语是否真的有点什
么意义？金稻草从来都不存在，人怎么可能企望在时光里抓
住什么呢？

八十七岁的外祖母，因为衰老的原因，最近一年来摔跤
多次，所幸每次都化险为夷。最近的一次发生在清明，这天
她不走运，是真摔坏了。她的双腿失去了最后一丝气力，再
也无法支撑身体的自如行动，她只能开始枯坐的日子。

　　除去正常的睡觉，吃饭，她每天的全部生活就剩下了枯坐——从此她再也没出过自己的房门一步。十几平方米的屋子堆满杂物，加上一个呆若木鸡的她。外祖母出现了幻想和幻觉。有一天她居然抱怨说走了很多路，走得双腿酸痛；还有一天她一见人来如释重负，手一指，说，刀在这里，快点帮忙切点葱蒜，锅里的菜都糊了；更多的时候，她只是紧紧地把一小块旧的蓝花布抱在怀里，说谁这么忍心天天把个"毛毛"丢在这里不管——蓝花布是家织的，她年轻时曾用它来包裹孩子，但现在已经拿来当抹布了。

　　这样的笑话每天都在产生，每天都会由去看望她的后人带出来。

　　农历四月中旬的一个夜晚，我踏着月光去看外祖母。我去看她的时候，她蜷曲在一张旧藤椅上昏睡。她醒了，看着我，用游丝般的声息迷糊地说，你来啦？带我走吧。问去哪？她答回家呀。我也迷糊了，不知她的"家"指的是哪里？待想再问个仔细，她却又眯起老眼昏睡了。我默默地在她对面坐下。不知坐了多久，停电了。明亮的月光从西窗口打进来。打在神情昏昭的外祖母身上。也打在黯然神伤的我身上。一时间我也云里雾里忘了身处何方——直到我两岁的小侄子，在外面厅堂里没完没了地喊闹起来，说来电了来电了。

　　她怀里照例紧抱着那小块蓝花布。她雪白的头发被分成两半扎成羊角辫，头上还卡了一个铁制的发箍。一种小女孩的发式滑稽地安在了垂老的她身上，很是可笑。可我却一点也笑不出来，而是被一种意外的发现击倒：想想吧，人们总是抱怨时光走得太快，又何以想象得出时光多得堆成山，一个衰竭的老人怎么也搬不完的样子？时光是座大山，外祖母已经无力搬走它们，她只能坐在深山里发呆。那山，已经被死神搬空了所有。不要她扫地。不要她喂猪。不要她烧火。也不要她，走一步路。只要她，发呆，枯坐，等死。并且，通过她的老态来恐吓更多的人。

不，这样说太温和了。我也许该说时光变成了一轮缓慢转动的巨磨，衰竭的外祖母变成了一头推磨的老驴，她的前面挂着一串红萝卜，她生死挣扎着推了一厘一寸，那红萝卜却总是企不可及……不是我故作诗意，把死亡比作红萝卜。事实上对于现在的外祖母，死亡比活着的确是更具有诗意的一个选择。

时光抛弃了她，却并不带走她。一个垂老的人，怎么能够有力气耗磨掉这空洞骇人的时光？

一年前，外祖母交代说，里头穿白的，外头穿青的，不要搞错了哈。还有要记得多烧点纸钱给我，省得我到那边跟这边一样受穷。晓得纸钱在哪里么？在第二只樟木箱里头哩。半年前，外祖母交代说，里头穿白的，外头穿青的，不要搞错了哈。还有要记得多烧点纸钱给我，省得我到那边跟这边一样受穷。晓得纸钱在哪里么？在第二只樟木箱里头哩。三个月前，她又把原话复述了一遍。最近一个多月来，她每天每天都在复述了……

　　由于久坐不动，她的双脚已经因为气血不足肿得发亮，家人都担心下一步是溃烂，再下一步，不敢想象。由于外祖母的食欲和味觉依然很好，故她的"逃生向死"恐怕不是短时间的问题。这意味着，每向终点走近一步，外祖母将要承受更多的折磨。

　　四月的月光下，最让我费琢磨的是外祖母怀中的那一小块家织蓝花布。穿过岁月的风尘，它依然发散出粗糙而原始的温暖，这温暖换我也会迷醉而不加拒绝的。而我深信外祖母把它幻化为"毛毛"的原因，或许是因为其上还残留着时光那头她孩子们的渺渺生息，这必定是一个垂垂老矣的母亲才能嗅闻出来的。我固执地以为她需要这种生息的呵护去抵达未知的彼岸。除此，她还能在时光的铁幕里抓住点什么呢……

　　现在，悲凉水一样地向我漫来。我难以解释自己不厌其烦地，描述一条生命终老形态的理由。我甚至自责于这样书写的残酷。但是我想说的内核到底是什么呢？这有可能是出于没有力量参透生死的恐慌。也有可能是出于对多年前在山门里晒月亮的怀疑——那次经历之后，我居然貌似达观地活在了人群里。我现在怀疑自己是怎么有力量做到这一点的？

　　我离开锦石岩的那个下午，一群小尼姑正在山潭边洗草席，潭水里有一群蝌蚪在游动，她们就一齐念了：小蝌蚪，尾巴长，游来游去找妈妈，妈妈妈妈你在哪……

　　她们的儿歌听得我心房颤抖，泪满双颊。那个下午以后，我高一脚低一脚孤独地走向了回家的路……想起来我曾经对"月照空山"的禅境是多么迷醉呀？但是我怎么可以无视人在时光里的渺小和虚弱，一味地活在自身的清欢里呢？

那个夜晚，我看到我对外祖母的探视，就好比一缕射进她西窗的月光，清虚却又不失暖意的慰藉——我走时，摸了摸外祖母的白发小辫。外祖母清醒了。执意要我次日早上去吃饭。我谢过。她突然把头一低，老眼里转动着枯涩的泪花。她说，好崽，外婆有我的难处呀，不能留你吃饭过意不去呢，对不起外孙女呢。话音寂寥，里外是疼。却把亲情的火焰拔起老高，刹那间让我沐浴在人间的极爱里，体味着一种疼痛的温暖。

撇开外祖母的疼，我看到我的疼也是无力而且虚弱的。寂凉却又是息息不灭的。我爱的人正在远离，而我正努力来把内心的月亮升起。就让月光照亮她也照亮我吧，因为，这很有可能是我们可以在时光里抓住的唯一。

# 住在梦里

> "当你在城里盖一所房子之前，先在野外用你的
> 想象盖一座凉亭。因为你在黄昏时有家可归，而你
> 那更迷茫、更孤寂的漂泊的精魂，也要有个归宿。"
>
> ——纪伯伦

　　遭遇纪伯伦有点晚，只是上面这句话，也只有到了现在才听得懂。现在是秋天了，从我成人算起，我已经搬家五次了，离最近的一次搬家也有七年了。有很长一阵子，我对搬家有些难以言表的兴奋——很显然，每一次搬家都意味着生活的一次转折，这让人世带了些柳暗花明的意思。

　　我很是享受这点意思！

　　我说过，我已经七年没搬家了，这意味着我的生活结束了长亭短亭般的绚丽变迁，而是渐日悠远安定起来。在一个叫庐境园的公寓小区，我明明在一栋高楼的西隅安顿了七个春秋，而且三五年内没有任何迹象表明有再搬家的可能，可我常常以为，我住的是另外一些地方。

　　这可能比较容易解释，为什么我能够顺利抵达黎巴嫩人纪伯伦的凉亭？

　　离开父母以后，十八岁不到的我战战兢兢地闯入人世。单位在院子里的最偏僻处给了我一间真正的陋室：阴暗，狭小，泥巴地面高低不平，门前是口枯井，井边一棵嶙峋的梧桐树，树下长满了高及人腰的狗尾巴草，树上总有老鸦叫呱呱。我陋室的旁边是单位的猪圈，偌大，猪却不多的三两只，堆满了杂物。

　　我在那里住了至少有三年。一个比我先去报到的男生占了一间大些且明亮些的房间，他就在我隔壁。他总是在有月光而且停电的晚上坐在房廊下吹口琴。我呢，这时我一般就忧伤地躺在床上，一边听口琴，一边看顾着没着没落的青春和命运，不知怎样才能把它们安住？在我的后窗外，比房子还高的芭蕉树在夜风里叶影幢幢的。在我的门前，一只乌鸦"哇"的一声就从梧桐树上飞走了。

　　而男生的口琴还在迷离的夜色里吹送……

　　很多很多年后，我回到那个地方。吹口琴的男生不在了。陋室没有了。取而代之的是一栋还过得去的家属楼，当年看着我长大的那些人也老了不少。我和他们面对面话契阔，死死守住的一点却是没告诉他们：我是怎样在千百回的梦里回到自己孤单的陋室——人世间第一个让我成长的迷茫和伤痛有了慰藉之所的"家"。

　　也就是从此出发，我对"家"的寻求一路不曾停止。

其实在现实里构建一个像样的家是件最容易不过的事情。事实上在陋室之后，我拥有的家的条件总是在不断改善。一次次的变更居所总是能够做到与时代同步，在这一点上我足够幸运。比身边很多人都幸运。

要命的是我真的是一个"在野外用想象修凉亭的人"。

比如说吧，我对"家"的归属感的认知就很有问题。

出嫁前在父母家时，因为是女孩，父母的态度多多少少就有一些不把我真当家里人的感觉——随着我的长大，他们的做派更多的是让人有作客的感觉；出嫁了有了婆家，平时难得回去一趟，公婆那陌生的客气更是让我千里万里地有了距离——这不可能是自己的家。而那个一纸婚书拴定的三口小家呢，当然也温馨，当然也宁静，当然也有日子应有的橙色艳丽，可它是那样的不够渊厚，不够旺实，不够血脉交错，不够有清平世界的朗朗，甚至，它连日子的笨重凝结也没有。而这些，正是一个能拴住人精魂的家的特质呀。在这个问题上，三口小家无疑是新了些，轻了些，小了些，抵御世间风雨的力量薄了些。

所以，无疑，家是越老越好。老家老家，那其实不是指某栋长出青苔的沧桑老屋，而是意指世上人人都得有的一个归宿——纪伯伦说它是安置精魂的一座凉亭，而我入乡随俗地，把它认作是"老家"所能给人提供的一个"场"，一种氛围，一块可以扎根的土壤，因为它的存在，人们在世上的漂泊感才能适度降低。人们在世间的闯荡才有足够的胆量。

一个没有老家的人是不幸的人。

从这个意义上来说，由于世间女子的"老家"从来都是难以界定，所以我很独到地，很难以自己的女子身份为荣。

这就是我常常误以为自己住在别处的主要原因。

我唯一的一个姑姑，住在一个叫江南的小村里。最早时她和很多户贫农分了一栋典型的江南大屋，照壁，正房，偏房，厢房，正厅，后厅，天井，过道……大屋内迂回曲折的，光线也常年是薄薄的暗，几十个孩子可以在屋内折腾捉迷藏，找起人来是很费劲的。而屋子内油盐柴米的喧闹最有人世的平实。我对这间大屋的喜欢是悄悄然，没言没语的。但我最喜欢的是下雨时走在通往后院过道时的感觉：那雨丝从过道一侧的屋檐上吊下来，长长长长的，落在长满青苔的水沟里清冽冽的，小小的我有惊有喜地看着这景致，心神悠远——岁月好悠长啊……

我姑姑后来做了新屋。屋子是江西农村常见的格局：三直，中间一直是前厅后厅，左右两直各是前后两个房间。姑姑的新屋对我没了吸引力，我不喜它直统统的，没有一点错落和含蓄。两年前的某一天，我壮起胆子独个走进早已无人居住的老屋，站在那个带水沟的过道上，看到了童年时的自己，突然想哭。

那才是回家的真感觉。

我梦里的家是男耕女织的。它建在一个青草坡上，是一栋足够大的木屋，有宽宽的房廊可以用来听雨，房前有青青的竹篱笆圈住了许多高头白鹅（篱笆上挂满了蓝色的牵牛花）。屋后有疏竹百竿千竿。最重要的，是木屋里有男孩女孩一大堆，我愿意，当一个壮实的农妇为他们操持老去……

任何人都知道，实现这个梦有多么的难！比登天还难。

# 1988 年出发的吉州窑

一

1988 年，冬阳很好。我的世界里，一件大事发生了。更多的大事，还没有发生。

这一天，是我的嫁日。

是一个午后，阳光慵懒懒的，如一只肥猫，在永和镇的天庭散步。我并腿抱膝，坐在镇子南边最高的青草岭上。我端坐于新鲜如初的青草中。时令已冬，草还是那么青。青到令人心软。

喜宴刚过，夫君把我带到了这里。

这里视线甚好，眺望东北，镇子的轮廓收在眼底。极目西南，是蓝天白云，清亮的水塘，碧绿的菜地，收割后的辽阔田野。还有，一个一个的青草岭，岭上岭下安静的老牛和小牛。奇怪，这里的青草岭真多。离得最近的，是一座古塔。多年以后我才知道，它叫本觉寺塔，样子朴素，塔体有些斑驳，层沿上长出了荒草。还有飞鸟，小鸟多，大鸟少。顺便说一句，青草岭的低凹处，碎陶裂瓷蛮多的。

并坐良久，他发话了。

"这里是吉州窑。你底下坐的，就是一个窑包。这样的窑包，永和有24座。永和街上，原来有72条花街，现在不多了。但还有，我家门前那条就是。"

我沉迷在荒芜的憧憬里，不接话。手指缠一根青草丝儿，绕来绕去。

我对吉州窑一无所知，完全不懂得他所拥有的荣耀，也不感兴趣这种荣耀。况且，他的荣耀也止于此些——关于吉州窑，我没有从他嘴里听到更多。

他不知道紧邻家门的"清都观"，跟苏东坡有关；他不知道永和有过舒翁和舒娇两个制瓷高手，他们是父女。舒娇的作品，在青原山的净居寺里留存久远；他没讲吉州窑有着跟文天祥相关的传说；甚至那一年，他连著名的"木叶天目盏"也不曾提起。

除了给我一个"吉州窑"的名词，他几乎什么都没有给我。很多年后，我怪责他，为什么你对吉州窑知道得这么少？他一脸无辜，"小时候真的没有知道更多。否则，我婆婆藏在楼上的那些坛坛罐罐，说不定就不会失散得那样厉害，难保有一两件宝贝哟。"

而吉州窑，关我何事？我自认心智青涩，混沌才开，轰然一下变身人妻，对于未知的日子，就像盲人摸象般的无法凑足一个完整的画面。如此，要我面对一个一个青草尽覆的土包儿，去想象窑火烈烈，车马络绎的盛况，怎么可能？

1988 年的初冬，我对"吉州窑"完全不在乎。吉州窑，一个地名而已，甚至连地名都不是，一个名词而已。

他说完吉州窑，就说祖坟。

彼时，他家的祖坟，就在我们坐着的青草岭前方几棵大树下。他手一指：

"那是我家祖坟。我爷爷死了埋在这里，以后我婆婆死了也要埋在这里。你呢？你和我，将来都要埋在这里。"

听一听，一个男人完成婚娶后，也不管妻子愿是不愿，就霸道地，骄傲地，生硬地把一个女人长长的一生，从她的母带上割断，塞扯进他的故乡。

我听他说完祖坟，心思繁密忧伤。

25 年过去，我一直没有告诉过他，我一直计较他在我的大婚喜日里，说起将来要我埋在无比陌生的吉州窑。很计较。或许，正是因为这种隐秘的计较，无以言说的计较，导致我在很多年里，对吉州窑毫无兴致，不闻不问。甚至于，我故意不对吉州窑生出感情，故意克制着认识吉州窑的欲望，好像这种情感和生命的"被归属"，是吉州窑而不是一个男人强指给我的。

我打量着古塔，塔很陌生，不是我的；我打量着那些所谓的"窑包"，它们很陌生，不是我的。那些在青草岭下来来往往的乡民，也很陌生，他们全不是我的。我抬头看天，甚至阳光和飞鸟都不是我的。

就是这样一个地方，一个我全然不相知的所在，要成为我将来的葬身之所?！怎么可能。

没有人知道，这一出，成为我心里无法释怀的痛，在很多年后，发酵成了许多关于女人的乡愁的文字，唤起了很多女性的呼应之痛。

借助于文字，我就这样抵达了救赎之路，我原谅了男权的伤害，也释怀了对吉州窑的寡情。

渐渐地，我打量吉州窑的心情和心态变了，先是平和友善，后是自豪崇仰。有什么关系呢，渺小如我，在遥远的将来，无论埋不埋在吉州窑的土地上，都丝毫无损吉州窑的荣光和伟大。我终将消失，而吉州窑的烈火，总有一天会被人重新燃起。传说中的吉州窑，必将在重燃的窑火中复活，从而走进更神奇的传说。

## 二

1988 年，我平生第一回，坐在了绿草青青的窑岭上。往后的岁月，我一回又一回坐在了那个地方。这个岭，曾经是一个窑床。连同永和大地上的其他窑床一起，这一床又一床窑火，自晚唐点燃后，连绵相续，烈焰长生，经五代、北宋，鼎盛于南宋，至元末熄灭。

吉州窑火，在永和的土地上长燃了 600 多年。沧海桑田，世事更迭，风云来去。吉州窑在冷寂中又等待了 700 年。

　　700 年后，在众多来往的过客中，有一个喜欢文字抱着文字取暖的我。遗憾的是，我每一回静坐窑包之上，都不曾去想象它的过往。更不曾为它写下过哪怕一个字。我坐在这里，只是单纯地喜欢青草青，白云白。相比于谜一样的过去，我更喜欢它现实的景致。

　　是怎样的一双双手，挖开了这个窑床？是怎样的一双双手，塑下了一个个陶胚？是怎样的一双双手，给窑床加薪添火？最后，又是怎样的一双双手，把一个个有着浓郁地方风格和艺术特色的黑釉产品带往了世间的各个角落？

　　而我世居永和的夫家，是否有过挖窑拉胚的先祖？他们有过怎样的情爱日子，小悲小喜，无从打问，无计打问。夫家的大人们，寡言如同窑包底下无言的碎瓷片。

　　吉州窑一直是有传说的。它的传说，与苏东坡有关，与文天祥母亲有关，与文天祥抗元有关。是传说也喜爱傍身大人物吧？除此，能够在传说中游走的，就只有制瓷大师舒翁和舒娇父女了。众多窑工儿女，一代一代，注定要在历史的烟灰中成为无影的陪衬。

　　实话说，我对吉州窑暖起兴致，就是跟上述传说有关。尤其是跟舒娇有关。

　　穿越千年，一个女子要有着怎样的超群技能，才能被记入历史，名垂千古？而既然在那个时代，一个舒娇可以是制瓷匠人，会不会有更多的女子也在这种匠人之列，和七尺男儿一样，凭手艺谋生养家？彼时的她们，大概就如同今天永和镇的女人们一样，种田种菜，家里家外一把好手。如果是这样，夫家先祖中，那些没有名字，只有姓氏的女人们，有谁的手中，也制出过一只质朴的碗，一个华美的花瓶，一个舒适的凉瓷枕？

在历经 25 年的冷漠之后，今天，怀着柔软的温情，假以文字，我试图触摸到吉州窑的血肉和温度。我不谈意义，它的意义，已经有太多的文字谈论。而它的温度，是专属于我一个人的。

打开夫家后门，走上几米远，就是吉州窑遗址公园。这个公园的建立，使得吉州窑火的重新燃起成为众目的期盼。中国的窑火，助燃了华夏文明，也照亮了世界文明。可以肯定的是，这烈烈窑火中，就曾有一丛光焰，来自我们的吉州窑。

复燃这丛窑焰，成为今人必然的使命和担当。

今天，穿行于美丽的吉州窑遗址公园，打量着公园里的水榭花朵，湖水蓝天。我感恩的心情在这些景致里摇曳生姿。

我一回又一回端坐凝神的本觉寺岭已经变样了，我注目的稻田水塘多数已不复存在。公园中心大湖里的荷花繁开之后落入寂静，等待着来年的重绽芳华。本觉寺塔还在，感谢建设者，未作任何多余的修饰，而是保留了它的沧桑本色。高天上，一庭辽阔的碎鳞白云，自东向西倾铺开来。一只大鸟，从西边的塔顶飞到了东边的湖莲中。

有意思的是，夫家的祖坟，现在被圈在公园的边际内。先人们，现在安睡于一丛常绿的修竹中。我打一旁经过，屏了呼吸，什么也没有说。他们是有福的。

公园那么大，那么美。我轻提罗裙，脚步悄移，静心倾听，希望可以听见历史深处，那窑火的作响声，那窑工的呼吸声。恍惚间，我甚至把自己认作了另一个女人，当然不会是瓷界女神舒娇，而会是另一个相伴舒娇的无名女子。我期许，有一天，前生所有的记忆复活，我能借助文字，让舒娇，这个有着娇美名字的女神，款款走向世人。

无论是否愿意，自 25 年前，当我在本觉寺塔前，在一个绿草青青的窑岭上，被强行指定这块土地将成为我的最后归宿，说不清的命运关联，已经让我和吉州窑不可分割。

今天，一个消息传向耳际，重燃吉州窑火指日可期。

我更加安静了。揣着微喜，我端坐于本觉寺塔前的花丛里。我在想，在我的世界里，又一件大事发生了。

# 第三辑

# 书卷香远

谢天谢地

这个不甚理想的世界

还有理想的书

等着一个不甘沉沦的女子去读

# 在羊狮慕读书

是暮秋，随一帮摄影师首次进入羊狮慕大峡谷。

是时，季节转换，冷锋南下，雨锁秋山，寒烟迷蒙。同行者日日驻足于岩岸，废寝忘食忍饥受寒，只为等来天光，等来雾影，等来云海霞光，等来一张满意的片子。

唯有我，不作等待，没有打算。我两手空空，无远虑，无近忧。整日打着雨伞，唱着山歌漫步峡谷中。

我也不挑，我也不拣：长风过耳，冷雨入怀，山雾障眼，叶落惊心；忽开忽合的天空，忽隐忽现的山色，忽高忽低的岩岸……这所有，都是最好的知遇。

人和大自然，受着造化牵引，彼此脉脉端凝，撞了个一见欢。

我的脑子里没有片子，只有全情的沉醉。

那几日的冷雨寒风中，大峡谷写下了宠幸我的第一卷长轴情书。人与山水，自此开始了一番远胜于男欢女爱的缱绻缠绵。

情书不着一字，我却读到风雅万千：大峡谷说，它乐于

209

成为我的私家书房。待惠风和畅，青山生白云的好日，许我安坐山林，无事乱翻书。

人生长路，亦有山水跋涉百十。唯有大峡谷，和我缔结下这个密约。人和山水，也自有神秘的缘分。爱的排他性使我谨慎小心，守着它，就如守着一段相思，不对人吐露一字。是要独占风雅，在尘嚣尽处，于青山白云里耽溺书香。没有谁的私家书房愿意大方迎客，斯文于我，竟似一笔私财，不想瓜分与人。

现在是初夏，山雨纷作，气温骤降，山里人们棉袄加身。山外秦岭承德五月飞雪。写下上一段，犹如吐出一声忏悔，有朵梅花掉落在夜色里。诗人张枣说，"想起那些让人后悔的事，梅花便落满了山坡。"

我多虑了。事实上，大峡谷世人往来络绎，捧着手机呆坐良久者有，端着相机咔咔嚓嚓者有，嘻嘻哈哈闹腾留影者有，捧着书本专注书香的，却是没见一个。

是他们没有接到过相似的情书么？还是每个人的情书都各有所约？

转而又逢秋冬交替，年假，我弃境外游而择大峡谷，赴一个书香之约。是一心一意认定，大自然书房的静谧安宁之好，远超所有喧嚣的行旅。

幸运的是，那些日子天气不错，镇日青山荡白云，温度和煦如春。大峡谷阔敞无比的书房里，缀满山光秋色，处处如画如诗。随意一级山阶，一处断崖，一块温暖的岩石，一张休憩的长椅，都可以一卷在手，尘我两忘。

读到会心处，颔首合卷。一个四顾，高处有蓝天如绸，白云朵朵；低处有秋色千堆，万物含光；远处有山川如涌，近处有叶落无声。一只鸟仔于对面树枝上，隔空默立良久，它也不动，它也不唱，似一个颇有教养的芳邻，礼让着对门人家的安静。同样的，我停止读书，以微笑回应着它的善心，唯恐翻动书页的动静，把它吓跑。世间的和谐之好，莫过于双方俯下身子的成全。

这日月如禅万世悠悠的景致，竟容下了来自喧哗现世一个女人的安然悦读。一时，恍若置身远古仙境，心神惶惶：为什么是我，拥有着这样不可思议的良辰美景？这样一间天下无双的书房？

我并不能心安理得地领受比他人更多的命运福利。

今年早春，有陌生乡党抵我所居城市，蜿蜒曲折托嘱人，邀约共进晚餐。我甚以为奇。熟人转答：去年秋天在大峡谷有曾照面，是时她在秋阳白云下读书，置来往过客不顾。印象太深，出山后多方打听方知读书者身份，故有意结识以慰感佩好奇之心。

"哦？"听罢，我几近失语。

在大风景中成为他人眼里的小风景，实非本心，意料之外起了一抹闲笔。

我再一次抵达青山书房是在又一岁阳春。随身携带的书籍多过衣物。中途出峡谷，进时再换了一批。

所读书目有:《论自然》《瓦尔登湖》《低吟的荒野》《寻归荒野》《山海经》《诗经》《造物有灵且美》《大自然的灵魂》《万物皆奇迹》《伊西斯的面纱》《自然与人生》《自然神学十二讲》《自然史》《物种起源》《鸟的魅力》《远行》《宽容》《舍得舍不得》《艺术哲学》……

解读这串书单,感叹复感叹:自小课堂发奋,尝到过"学霸"的荣耀,也吞咽过补考的不堪。蓦然回首,材不对教,几近成为现代教育的牺牲品。

学过对空气列方程,却无力描述风的形态;学过声波的传播,却分不清鸟的鸣唱;学过光谱原理,却远离了曙光的美好;学过细胞学结构,却认不得几种花草树木;学过地球月球的转动,却以为月亮从来都是东升西落,头顶繁星一个不识。

我在自然中出生,长大,依赖她苟活,却完全认不得她的模样。我像一个被大恩人领养的孤儿,长大后竟连一丝谢意都不曾生有,更遑论静心端详欢喜她的模样。

无知可以原谅,寡情却不能自宽。天地视我为刍狗,我却当视其为父母,敬之仰之,爱之恋之。

书单上关系到的作家,梭罗和蒋勋,一以贯之地喜欢。德富芦花,初时很不喜其语风,薄恶一个男人作矫情。慢慢地,品出其耐读之好,画面感强,韵律生动,状物精细,抒情真诚。待读到其述农民闲适,言,"脸上写满无限的时间和空间"。忍不住哑然叫好,此样妙喻,非大家之手无以能出。

一个秋日黄昏，明亮的夕光越过闭合的山谷打在我身上。凝神片刻，我打开戴欢译本的《瓦尔登湖》，随手开卷，第 83 页，《为何隐居》，目光驻留在这段话上：

> 然而飘洒的雨丝轻洒下来，我蓦然觉得能和大自然相依相伴，竟是如此甜美，陶醉和受惠。在这滴答的雨滴声中，各种声音和景象都拥着无边无际的友爱将我的房屋包围……

突然，四周滴滴答答起了动静。

"下雨啦？"我没敢相信自己的判断，夕阳明明在我的正对面明晃晃地发光呢。

滴答声在继续。透过身旁岩石上的黄山松叶隙，有豆大的雨滴落在凳子上、书页上，几个小小的湿印把纸上水笔画线洇了开来。

天哪，还有比这更神奇的巧合么？

当下的一切，跟书中的文字竟吻合无隙。我灵光一现：是梭罗本人这些天一直相伴左右，并以太阳雨的方式提醒着他的在？

我慌忙在书上留注，很快，雨滴把我的字也洇糊了一片。不到一分钟，雨收了。梭罗来了又走了。我望向西天，夕阳正渲染着溶金之美。

前些日立夏刚过，一个温暖的午后，我沿着山脊拾级而上，在大峡谷东岸最高的断崖上，凌空读书。手中持卷，是爱默生的《论自然》。这是高山之巅的制高点。

是时，一幅巨画在眼帘下铺展：一道一道南北走向的绵延山脉，自东往西把地平线推至天边，令人以为大山即是世界尽头。有慵懒的白云在遥遥山脚下猫睡，大山不动，白云不动。头顶阳光透明洁净，身边有山花将放即放。一对在蓝天下私奔的大灵猫，被断崖上的女人惊着了，忽地一下，隐遁在了几米开外一块苍岩之后。

到黄昏，一只美丽的白鹇，蹑手蹑脚窸窸窣窣现身于灌木丛中；西岭深处有只斑鸠，"咕咕咕"在寂寞啼叫。

西天披彩，绛红的云霞横贯地平线，恢宏壮阔大美在天地间流布，大峡谷盛满宁静的光芒，落日如圣贤辞世。爱默生，却越一百六十三年光阴从西天复活，在山巅上与我对饮一壶春茶，予我孜孜教诲。

人与书交好，即是人与作者的交好。我们穿行人世，看似偶然的相逢，实则是必然的牵引，论与爱默生的相认，人间还有比这壮阔高远的断崖高处更合适的场所么？

一寸一寸，暮光渐收，大峡谷正辞别白昼，披上面纱去往夜里。它关闭书房，温和地请我下山。

我踩着薄光，高一脚低一脚走下天子峰脊，走出峡谷。高高低低的山谷里，鸟儿休息了，被情欲折磨多日的野山羊又用并不动听的嗓子唱起单调的情歌。山花儿摇曳着身子滑往梦乡，万物的棱角变得柔和。

　　我置身于这昼夜交替的大幕里，耳边响着爱默生的话，"光存在的地方，是白昼。光曾经存在的地方，是黑夜。"

　　回到小木屋的平台前，似乎听到谁在呼唤，一个抬首，一弯新月已经越过西岭爬上西天，三两颗星星早早地出来与她做伴。

　　明天又是一个好日。明天的青山白云里，谁会来担任我的导师和朋友，谁会同我安坐山林，倾谈对于大自然的无限情怀。

# 倚一庭湖水，读一页《诗经》

## 一

暮春初夏，真是读书的好时节。

这样的日子，春天的喧哗渐渐沉实，而大地上余芳未歇。

这样的日子，夏日的浮躁未及生发，而天宇间气蕴正好。

季节在不疾不徐地更迭，全然不顾举世的车水马龙熙来攘往。这样的日子，在我的内心深处，有一种潜伏已久的东西被唤醒。"她"独立遗世，与我的报纸版面无涉，与我的一日三餐无涉，与我的亲人爱人友人无涉，甚至，"她"亦与我的小悲小喜无涉。"她"安然不动，持久地，平和地盘踞着，休眠着。终于，"她"醒了。"她"温和友好地说：

"穿上那条碎花长裙吧。揣上《诗经》，走，去那个湖边。"

　　于是，我婀婀娜娜，独步四十五分钟，去往一座湖。有那么三五个朋友知道，倚一庭湖水读一页诗文已经成为这座城中一个女人的专利。神明宠幸，也不知是哪一生修来的福分，满满的一座城，长长的湖岸线，只有我这么一个女人，可以享有这样的清福。

　　"她"是什么？该怎样来描述"她"的存在？想来想去，唯有拿旅美作家张宗子的一段话来做注释：

　　　　人在时光里向前飞奔，心却不断后退。一直往回，追溯到'五四'，追溯到唐宋，到汉魏六朝，到先秦，没有疲惫，却逐渐安定下来。好像天色已晚，暗影四起，草虫幽幽，花气弥漫。一棵树立在那里，你倚着树干坐下来，安心入眠。

　　对的，"她"即黄昏时旷野里的那棵"树"——我们血脉相续人文传承的根之所在。我渴望辽阔渴望高远的灵魂，正是从那里出发，几千年来，千转百回地修炼，又千辛万苦地溯源回归。曾经，我是多么想要变成一只小鸟，从现实中飞遁——瞧我这么点出息，我咋就不把自己变成一只大鸟呢？！

　　这么多年，悄然展翅，风雨历练，心里牢牢盘着听来的一句话："我会变成一棵树，等你飞累了，回来歇脚。"

　　非得经历低飞回旋几番折腾，才恍然明白，世上的树有万千，它们却只能容下小鸟们各自短暂的栖息，唯有张宗子所言的那棵"树"，以岿然沉默的稳泰，以熊熊不熄的能量，立在光阴深处，不急不恼，不卑不亢，迎候着那些自愿停止飞奔的"鸟儿们"，使其遽然间拢翅息飞，在他的枝枝叶叶间获得彻底的归宁。

从这个意义上而言，生发于商周时期的《诗经》，就是这样一棵"树"。有句关于《诗经》的评价正好可以拿来作注："没有《诗》《书》经典文化体系与文化学统，就没有今日的中华传统文化，也就没有中华民族。"

难以解释的是，我这只在书林里飞来飞去寻找归宿的小鸟，一直到2012年，都没能收脚在《诗经》这棵大树上吸氧。此前我完全不知道，作为中华文化摇篮的《诗经》，"乘坐'经'的'圣驾'，浩浩荡荡地穿行于历史的城镇村乡之中"，"博得了万千之众的'围观'与'喝彩'"。

这多少是让人脸红出汗的一件事情。老祖宗栽下这么一棵顶天立地的大树，我竟然要在这个娑婆世界跌来撞去个足够才想起去寻求庇荫！

一路上，细密的蔷薇此开彼谢，绽了一坡又一坡；洁白的栀子花顶着露珠沁出香甜；朝阳破云而出将热不热，天气晴雨未定；湖里的睡莲正徐徐待开；水面有几只鹭鸟，在田田新荷上盘旋起落。而水柳，已经依依长垂，从眼前荡到人心底。

这样的景致，自盘古开天地迤逦而来，芳菲无尽，纵情在光阴里延展。这样的风情万古，意静心娴，正宜于开启《诗经》诵读。

## 二

费时一个多月，夏天来临，当一庭湖水由瘦变肥，皇皇一部《诗经》也慢慢掩卷。

久久地，我不能为这段读书经历写下一个字。翻看那年的水边日记，亦是少有字眼提及《诗经》。2013 年 5 月 23 日，周四，晴，有一句话提到，"在水边，书是要读的。《诗经》《闲情偶寄》《岁朝清供》《路上书》《刀锋》《彩云聚散》。"

仅此而已。

是一个孩子，闯进一个神秘花园，看见一园奇异花草，不由嗫声束手，目不暇接，眼含喜光，面生霞绯；她自私起来，不想告人，只想悄然独拥。

有一天，一个短信飞到湖边，"你在哪里？"

"在湖边发呆。"

"你天天在湖边发呆，不会是出了什么问题吧，你不会去自杀吧？"什么？那头简直是疯了。

"怎么会？我好得很。"我骄傲地微笑。

"好得很为什么不待在人群里？"此问听来不可理喻。

我为什么要待在人群里？人群里有谁能和我谈论《诗经》么？没有。手机里有三百个号码，有十个人告诉我会读杂志，五个人会和我谈论读书。但是《诗经》就算了吧，那么古老的典籍，拿出来跟人谈论，会让我太像一个出土文物。

"待在人群里没鸟看。我有个新发现，越小的鸟儿越愿意结伴，越大的鸟儿越愿意单飞。"我答非所问。

"哦，原来我们是麻雀，而你是雄鹰，你单飞去吧。"那头如此机智地解读了我的话意，郁然不乐起来。

我不说。我就是不告诉人我在水边读《诗经》。是真正好的东西，在没有尝够滋味之前，不舍得跟人分享的小自私。这个经验之后，我不由想到，真正意义上的大方，大概是不曾存在的。而相对的，如果一个人在尝到了好东西的滋味后，乐意分享赠予，这就是很可以出得了手的大方了。除此，出手者自身都不知东西好歹的所谓"大方"，实在也是可疑的。

而我终于还是要把这一段珍藏拿来示众了。本来么，在读书方面，大凡遇见好，我从来不是一个小气的人。

到这时，我却失望地发现，《诗经》所以具足魅力，正源于其节奏明快，语言韵律与自然韵律相合无间。现代越说越多越写越长的白话语言，面对华夏初民利索简练以素为美的歌谣节律，全然无有作为，武功皆废。

不信，看看这 16 个字吧，"死生契阔，与子成说。执子之手，与子偕老。"想一想，如今充盈耳际的情诗和情歌，颠来倒去呻吟的，有哪一行哪一声脱离出了这 16 个字的轨道？

我读书的湖边，傍有一座山林。春夏之晨，运气好的话，林子里能够遇见霞光。霞光很长很长，从东边的天际拉向林

荫道，是我眼中一个神秘的时光转换通道。在今天，霞光如
此奢侈如此稀罕。每一回邂逅，我总是欣喜丢魂。我屏息驻
足，久久沐浴在美妙神奇的光线里，实在不愿转身回向红尘。
还是那样的山道那么个山林，一旦披上霞光，就如一个女子
一改粗简装束着了一袭淡雅的纱裙，令人悦目惊叹——美在
出人意料。

　　关于《诗经》，我能够分享的，只有这么多。收尾处，奉
一首《周南·樛木》祝福亲们：


南有樛木，

葛藟累之。

乐只君子，

福履绥之。


南有樛木，

葛藟荒之。

乐只君子，

福履将之。


南有樛木，

葛藟萦之。

乐只君子，

福履成之。

这一咏三叹的樛木、葛藟、君子、福履，什么意思呢？

意思就是，青藤缠绕大树，人得到上天的福佑，以至他的一言一行都福随身后。

我想说的是，一个读书人，一旦有缘打开《诗经》，那他（她）就如同邂逅了一束稀有的霞光。这是一段光照千秋的霞光，它遥遥从商周而来，带着华夏文明婴儿时代的啼笑悲欢，以最原初又亘古不变的人心人情，最纯净的情感力量和道德信念，照拂洗净了一颗颗，沦落在现代文明中已然暮气沉沉的心。

小鸟也好，大鸟也罢，你累了？你乏了？循着《诗经》回去歇歇吧，就像青藤去寻找一棵"大树"的福佑。

# 关就关了吧，书店有毒

## 一

从我认识小 S 的第一天起，他的日子就一直晃荡着。酒杯里晃，麻将桌上晃，朋友堆里晃。常人眼里他的没个正形，其实就在于他比常人太想要寻找正形。

他希望生活葆有热度；他希望世人都要像自己真诚率性；他希望，理想之花常开不败，看见的，却是花开花谢的一个又一个轮回。

他揣着希望在绝望中晃荡。一个早上，他打开音响听情歌，听着听着他哭狠了，哭他不曾留住的爱情和青春。

他的爱情没有成为传奇。

他的青春，凝固在了一家书店里，店名叫做"青鸟书店"。年轻的心，寄望书店可以成为传递幸福的信使。

他讲他的书店，讲了不止一回。每一回，他本来就清澈的眼睛就没了忧伤，只有明亮。他笑得像个开心的孩子，讲着讲着他醉了，听着听着我也醉了。

"那时我长发飘飘。书店开在一家学校边上，门脸既深且长，坐落在一条林荫路的尽头。那条大树参天的路，到了春天，尽是香樟独特的气息飘来荡去，人在店里码着书都格外提神。到了黄昏，广场上的晚钟荡漾开来的时候，麻雀开始归巢，一个庞大的合唱团向路人唱着不要门票的歌。夏天的大中午，树上的知了则没完没了，叫得世界都好像化掉了。秋天，乌圆的樟籽落了店前一地，踩上去，啪啪有响，好玩。冬天哦，香樟也不落叶的。这时进来看书的人比平时少了，站在店门前透气的时候，望着马路斜对面瘦下来的赣江就有一点心事，觉得青春怎么那么长那么长。

"那时生意不错，我不过二十二岁，就当上了老板，请了个小伙计，还有好几个兼职业务员。有一回，黑色的腰包上，揣了一千二百块钱，去株洲的图书批发市场进货，钱被偷了。那年头的一千二百块钱呀，简直就是小富翁。我们连回饭店结账的钱都没有，不敢回去取行李，又不敢当着伙计的面失风度，打发他暂时离开，自己在路边电话亭打电话，听到妈妈的声音哇哇大哭。哭完，擦干眼泪又叫上伙计去拦回家的便车。你说，我这么一个诚实的人，怎么就逼得留下了一笔不诚信的劣迹呢？

"那时进店里光看不买的人不少，没关系，我喜欢看书的人，就吩咐伙计多备几条小凳子，让人家可以坐下来看，这样他们就不累了。我开书店，认识了好多有意思的人，怪人。

"我最成功的一笔生意，就是一下批发了二百多本《废都》，卖得整个城里读书和不读书的人都来求我找书。那一阵，我可是这座城里的红人啊。"

……

后来，小S的头发剪了，书店关了。小S认识我才10年。我告诉他，我是进过他书店的，只是当年不识彼此罢了。店里的书还行，有些品位。发了福的小S出言谨慎：姐姐，我有个朋友想要你的书，签名送一本好吧？小S为朋友要了我好几本书了，还介绍了其中几个与我认识。不能忍受的是，每送一本，他都要吐出象牙：姐姐的字真是太难看了。

那条路上的香樟依旧，那是全城唯一一条没有换过树的路。

只是，我再也遇不见青年小S和他的书店了。

二

逢"小雪"节气，天气似小阳春。去一个历史文化名村，和一群人同行，兜兜转转打闲岔，竟然说到从前的书店！

一时，群情汹涌，满座哗然。有老者，一派儒雅，说起城中书店和藏书家如数家珍。待诸君如打了鸡血般各各道尽其晓，座中却只余一片长吁短叹。书店啊书店，其奈如何。

有人说：那二十世纪八十年代，永叔街上不是有一家么，店堂宽宽大大的，好书不少，也便宜。

我接：这一家我去过。那时我还在县里，来城里出差就去那里找书。有一种"五角丛书"，全是介绍东西方人文的，上海文化出版社做的，好薄的册子，里头的货却硬，价格从5角到1块出头，印数吓人，20万到上百万都有。现在我家书橱里还有10本呢。

有人说：还有井冈山大道，老报社那个大榕树门口。边上不是有一家小书店么，汪国真的诗集卖得好，但丁的诗集也卖得动。

我接：这一家，我记起来了。有一回，不意出手竟拿了笔征文奖金，在新衣服和新书之间纠结好久，最后舍了新衣服，去那买了但丁三部曲。是要作个纪念，以为衣服活不了书本那么久，况且衣服也不像书本，可以带来财主的感觉。二十多年过去了，书珍藏得很好，三部曲始终没有看完。买书时的那份富足感，现在还记得。

有人说：阳明路上那一家，我朋友开的。他备书的眼光，才叫一个好。

我急急地接：那么他现在去了哪里呢？他想起自己的书店会不会难过呢？这么多年，我是多么想知道他的下落啊。

我真的，很牵挂这家书店。

书店在阳明路上，我在书店不远处，半天半天倒着班。另外的半天，就常常在书店花销掉。彼时也不知怎么，不小心掉进人生洼地，把书店的书就当了救世菩萨。跟菩萨打交道，仪态自然容不得潦草，总是收拾得像去约会，非如此不敢进书店。爱屋及"鸟"的缘故，对于庙祝般的店主，就有了绵绵的感恩心意。可惜的是，当年羞怯小气，这样的善意，一个字也没送出。

挨着它的，还有风格迥异的另一家，花哨，时尚，走通俗路子，一样的读者如云。

我没在那里上班后，改去了城北的另一家书店。不知是哪一天，我回到这条栽满梧桐树的街道，车水马龙里一个打量，书店不见了。刹那间，我为书店，以及当年在书店里徘徊的自己，做了个悄无声息的祭奠。一些沉睡已久的心灵秘密，随着书店的不在，突然间，如烟散去。待到下一次，我两手空空站在同样的街道，进行同样的打量，我才恍然明了：关于书店，自己所做的，是一场永无结束的祭奠。

更沉静的夜色里，书写着这些，心有些疼：原来啊，就在不算太远的旧时光里，一些人和一些书店，真的是有过唇齿相依的交好。

这些比书店活得更久的人，如今都在老去。


三


六月，一行人在古罗马的青石巷子里奔袭。导游说，快点快点，赶不及汽车了。

就是这样仓皇的旅途，我竟然还有心，看到了身边的

"book shop"。因了这一瞥，这赶集一般的罗马之行，竟像填补了一个巨大空白，一种自欺的满足，瞒着众人偷偷升起。

是觉得这一眼比别人多省了好些个旅费么？

这样一个动心的美好细节，岁月必将无法磨蚀。

同样的匆匆，在巴黎的塞纳河左岸，我没有能遇见"莎士比亚书店"。

游船在塞纳河上走，我的心在想着"莎士比亚书店"。我知道它的传奇，知道它的迎来过往，知道二战期间，是店主的朋友，美国作家海明威拿着机枪带着一队吉普车解放了书店所在的一条街。

我亦是有过书店梦的。我有梦，我希望进入书店的，都是些学者绅士先生淑女。在东方这座连四线都算不上的城市，我希望我这个平凡的女人，也可以过得"谈笑有鸿儒，往来无白丁"。我希望我的书店，可以为很多迷茫的人点燃心灯……

为这个梦，我做了一些事情：听讲座，联系加盟，勘选店址，写商业调查，做开店计划。一个叫"席殊"的人，成为我的偶像和计划中的盟主。"读好书，好读书，读书好"，爱书人有谁能忘记，在中国的大地上，"席殊书屋"也是取得过辉煌？

"席殊书屋"果然在吉安有了分店，店主不是我。是一个长得很像账房先生的 × 姓男子，瘦，脸上始终有着谦恭的笑，有一阵，和他朴实的老婆，把书屋打理得也是活色生香，深得我心。可惜现在哟，大不同了。

同样有梦，美国奇女子毕奇就不一样了。1919 年 9 月，逗留巴黎的她给母亲发了一个电报。"要在巴黎开书店，请寄钱来。"

母亲寄给了她全部积蓄。

慷慨的母亲大概不曾想到，这笔钱，使得一家书店成为巴黎的文化地标，在世界文化史上站立了近一百年！

1919 年 11 月 19 日，毕奇的书店开业了，它一经开业，即成为英法文学交流中心。百年风云，它几经停顿、搬迁，如今还在巴黎圣母院旁边，以绿色的门脸，顽强地抗衡着亚马逊等网上书店的冲击。

犹太人毕奇的伟大有二。

一，她以卓越超群的眼光和极度包容的人格，扶持乔伊斯出版了当年被英美两国列为禁书的《尤利西斯》。很难说，是乔伊斯成就了"莎士比亚书店"，还是"莎士比亚书店"成就了乔伊斯。二，她以超凡的勇气，拒绝了一位德国军官的索书。一本《芬尼根守灵夜》，终结了书店的一切，毕奇因之获罪入狱。

好在十年后的 1951 年，一个叫乔治·惠特曼的古怪男人，获得了毕奇的青睐，他得到授权，延续了"莎士比亚书店"的传奇。这家书店，如今依然是付不起旅费的波希米亚文学青年的庇护所。这里是旅行者的邮电总局、免费咖啡馆。唯一的要求，就是留宿者每天必须读一本书。这是世界爱书人的天堂了。

一天一本书？莫怪匆匆，即便有权利逗留，以自己可怜的外文水平，怕亦是无缘得到庇护了。

"莎士比亚书店"的美谈，就这样通过一个又一个爱书人，在世界各地流传开来。真好，这乱象横生的时代，总有一些坚守是有价值的。"在黑的面前，白也无能为力。"

# 四

天冷了，黄昏来得早。还没怎么注意日头的走向，楼群里已经生出了薄暗。西边天角却依旧亮。顺着灰蓝的光，坐在书桌前一个抬头，高高地，看见有丝丝缕缕的彩云挂在天上。

有人在放着童谣，没完没了；有人奶声奶气地在喊"外婆"，听得醉人；有人驾着摩托风风火火地响过……

这些响动，衬出的，是一个静寂的黄昏。

休假的人是格外安静的，很大的安静。是坐在一朵寂静的莲花上，独自观看沧海桑田在周际变幻奔涌。

那些书店，还有开书店的人，就这样在无限的静寂里浮现出来，慢慢地被我忆起……

# 神与爱，诗和书

## 诗歌的力量

诗人不被世人理解已不是一天两天。一回在餐桌上谈到诗人，有人玩笑间给某个诗人下了个评语，我不乐意了。

"不要这么评论诗人。如果不是他们的与众不同，又何以写得出那么优美出尘的诗歌来？"

世人皆以为自己可以远离诗歌而活，却不知，千百年来，诗歌一直在我们的血脉中流淌奔腾不息。

> 床前明月光……
>
> 锄禾日当午……
>
> 欲穷千里目……
>
> 鹅鹅鹅，曲项向天歌……
>
> 小荷才露尖尖角，早有蜻蜓立上头……

国人只要不是文盲，谁不能张口来上几首？我那文盲奶奶，还有几首童谣村谣张口就来呢。

诗歌的力量被世人忽视已久。

有一个新闻，说某公司专门录用了一个诗人身份的员工，其工作就是每天带着大家朗诵几首诗。初听之下好感骤生：这个公司不知做什么的，如果用得上，他们的产品我当大力消费。

读《艺术哲学》，说到旧时好像是意大利或者希腊某城市，到了指定时间，就连广场边上的铁匠铺子也要关门，听人朗读诗歌去。心想那真是一个伟大的时代。

江西吉安有钓源古村，系欧阳修后裔聚居地。有农民欧阳氏，近五十，嗜诗如命。前段婚姻中，老婆出言不逊：站起没有冬瓜高，坐到没有北瓜（南瓜）大，饭都有得吃，居然还写什么卵诗？

欧阳氏惨遭中伤万念俱灰，遂一把火烧了所有的诗稿。谁知呢，离婚后，打工时遇有面若唐美之女，忍不住春心再发，胆儿又大，一天一首情诗念给美人听。到了第五首还是第七首，美人启口了：你不要念了，也不要再去写了，我嫁给你就是。

是时，美人芳龄十八，只欧阳一半岁数。

现在，农民诗人欧阳有娇妻子女各一，有庄园一座，马一匹，文朋诗友无数。偶尔他打马自乡下来，经吉安城中地，快意风光真是令知情者羡慕嫉妒恨不止。

同样的故事，我曾有同事也遇到。此同事其貌不扬，家贫位低，却写得一首好字好诗。年轻时就是靠此技，赢得了领导女儿芳心。据说最后两人是靠女孩越窗而逃，私奔而成的。顺便说一句，她是众人口中貌若王光美的好女子。

在遂川山中闲逛，听到一个更惊人的故事。

有山区中学教师，动不动"啊——啊——"写诗读诗，众人嫌恶。此教师照例长相不佳，"色"胆却大，总是追着美女下手，惜屡试不中。

白云苍狗，光阴荏苒。很多年后，这位诗人已经成为国内大报名记，据说颇得政要富人青睐。每每回乡，其做派风范，叫那些从前看低他者，大跌眼镜。至于他的太太，不用说，当然是个大美女了。

关于诗歌和诗人，红尘里总有这么一些故事在流传。令人纳闷的是，每每遇着这些，我依然没有从世人的口吻里，听出对诗歌和诗人的应有敬意。

很少有人意识到，是诗歌书写并成全了这些故事。世人冷遇诗歌太久，他们忽视了诗歌的力量。或者，是酸葡萄心理作祟，他们不愿意承认，对于贫寒男人，诗歌远比钱权有力量。


## 被禁忌的爱情

在这里，被禁忌的，是指神圣的宗教邂逅俗世的爱情。一个秘密的偏好就是，一切被禁忌的爱情，都能赢得我的无尽心疼。

以我有限的阅读，在中文作品中，不大出现宗教与爱情的 PK，我一直不能明白这是为什么？就像我不能明白，为什么在世存的文学作品中，读不到女人的乡愁。

说一件旧事。

是十五年前，在南华寺的曹溪之畔，参天古树之下，见有那法相甚好的青年和尚，目光明亮，面若唐僧，青春正好，出言若兰，讲述着自己不多长的人生故事，有团团的快乐从他年轻的心底生发。是我邻市人，父母经商，生意不大。也不知怎么，很好地成长着，初中毕业就生出一念，要出家修行当大和尚。父母开明，就送了他进邻市的山门。师傅见他聪明上进，遂荐他考了佛学院。遇他那天，正是佛学院放暑假，回寺里休假呢。像所有好青年一般，言谈中，亦有对未来的无限信心。

想想吧，这么年轻，又上了佛学院，出类拔萃当是迟早的事。难得的是，较之那么多迷茫众生，他年纪轻轻，就坚定地拥有了一个清明人生。

他不过二十岁样子。如果在山门外，会是一个讨喜于众生的好儿郎。树下，我和他相对而坐，除了欢喜敬仰，连惋惜都不敢生出：他这一生，要错过爱情的滋味了。世间女子，又少了一个好的恋爱对象了！

我没把话题扯到这里。斯时斯景，我若作此瞎扯，是对一个信仰者的不敬和不恭。

天哪，他笑得那么灿烂、明朗，像一个邻家好小子。每一回记起他的笑，我都要重回一个春天。

读克莱尔·吉根，我总是紧闭窗帘，关了手机，隔绝纷扰，静静地，寂寂埋首枕上。有时候，音响中会有一张音碟转动，是巫娜的《天禅》，古琴幽雅，伴有佛钟一下一下敲送，木鱼也响着，禅意四合。入秋多日，蝉鸣已无。枕已洗旧，朴素清洁，有太阳的暖香，和着薰衣草的幽香。有一天，心血来潮，还燃起了一盘檀香。

有些书，非如此情境不能读。

薄薄的一本小册子，7 篇小说，有两篇就写到了被禁忌的爱情。两个神父，一篇一个。一个死了，爱过的女子住进了他的屋子；一个，在替爱着的女子主持婚礼。我一遍一遍地读，一回又一回地，把自己当作了神父，全情经历着他们内心幽微的挣扎和痛苦。我忍住，一滴泪也不流。

是泪水在这样的命运前，太廉价。当爱情遭遇信仰，一番恶战是必然，最终，主会战胜一切。主无所不在，无往不胜。主的意志如钢，不容背叛。爱情的血肉之躯，最终必定玉体横陈，没了气息。

爱情统治身心，信仰统治灵魂。

劳勒小姐来见神父，替母亲要弥撒卡的签字，他请她进来坐坐。"他根本没想要碰她，可是当她凝视炉火时，神父看着她头皮上的那道缝把深红色的秀发朝两边分开。他探身过来只想摸摸火把她的头发烤热了没有。他没有别的想法，但是她误解了他的手势，伸手抓住了他的手腕……"

后来，她告诉他：如果他不能离开神职，她就不会再这样来见他了。

再后来，"第二天是他们的最后一天，早晨他们躺在床上，窗户开着，他曾梦见风把她身上的雀斑都吹走了。那天上午，当她把脸转过来看他时，他说他不能离开神职工作。"

灵魂胜利了！上帝胜利了。神父的信仰是坚不可摧的。

她嫁给了别人，他去主持婚礼，这是神父的工作。在工作过程中，他察觉了自己的哀伤和心疼，他甚至想，只要她眨一下眼，"他就会牵了她的手，带她远远地离开这个地方。"

《走在蓝色的田野上》，说的就是这样一个故事。大量的风景描写，越加映衬着神父心中的伤感。上帝在哪里？神父在穿过蓝色的田野时找到了答案——上帝就是自然。

她成了别人的妻子。他回到了教堂，准备要为圣枝主日写一篇布道，"想起他说过要永远爱她，却并不感到羞愧。活着真是一件奇怪的事情。"

喜欢吉根的节制内敛，痛而不怒，哀而不泣，平静的浅表之下暗流涌动。欲望在信仰的引领之下升华了，人生总还得往下过，活着，布道；布道，活着。一切都将深埋于回忆。

世间所有隐忍的爱，大体若此。最好的放弃理由，莫过于说服自己，还有比爱更浩大宽广的事物值得热爱。

神父解脱了。我还没有。我忍不住想，从此往后，神父的声声祈祷，是变得更新鲜，还是更凝重？

玛格丽特和大表哥青梅竹马，有过你婚我嫁的好憧憬。后来，大表哥去了神学院，成了全家人的骄傲，大表哥再也不跟她嬉闹了。再后来……大表哥成了神父。有一天，他把种子播进了她的身体……

神父死了。孩子也死了。上帝的惩罚总是要兑现的。玛格丽特住进了神父留下的房子里，与世隔绝，凄凉度日，直到与另一个孤独的男人来往……

这是吉根讲述的另一个故事，《花楸树的夜晚》。神父没有在故事中正面出现，神父总是侧身出现，在作者的讲述中，在玛格丽特的回忆中，在世人的嘲讽中。

抱歉，玛格丽特，我可能心疼神父要多过心疼你。原因在于，他的头上，悬着一把锋利的，信仰之剑！爱没有杀死你，但信仰，却杀死了他！

一个寒战袭来：阿弥陀佛，愿那曹溪之畔的青年和尚，永远不会成为吉根笔下的主角。让信仰之光永远照亮他的人生吧。


## 谁最有资格谈论爱情

卡佛作品中，爱情多半以出轨的形式出现。《纸袋》中的父亲，《凉亭》中的丈夫……如果他们的种种出轨可以称作爱情的话。

其实那不叫爱情。那只是现实生活中的失意者渴望搅动人生的背叛之举。结果，他们最终背叛的是自己。面对命运推手，就连最慰藉荒凉的情爱，也变得那样无可承受，不堪言说。

在卡佛的作品中，爱情是一个令人绝望的话题。其实，所有能够写在纸上的爱情，都是令人绝望的。因为，那些美好的爱情，往往被当事人安静地享受着，他们无须讲述。真正伟大而幸福的爱是忘言的，不用书写。所以，不要相信文学作品中那些或甜腻或苍凉的爱，因为我们永远不知道，现实中的真爱是怎么一回事。所有可以诉诸语言的爱，都是令人怀疑的。

《当我们谈论爱情时我们在谈论什么》，书名很长，1981年出版，它的面世给卡佛带来莫大声誉，卡佛由此摆脱了困窘的日子。标题出自书中一个短篇，用它，不是因为小说写得有多令他满意，而是为了好卖。但我想，做一个标题党不是卡佛的本心，当一个作家吃穿生计有大问题时，期望作品多换些粮资是自然的。

耐人咀嚼的是，标题本身充满了质疑和困惑，当你们谈论爱情时，在所谈论的爱情背后，还会有什么呢？

言不及心，这是人类沟通上始终面临的难题。年轻时妈妈恨我不解人情世故，总要轻言教训，"听话听音"。

是教我和人相处时，要费心去听懂他人的话外音。而我始终认为，这样活得要累死。话不投机半句多，不听那"弦音"也罢。真正的知音，那是高山遇见流水的喜悦懂得，自然默契。流水潺鸣，在高山听来就是简单的潺鸣，因为高山的心里本就有同样的水在唱歌；高山巍然，在流水眼中就是当然的巍然，因为流水的河床上原本就有山的形象在耸立。

当邂逅者双方的心中都搏动着相同的韵律，又哪里需要有一方去费心听"音"？

卡佛致力于描写人类在沟涌上的互不可达，想来也是深受其苦吧？

但是，读书又不一样了。好的作品，总是在字外有音的。对于留白甚多的卡佛，读其字，听其"音"是必需的。卡佛难懂，原因也正在于，以读者有限的阅历，作家的字外之"音"很难捕获。

短篇《当我们谈论爱情时我们在谈论什么》，是一场纯粹的谈话。两对夫妇，四个人，各自曾经历并正在经历着爱情。当他们对爱情各抒己见时，心脏病医生梅尔最是显得自信满满。他带些武断的点评，无疑使自己处于谈话的中心位置。他的粗暴表现在对于妻子前段爱情的全盘否定。通看全篇，发现梅尔认可的爱情只有一种——他借助于车祸事故中一对老人顽强求生的故事，表达了对一种真爱的渴望，那就是，最令人心碎，最天长地久的爱，不是她死了他看不见，而是她活着，他却无法看见。

我以为，这也正是卡佛所持的爱情观。

但是究竟谁最有资格谈论爱情？

梅尔毕业于神学院，又成了心脏病医生，灵魂肉体占全，他是否最有资格发言？

至少卡佛安排给他这样的身份，是认可了他的发言的。梅尔也是小说四个人中，唯一的身份明朗者。

而在我看来，旁观者永远不具评论他人感情的资格，因为爱是最私密的感受。问题在于，在这个有情世界，众生皆是爱情故事的主角，大多数当事人，都会认为唯有自己拥有的，才是惊天地泣鬼神的爱。

那么，就由着梅尔们去谈论吧。我们唯一要做的，就是生命不息，相爱不止，在情天爱海中沉浮打转，任自己成为红尘耳语中的又一个传说。

# 懂得——致蒋勋

## 佛祖拈花迦叶微笑

此所谓心心相印，言语不传。

一朵花里，有佛的真经在里头，他什么都不用再讲。懂的自懂。不懂的，慢慢参去。

此一花，彼一笑，从那菩提树下结伴出发，一走几千年，迷倒多少有情众生。

我知道这个故事十多年，好像懂了，又似不曾懂。故事在我的心里头生根了，讲故事的人，却走远了，我丢失了她。

拈花微笑，意境是真好。每每总是让我掉在里头出不来。

八个字，一个劈面，就照见"莲花宝座伸出兰花指"，里头有佛的温柔无限，悲悯无限，智慧无限。

细想来，这娑婆人世，若端了一个真心倾爱的心看待，角角落落，不尽的正是花与人相知相印的温柔端丽，清明洁净。

你是否看见，我总是举着一朵花儿，在人海里沉默等待？

拈花微笑，要的就是人和人世的素面相照，人和人的素面相照；要的是高山流水，会心一懂。花自开自落，花一直在那里，人世在那里。人的笑与不笑，是人的事情，无物可替。

我也在这里，等你面带微笑，到来。

## 一生只能舍给一座山

此言，我听起来，是要在人生的恰当之时，在一个恰当的方向，学会恰当的止息。

俯首谢过生命的喜悦和辛酸之后，就要有山的稳泰，静定，宽坦和大度。在这里，山是实体，也是虚指。

塞尚的最后二十年，在法国南部家乡，只与圣维克多山对话，几乎不与人来往。他不断地画山，使圣维克多山升华为一个永恒的符号。1906 年，他在画山时倒下死去。生命久动之后的息止，成全了塞尚，也成全了圣维克多山。

塞尚的山，是虚实皆俱的。圣维克多山的魂魄，借助于塞尚的画笔，长了脚，行走于茫茫人世，惊动了多少有缘人。

今天，它惊动了我。一座长脚的山，从法国南部乡村，走到了我的笔下，撞开了我的心扉。

一个"舍"字，万分的好，是献身，是无我忘我，是把"我"化育为蝴蝶，飞鸟，种子，雨水，花朵，树木……是我彻底消溶，与"山"一统，与造化一统。

在这大一统中，我将寂然归去，不带走一朵云彩。

从此，我将给自己足够的耐心，让自己长出力气，放下那万般的"不舍"。

我这一生，会找到怎样一座山，舍给怎样一座山？

## 寺中的静坐

寺中的静坐，对于槛外人，就好似一生都要坐完。

斜阳正好。月亮东升。那临渊的经鼓，硕大无朋，在深山里空响。星星寥落了，朝阳出来又是一个万事空的日子，空荡荡的，像一团浮云飘绕于丹霞山上。

我在锦石岩里，一天一天地发呆，来处去处皆茫茫，什么也看不见。我在那里，旧风景里生了新风景。我着那绿底白点长裙，与尼师们在山寺斋堂用餐，还架了斯文眼镜，往来过客莫不好奇探看。看得我有些心虚，却偏作了不睬状，眼神都不斜出一个。

有什么好看呢？我的悲喜浩大，寂寞浩大。我腾空自己，蜷缩于佛的慈悲胸怀中，体验着何谓庄严，何谓广大。劈柴，锄地，种菜，扛了长竿打野果子，上早课晚课，这就是一生的缩略和所有。

我逃不出当下。我看不见明天。

出来了，又好像什么都看见了。其实，看不见与看得见，都是生命的不同情态，各有各的好。伤感与喜悦，无明与有明，都要坦然担待。青春红颜的盛放和繁华尽处的凋零，都没有不好，都美。热闹和悲怆，各有滋味。好哪一口，都由不得人，都要去走过去经历。

我记起这一切，不知道哪个才是真的我，是寺中静坐时的我，还是当下潜游于人海中的我？这么一认真，就生了些小难过，觉得自己走出山寺后，实则跌入了一台不会散场的化装舞会。上帝始终没有到来，我必将在他缺席的情况下，噙泪，独舞至尽头。

一生的日子很长。不要太着急。慢慢来，逍遥游。

## 万物并育而不相害

与友论道，她讲欢喜阅人。我笑了，她比我踏实。

我不阅人，我欢喜读物。人是一件麻烦的事情。

你又在逃跑！要逃的是什么？

我不言。我爱着这人世的所有，我逃什么！

真实的情况是，每一次逃离，都是去到了更好的地方。真是幸哉！

这一回，不是逃离，是深入，是潜入，是融入。是忘记自己"人"的身份，抹消自己与万物的差别，把自己从"人"的位置上归零。

零，一切可以从头开始。我如赤婴，重回人世。这一回，别匆匆，慢下来，且将它好好作一番打量。

"万物并育而不相害。"——《中庸》

此言语出孔老夫子。他又讲，"天何言哉？四时行焉，百物生焉，天何言哉？"此番用心，教导的是世世代代的中国人，要去倾听大自然的言语！跳出人世的纠葛纷乱，去观察大自然的生息循环，自然可以让人获得大智慧，勘悟自身存在的意义。

沧海桑田之中，白云苍狗之下，万物齐生共生，平等相处。

此与庄子的"齐物"之论意可比肩。

万物并育，所以庄子会在蝴蝶和自己之间分不出彼此，物我交合统一。

万物并育，所以我会在河流、山川、大地、星辰、季候之中每每消融，醉而不归。

万物并育，所以一声春莺婉啼，会让我丢魂；一朵小花绽放，会让我展颜；一片嫩芽新出，会让我惊叹……

天地有大书，尽情读吧，趁着神灵赐回我一双婴儿的眼睛，趁着我还在这个人世闲逛。

子夜即临，灯下，当·威廉姆斯的情歌缠绵不息，窗外，春虫呢喃，天籁人声齐作。

我一番私语，情短意长，庄敬如仪，献给你。

# 书香三缕

## 自然

丰子恺说，自然界和人世间，以自然最美，所谓"顺天而动"。譬如，杯子不能放在茶壶后面，而应该放在壶嘴下面，这里讲究个美的自然律。花瓶不能放在桌子中央，而宜放在桌面的三分之一处，这正是美的天机所在。不过，把乞丐和一个精心装扮的女人作比，说前者更美，我接受不来。作者在这里为美化强化自己的悲悯情怀，做过了。

好玩的是，他记下和朋友老黄的相处。"老黄是画画的人，他常常嫌模特儿的姿态不自然，与我所见相同。他走进我的室内的时候，我倘觉得自己的姿态可观，就不起来应酬，依旧保住我的原状，让他先鉴赏一番……"言语间，两个男子的文艺范儿跃然纸上，原来男人们的自恋也是蛮可爱的。

我与 M，高山流水多年。相处间，谈的都是人生的大情怀大意趣。两人相远，见着时，不是她一身运动装，就是我一身休闲服，总有一人，是从风尘里仆仆而来，穿着上的不同步，总让人忘记女人还有穿衣的永恒话题可摆。

难得的一回，我从北戴河归家，在京逗留。M正要搬家。前一日发现衣橱里有大好河山一屏又一屏。是日下午，就把我从午睡中拉起，要把那好河山一屏一屏地展示出来。那是些真正的大牌衣裙，简约中有着无尽的女人味道。M穿一件，我"咔"一下；又穿一件，又"咔"一下……

"好看啵？"她的眼神情不自禁地送出波儿，把我惊得一乍一乍的，好看，好看，真好看。

想那些衣服怎么有如此神奇，生生把一个干练的女经理，变成了一个妩媚优雅的女狐狸。

待我把她的华服依次上身，才发现，没有办法，你的举手投足由不得地就被衣服的风格左右了。竟然，随便一个抬手，都是美极的姿态。

"快给我换双鞋来，这鞋，跟不够高。"我兴奋得大叫起来。

说这段旧事，其实丰老先生也听不到了。我实在是没有把握，老先生是喜欢看见M穿开衫牛仔裤的样子，还是喜欢她穿紫红一字领直身裙的样子？

女人的美，实在是一言难尽的。

# 等死

38 岁的蒙田，以为自己很老了，他从法院退职回家，打算早早地合上生命这部书。他在蒙田城堡中待着，读书，思考，写文章，等死。到 48 岁时，他惊奇地发现，认为一个人 38 岁就老了，人生就要终结了，原来是一个极大的错误。亏得有他这个错误，四百多年来，才会有一部广为影响世界的《蒙田随笔集》。

无独有偶，周作人在论及生死时，也是以为人活个四十好几就足够了，余下的时光，竟是虚度枉活。

蒙田活了 59 年，比他预计的，多活了 21 年。周作人，活得更久，82 岁。只是，他后来的几十年，真有些枉活的意思。

我还在哪读到国外有个人，早早地退休回家等死，死总不来，结果竟有了艺术上的一番大成就。是谁，我忘了。

这个世界，所有人，所有的作为，其实都是等死。我们要感恩的是，极少人专心致志的等死，给我们留下了精神上的巨大遗产。

如此看来，所有的"专心致志"都会有收获的，等死也不例外？

话说过了，我外祖母，也是专心致志等死的人之一，可怜的她，一无所获。

## 交往之道

一个陌生人，值不值得走近，我有一些讲究的细节。

C君，京城人士。初见时印象平平，是其生长的样子，提不起人兴致。但是，他讲到，他给下属每个季度发八百块钱的购书券，这个当口上，我的眼睛亮了起来，身姿也不由欠向了他。后来，我去机场，他把新买的《梁文道文集》塞进了我沉沉的行李中。

从此，我多了一个好朋友。

又一个C君，应酬场上认识的官员。此前有人说过他很多的好，我不以为然，我以为这些好，与我无关。我以为，在中国，一个官员的好，那实在也是没有太多个性可以拎出来单讲的。无非是亲民，精干，儒雅，风流倜傥。这型号的我已经有好几个偶像了，M，B，都是。那人真不懂说话，那人说了C君很多好，独独忘了说，C君喜欢给人送书。

就是这个细节，赢得了我对C君的一份尊重。当我听到这个细节时，我几乎忘记了，对方的官员身份。没有办法，有一些对话，非得在剥去身份之后才能发生。

书香，总是容易让人们赤诚相见的。

# 说的不止是书

十日不读书，面目可憎。三十日不读书，就等于是给心灵掘墓。这三五个月，被俗物俗事纠缠，不记得读书，一颗心在坟墓中进了出出了进。待春来万物苏，终于记起读书的好来，一册在手，果然，情怡天地，宁静安乐，如获新生。由此可知，不读书，心死之可期也，侥幸不死，亦与行尸走肉无异。因为这一惊悟，感恩之心勃发：谢天谢地，这个不甚理想的世界还有一些理想的书等着一个不甘沉沦的女子去读。

所有的艺术家都要经历两个时期，第一个是真情实感的时期，第二个是墨守成规与衰退的时期。到了第二个时期，他不再创作而是制造了，这就是从大师到工匠的退化。这是丹纳在《艺术哲学》中总结的艺术规律。了解到这一点，对于任何一个自己喜欢的作家，就不会抱有不变的期待了。若不喜欢了，找几个新出道的来，试着从中再喜欢一个就好。比一味地指责他的作品退化了好。生命始终在退化，谁的艺术生命又能长青？任何一个读者，都有喜新厌旧的特权。任何一个艺术家，都有"过气"的悲哀。

早些年最困扰我的一个问题是，人类为什么要发明"上班"这个玩意儿，生生地把自己困守于一个时空。读了一些书后，我想通了，原来不光是上班这一件事，自有人类以来，人总是在自己跟自己过不去：财富，声望，尊严，体面的死亡，爱与性的搏斗，信什么神，穿什么衣，甚至留什么辫子……人性解放的道路还很长，人性的真正自由始终是可望而不可即的，就像共产主义一般遥远。

春日暖阳，正午小风，读书长了一见识：古人有 24 番花信之说。自小寒至谷雨，每五天轮有一种花儿绽蕾开放。次第开花待到谷雨，大地已是春满，万紫千红。花信以梅花打头，楝花扫尾。楝花之后，盛大的夏季就来了。读到此段，心有薄恨，恨遇见太晚，白生生错过了多少花事。今年来说，已近惊蛰，离谷雨不过 48 天，花信过了三分之二。不过，还有 10 种花应该是能遇上的了。一个转念，竟心宽莫名，枕了春阳小小一个好睡。

蝉是自然界的平常之物。我却对其鸣声颇有刻骨记忆。一是 1998 年井冈山上的蝉；二是 2000 年京城人民大会堂侧道上的蝉；三是 2000 年鲁迅文学院宿舍外围的蝉；四是 2008 年北戴河中国作协创作基地小院的蝉。细作分辨，那些蝉鸣惹起的心思，竟是条分缕析一丝不乱永不模糊，好不奇怪。最近的一回，是去岁暮春初夏某日，在居城一个生态园中，看流云落日，暮色渐重，骤然西天处遥长一声蝉鸣，忽就把落日惊得跌到了地平线之下，也惊动了水边静坐的我——那是去岁之蝉的初啼，一登台就来了个惊天动地。读闲书，读到古雅典人，把开国始祖凯克普洛斯奉为神，以蝉象征之，只因希腊语称蝉也为"凯克普洛斯"。老辈的雅典人还把蝉的形象作为装饰品，插在头发上。在他们看来，蝉生于土中，住在干燥的山冈，歌声美妙，形体微小，是纯粹雅典的虫子。他们若是知道，几千年后在东方，有个妇人对蝉着迷如此，大概会奇怪他们的蝉如何就肯飞那么远唱歌给她听呢？那些蝉唱的又是什么呢？别问我，我也不知蝉唱的是什么！只是那一刻，我的心恰巧和着蝉儿也唱起了同样的无名之歌而已。

# 第四辑

# 闲云点点

光阴于我，实在是情深义重的

它打磨我，喂养我

赐我悲欢离合，予我阳光风雨

让我体味着娑婆世界的万般滋味

# 中医三吟

## 寻找孟医生

孟医生在附属医院二楼，中医科。脚有些不方便。我因为感冒咳嗽难眠而记起他——这样一种人活得真有价值，人们会在有难处时想起他。我记起他时，把他的样子全忘了，只记得他有一条腿是不方便的。这成了他的标志，每次我碰到亲朋久咳不愈，就会像推荐救星一样地说，去找附院的那个医生吧，他的脚有癞。我居然无礼到连他的大姓也不记得。但没关系，我记得他的办公室。二楼，向西的大间。

进去时只有一个人，坐着，看不出脚方不方便，我不能断定是不是他。我有几分尴尬，万一是他，我该怎么问话？还是问了：请问，这里有没有一个脚不太方便的医生？那人答，这里脚不方便的有好几个，你找哪个？我被问住了，是这样啊？但是他从前就坐这上班的。是中医。那人说，搬了，在北边的小间。

我就去北边的小间。好几个门上都钉着"中医科"，谁知他坐在哪一间呢。我找第一间问，这里可有一个脚不太方便的医生？那人答，在隔壁。就去隔壁。没有脚不方便的医生，只有一个女医生在。

"嗯，也许我这样问不太礼貌哦，请问这里有没有一个脚不方便的医生？"第三次这样问话时，我感觉到了自己的虚弱，不能说出一个人的大姓是多么的无礼！但不这样问，我又怎么有本事在众多的白大褂中把他找出来？

女医生迟疑地看着我。我解释说是慕名来的。我觉得有些对不住她，无论如何，绕过好几个医生而找一个不在场的人来问医也是无礼的。这简直就是对他们医术的蔑视。还好，她没计较，帮我打电话把他找了来。他看着我，觉得很陌生，我看着他，觉得很亲切。多年前就是这个人，把我一次长达两三个月的咳嗽医好了。那是一场痛苦的记忆，整晚整晚地没法睡觉，身体里像有一面破鼓，微小的气流经过都要把它震动得发出惊天动地的响。那一次我觉得自己的躯壳都给咳薄了，扁扁的，一声咳嗽就会把它捅破。是这个人的三包中药救了我，仅是头一天晚上，我就一声没咳，睡了一个久违的好觉。真神了！我就这样记住了他。

他来了，我已经搞清楚他姓孟。孟医生，孟医生，我像背书一样生怕记不住。这一次，我下决心要记住他的姓。他开了三包中药，十二块钱。他一直在微笑，人比几年前发福了些。头发有些微卷。脸是中年男人特有的样子，微宽而浮堆着一些多余的脂肪。他很有把握地说，不用吃西药，吃下这几包就会好。他开方子时，那个女医生也绕过桌子，探头往他电脑里看。她是想多学点本事，看来她也是服他的。三天过后，我没好清楚，偶尔还是咳。我不放心，又去找他，又开三包。十六块钱。他又说，吃下这三包一定会好。

第二回的药汤比第一回口感更好，微甜，我很喜欢喝，每次喝的时候我就告诉自己很快会好。还有那中药的独有芳香，我也有些喜欢上了。没有药罐，就放电饭煲上层隔水蒸。蒸到差不多时，药香就出来了，厨房，餐厅，客厅，卧室，无所不在。这种香气，湿润，醇厚，很有质感，似乎双手一张是可以抓得到的。它的可贵处在于不可复制，我从来没有闻到过别的材质可以复制出它的香。或者，它是不屑复制的，什么样的人会喜欢中药的香呢？精明的开发商可不会做这样不讨喜的事情。苹果、梨、桃、草莓、西瓜、菠萝、葡萄、茉莉、茶叶、薰衣草、米兰、兰花、青草、森林……甚至生姜，当科学昌明到任何一种植物的气息都可以复制来卖钱之时，只有中药材，像个贵族一样，守着自己得天独厚的气息，一成不变地服务于需要它们的人间病患。这么一想，我就把它们想成了天使。

药香一出来，我就特别提神，人也感觉放松安宁，恨不能把家里的空气都吸了个满。其实，这是因为药香让我有了安全感。那么是什么时候，它让我有了安全感的？中医是多么美好的一门艺术！这是中国人的传家宝啊。每一种药材里头都有阳光雨露的情意和泥土的芳香，就是它们，调养着我们生命的精华，让我们在身体有恙时，能够借助药草回到大自然的安抚之中。

嗬，走了那么多路，才知道这份安抚的重要。亲近中药，是否也是回归自然的方式一种？记起小时候，村道上总是会有煎过的药渣，人们把药渣倒在路上任百千路人踩踏，是奢愿从此身上的病气也会消散吧？我记得那些奇奇怪怪的东西总是让我浮想联翩，我曾经是那么想知道它们的来处，名字，做成药材前的好模样……

就在刚刚，第六包药喝完了。我记起来，24 小时以来，我只在昨晚睡前咳了一声。才一声啊！我高兴极了，写下这一段，记下孟医生的功德。对了，第二次去我盯住了他的胸牌：姓名：孟跃；职务：院长助理。就是说，他已经被提拔了。我有些为他高兴。我还想，写一篇散文，题目就叫《寻找孟医生》。

## 隐者

鹭洲药店临江，铺子有些暗暗的旧，我去找李医生。

一个女人懒懒地坐在曲美减肥秤边，懒懒地说，这里没有李医生。她长得有些样子，衣服也有些味道，跟店堂有些不融合。我又把目光投向柜台内坐着的男人，我想即便没有李医生，也愿许他就是我要找的人。我不容易，脚扭伤了，七八天了，肿痛好了些，伤情却还在，危机在我的心里四伏，经人介绍奔波来到这里，我不希望无功而返。

我讲，人家告诉我这里有个李医生，他五十多岁，会开跌打药。我依然充满希望地看着那个男人，他的表情漠然，完全没有看到我的站姿艰难，显然他不是。我先就有了几分失望。我喜欢宅在家里，但是那是我愿意，如果因为养伤而不得不待在家里，那家里就会是我的牢房。

我的急切并没有赢得店员的同情。女人依旧懒懒地问，是不是长得矮胖的？我讲我没见过。她答，不是李医生，看来是王医生，你明天来吧，他只在上午上班。我再问，那王医生是会开跌打药吧？她淡漠地笑，中医，也许是会开的吧。

看来是没希望了。快快地出来，抬头却看见右手边有个关了门的铺子，灰旧的横拉卷门，门楣上打着字号：王善伦中医诊所，其下一行小字，是手机号，131×××××××。希望来了，L掏出手机，拨通了那个号，有戏了，对方说自己就是那个会开跌打药的人，他叫我们明天去。

次日我没有去，我连楼都不敢轻易下的，L在会议中溜号匆匆去了。整个晚上，我都在回味"王善伦"三个字，我觉得，它就该是一个中医的名字，就该是一个神龙见首不见尾的郎中的名字，就注定会是一个在民间江湖上流传的名字。我对这个名字充满了好感，因为我害怕在家里坐牢。换季了，我想给自己添点新衣新鞋，但是我脚疼，走一步瘸一步的，样子难看，走了一回还又把腰扭了，我想念那些挂在街店里的漂亮衣服。还有买菜，L买的菜十有八九总是不讲品质，豆子买老了，鱼买多了，肉买错部位了，洋蒜当作土蒜买了，问题一大堆，我已经好多天没吃上一顿满意的饭菜了，这也是一场灾难。有人请我吃饭，我讲去不了，我是真想去啊。王善伦，只有他能改变这一切了，至少能让这一切提早结束吧？

是灰绿的一坨湿药，酒香和药香一齐向我袭来，这种独特的味道简直是让我心花盛开，我的囚牢生涯，就靠它来结束了。

敷四天，如果干了，就拆下来用烧酒泡湿再敷。

就这一帖药吗？我有些疑惑。

是的，他讲他叫"王一帖"。好几个人在求他呢，周边县来的，看来名气不小，只是铺子太乱太脏了。还有哦，居然只上半天班。L有些不满王医生这个。

我不在意，我的注意力被药香迷住了。王善伦，他居然不看我的伤情就开出了药，他那样自负，他在江湖的深处，我看不见他。

我没有坚持到第四天，中途按医嘱重新泡湿了药，当时看见药块上有暗红的血色，是把瘀血吸出来了。第三天晚上我把它拆了，肿消了很多，疼处也减了几处，但有伤点依然疼，走路还是忐忑。不是想象的一百分效果，可以打八十分。

我准备继续藏在家里几天，王医生，已经把牢房恢复为家了。我没见过他，但我感激他的医术，虽然我同事去看同样的伤只收了五块钱，而我却付了五十块。他这样做，是有理由的吧，我只能这么想。

## 接骨郎中

秋天的牛毛细雨说下就下。我在耀平诊所等父亲，父亲还没来。

我一点也不着急，心里也不存丁点俗事。我平静得就像坡路尽头那条改造好了的河，它叫后河。有好一段日子了，老城区这间不堪入目的老式木板房，顺坡而建，有倾斜之势，却在我的心里稳稳屹立，地位几近于庙堂圣殿。我在这里出入，竟生出抱了佛脚似的依赖和安心。

还能怎样呢，七十多岁的父亲出事，肩膀被个中学生撞断了。权衡之下我们选择了中医。旧板房的主人姓李，老汉面色红润，体格壮实，声如洪钟。还没见到伤者，只拿着片子，就自信满满地说，"2000块钱以内，25天，包好。你不信？去问问，有个84岁的老太太，肩膀那里的骨头全碎了，我还给治好了呢，啊，一点毛病都没有。去问问哈。"

我半信半疑，他太像吹牛了。声音还那么大，轰轰地响着。但是他的确治好了我亲友中的好几人。我弟媳，几年前脚背严重骨裂，医院说要去上海开刀。慕名找上李老汉，老

261

汉大叫，千万别去，去了一辈子就瘸了，你这么客气（漂亮）的妹妹，怎么能瘸脚呢？

就让他治。治到半路上，老汉得胃癌了，晚期。见了我弟媳，愁得不行，小陈啊，这可怎么好呢？我怕是要死了，没福分再给你治伤了。老汉当然没死，死了我就见不着他了，我父亲的伤就不知找谁治了。没死的老汉治好了美女小陈的伤。后来，小陈的爷爷摔断了手，他又治好了陈爷爷的手。

看出我的不信任老汉很不高兴。他大声佐证着自己的医德医术。

"那年我在医院，躺在病床上自己就在心里讲，要挺住，至少要挺半年，否则那个客气妹妹的脚就要瘸掉，我不忍心呢。你不相信？我就是这么想着挺下来了，哈哈，现在全好了，冇半点事了。那个死人的病，花了我一万多块钱哟。"

此言既出，我心里起了震动，决定把老父亲交给他了。再看他，竟有看菩萨的庄敬。

今天父亲还没来。我一个动念，哄着他，让他讲讲配药。他大声嚷，问这个干吗，问这个干吗？

田七，血竭，六汗，川断，土别虫，乳香，没药，大黄，当归（尾），李老汉在我的信封上写下了一大串，其中，土鳖虫写成了"土别虫"。字认不得，我一个一个要他念出来，心里暗暗地记下。他一时兴起，生有当老师的好感觉。他进而解释，当归分归头归尾，两个部位药效完全不一样。还有，各人情况不一样，配方也不一样，比如你爹，年岁大了，就放了茸片，大补。为什么要放呢？我问。他起了狐疑，你要这些做甚？我笑了，放心，长长见识而已，我又不可能去开诊所抢你饭碗。

他不乐了，掷了手里的笔。

我不写了，写了你也不懂。你是记者？

我说不是。

不是记者管这么多闲事做甚？

他走动着忙了起来，我父亲就要来了，他要提前准备好药，纱布，消毒的碘酒。地方真是小，一桌一椅一长凳一方凳，一个破旧橱子。零乱，脏旧，一面锦旗上沾满了灰。板壁的旧报纸上，摞贴着一张一张打印稿，《耀平诊所规章制度》。其中有一条，"举止稳重，仪表端庄，不戴手镯，不穿响底鞋，不留长指甲，不懒散懈怠，不轻佻草率。"

有必要说明一下，诊所员工从来只有老汉一人。我看了两遍，没敢笑出来。

父亲来了，已经25天了，情况不像李老汉初时说的那样好。我们话里话外质疑他，却不敢说白，怕得罪不起。他打着哈哈，我不怕你们哇（说）哈，随便咋哇（说）。治不好，我倒贴一万块钱。我还是这句话。

我们就又是信了他。他就这么成了我全家人的信仰。要命。

第30天，2000块钱几近用完。吃的药丸也没了。他又送上了一瓶。

"要钱不？"

"不要，我白送行不行。"他提高了嗓门，似有天大的委屈。吐出一句话笑死人，"操，我就是一只鸡，卖了身还要贴钱。你记到，这回换药后，不用再来了。"

气消了些，又乐了起来，说刚才电视台来拍了他。我问拍什么呢，"非遗。"他答出两字，后缄口不语，是在默默消化心中的万分自豪。真的很可惜，他只有一个女儿，读研了，不会承继他的医术了。祖传的手艺，到他为止了。30 天内我至少三次建议让他带个徒弟，"你带一个吧，做件功德事吧，可以造福更多的人。否则太可惜。"每一回，他都是顾左右而言他。这个耿直的人，在这件事情上快言快语不起来。

第 34 天，父亲去拍了片。医生说，断口处新骨头已经长愈合了，只有两边一点点细缝还待长合。医生说，可以让它自行生长了。三五个月别指望恢复如初，一年后再看吧。

父亲再没来耀平诊所。我乱了节奏的生活也恢复了正常。

三天前我又经过了那间旧板房，是时又逢细雨。顺坡而下，我打量了它一眼，没有进去。我心里有对板房主人的不尽感激和祝福。李医生，你一定要长命百岁，好救治更多的苦难世人。

# 不是说鞋子

## 短靴死了

去冬新买一双短靴，价不菲，费资三分之一月薪。低跟，圆头，谈不上好看，但也不丑，只是不是我常年选择的秀气模样。冲着的，是行路舒服，多远的路都能拿下而不会委屈了脚。好在，它的背面，有一根细长的软皮带子，一抽一系，一个蝴蝶结软软地就随着步子跳动着，这是此靴的精华所在，对于全鞋，它有化平庸拙朴为雅致灵动之功。我甚至想象，到了春天，衣物减下去，那短裙开衫一上身，配上此靴，便捷好看就全有了。因为此一笔，对于这双靴，也就没有太多的抱怨：是知道，在女人的衣物上，好看和舒适总是不能两全。

好看的靴还有两双，但是我越来越图舒服了，整个冬天都没怎么去碰它们，每每出门，几乎是不经大脑地，只穿短靴。

要了命的是，前些天，我走在半路上总觉得鞋子有些不对劲，扭头一看，是左靴的蝴蝶结不见了，后面空空如也。

而右靴那个蝴蝶结，随着我的停步，也孤单地静止下来，像在哀悼同伴的不在。

什么时候掉的？在哪里掉的？为什么掉的？

"轰"的一声，我心里悲伤地连呼，"完了，完了，此靴完了。"

我的意思是，没有了蝴蝶结，这双靴子就跟死了一样。没有了蝴蝶结，我怎么能够把这双本就不秀气的鞋子穿得出去？

几乎同时，我就在心里为短靴开了一场追悼会。在会上，我一是心疼那花去的钱，二是心疼那还有八九分新的鞋，三是心疼短时间内自己那难以享受舒服的脚——是女人都知道，要买一双既舒服又不算丑的鞋有多难。

接下来的一周，我没有拿短靴怎么办。因为心疼钱太多，我暂时没把它们扔掉；又因为没有了蝴蝶结的活力，我再也不穿出门去，不经大脑地，我又换回了那两双高跟秀气但是脚受累的长靴。短靴重复着此前长靴们的命运，被冷落在鞋柜边上。

但是我不死心，我总以为，会有办法让短靴复活的。只是办法在哪里呢？到哪里能够买到一根和右靴一模一样的蝴蝶结呢？事情如此严重，一根细带子，就要了一双短靴的命。

油菜花开了，随众去踏青。长靴子弄得我苦不堪言。于是，我摆起话阵，讲起了短靴，讲起了那根无处寻找的蝴蝶结。我话里话外，有着无尽的心疼。有人接起话茬：什么牌子？什么样子？多少钱买的……

　　我一一作答。突然间她大笑起来。她接下来的出言让我崩溃。

　　她说的是：我也有一双和你一模一样的鞋，但是我买回来的当天，就把那两个蝴蝶结扯掉了，太难看了，太多余了，简直就是全靴的败笔嘛。

　　难看？败笔？

　　像捞着救命稻草，我紧张打问：那么，那两根鞋带呢？

　　她痛快地一挥手，扔了，早扔了，没用的，不喜欢的东西，留着干吗？真不懂你怎么会喜欢这玩意。把右脚那根，扯了不就没事了？

　　哪有那么简单，那可是鞋子的魂，没有了魂，这鞋子就跟死了一样的。我心里嘟囔着，并不出言。出言已经多余。

　　又有人大叫起来，你怎么会扔了呢，要是我就会留起来，谁知道什么时候又有个用场呢。

　　我已经无话可说了。我不幸，碰上一个爱扔东西的人。我不幸，遇到一个爱留东西的人，却偏偏没有买这靴子。我最大的不幸，是没有能力从对蝴蝶结的迷恋中拔身出来。扔靴子还是扯掉幸存的蝴蝶结，在这个春天弄得我纠纠结结。

　　我把目光投向了远方。那成片的油菜花上飞起了几百只鸟。唉，我要是只鸟，就绝对不会被一双靴子困住了。人嘛，总是受困于自己太爱的东西。

　　我好奇起来，有什么可以困住一只高飞的鸟呢？此问既出，我惭愧自己对鸟类知道太少。

## 鞋穿错了

这个画家，我敬称大哥，在小城名望不小。

大哥七十出头了，心却是不折不扣的年轻。讲他四十岁嫌说老了，说他十八岁就手舞足蹈起来。

画家成名于一幅大作，《世纪潮》，画的是改革开放的领袖，画风磅礴，气吞山河。这个，小城人尽知。少有人知道的是，画那幅画时，他几近入魔。

那时他住得简陋，没有画室，就在近一里多外的榕树下租了画室。有一天，在赶往榕树下画画的路上，他频频发现注目自己的眼光比平常多了很多，那些目光，投往的都是他的脚。先是他的脚，然后是他的脸。目光里的内容，先是狐疑，然后是敬佩。原来，他穿错了鞋。承托他匆匆步履的，一只是红皮鞋，一只是黑皮鞋。人们目光内容的变化，是因为发现他长得太艺术了。人们认为，这样的人，就该这样打扮才对。人们吃惊的是，这样的小城，居然有这样前卫的人。那时不像现在，那时，没有人知道他是谁。

20年后，我大哥讲，那一天，他就是在这样的目光护送下骄傲地、淡然地、从容地，昂头走过了小城。他讲故事时，笑得像个小孩。

后来，画家有了自己硕大的画室。慢慢地，小城的人买不起他的画了。

我也穿错过鞋。

那也是十几年前的事了。

那一阵，我在人世有些心不在焉。有一天，当我疲累地推开家门，吃惊地发现脚上的两只黑色高跟鞋完全不一样。一只是单纯的高跟，另一只，高跟之外还有两根细带子从脚背上绕过。

我到今天还记得那一刻发生的一切。

天哪！"腾"地一下，我的热血上涌，脸红到发烫。迅速地，我在鞋柜前把身子蹲伏下来，似乎超过鞋柜高度就会有无数双看笑话的眼睛，以为如此一蹲，就可以让自己待在一个安全岛。我记得，我的双手，迅速地捂住了眼睛。我把头埋在了双腿间……

泪水从指缝里，无声无息地湿了双手。黄昏寂静。

一双穿错了的鞋，让我看到的，是一颗破碎的心。我心疼自己，不知怎样去做修补。

后来，我在文字里复活了。后来，我成为一个副刊编辑，尝试着用文字去安抚更多心灵。我没有能力卖字，我甚至于连向更多的人送书都做不到，那本书，我自己的书，不过26块钱。我却总是告诉索书者，"去网上买吧。"我真是很对不起他们。

穿错鞋的人有两种：一种人心有所痴，一种人心无所系。心有所痴者，成了大家。心无所系者，也幸运地找到了归宿。

结论是：穿错鞋，不是什么丢人的事。昂起头，走自己的路，让别人去说吧。

# 闲居

一直放不下丰子恺。漫画画得好。好在简约朴素却又意在笔外。

十年前在别处谋生，办公室中喜有爱读书同事，两人总爱拿了一些图书宣传册，研究来研究去，订下一些书目来买。这种生活的小得趣，在我出走后再没重复，可惜。《丰子恺漫画全集》就是其中之一，奈何当时打折价已无，全集下来好几百块，有些不舍得，就一再拖一再拖，终于至今不曾得手。

前些日觅得丰子恺散文选《闲居》，其中的《闲居》篇读来也有味道。丰子恺写道，闲在家没事，就爱把家具挪来挪去，直到每一样东西都待在一个最佳的角度为止：

> 我在贫乏而粗末的自己的书房里，常常欢喜作这个玩意儿。把几件粗陋的家具搬来搬去，一月中总要搬数回。搬到痰盂不能移动一寸，脸盆架子不能旋转一度的时候，便有很妥帖的位置出现了。那

时候，我自己坐在主眼的座上，环视上下四周，君临一切。觉得一切都朝宗于我，一切都为我尽其职司，如百官之朝天，众星之拱北辰。就是墙上一只很小的钉，望去也似乎居相当的位置，对全体为有机的一员，对我尽专任的职司。我统御这个天下，想象南面王的气概，得到几天的快适。

此段描写甚得我意，冬日暖窝里读来笑意双盈：记得年少时，得陋屋一间，窗后杂草芜生，门前枯井老树，屋侧猪圈柴火。在今天看来，根本就不是住人之所（本也就是杂屋所腾），然这总归是自己闯入人世的第一个自由空间，居华屋高堂者，也不一定就有自己的立足之地。于是，爱得过分。三天两头发挥想象，把几件粗糙的什物搬来搬去也是我青春时的常课，一床，一桌，一椅，一脸盆架，一只父母给的旧樟木箱，也就成为我青春王国里的所有，随时听命于我多变的心情。

渐渐地，房子换了几次，搬动家具的事情不再发生了，是现在的房子每一个方位都规定好了一样，沙发只能放在东墙根下，电视只能放在沙发对面，床太大了，一放十年，无法挪位，它动不了，别的所有就无法动。倒是女儿的小房间，家具小些，她倒也那么心血来潮搬动过几回。由是，知道房屋的格局也如正经历的生活，一点一点，已经落入了规定之中。女儿所以能动，是因为，她的生活还没规定好，还有大的变数。

如此思量到这个意思，突然就笑不起来了。有些人到中年的莫名悲凉。

还读丰子恺，因讨厌自鸣钟的嘴脸而在其上画柳贴纸燕寻开心。

忍不住又笑了起来，忘了前头的淡悲。这老头，还真好玩儿，难怪他的画里有读不厌的浑然童真。其拙稚之雅令人读来生喜。

现在的人家已不用自鸣钟了，用的石英钟和电子钟。

我家最早的钟有二十年，胖乎乎的一个熊猫头。质量很好，故而一直没舍得丢，先是挂在客厅，后来，邮购了一个音符形状的铁艺钟，就把它请去了餐厅。我们的喜新厌旧多少有些委屈了它，但也还算厚待它了，日久，它的钟面已经发黄，钟摆也不能动了，但还是把它当了家里的一员。因为，这是当年我们花将近二分之一月薪买来，算是一件奢侈品，系有岁月那头的物质满足感。至于那个音符钟，倒真是便宜，买了有七八年，不过三十几块钱，却真是格致，每每抄煤气表的女人见了，就叹一声，这钟真好看。

# 革命者的孤独

看到方志敏的时候，他在怀玉山上。

这个革命者长得帅气而高大，破衣烂衫，五花大绑，但是英武逼人。2006年深秋，我越过71年的风尘，在时间里旅行，这样，我在怀玉山上看到了他。

山路照旧，不变的弯弯曲曲。溪水照旧，不变的唱着歌谣。蝴蝶和小鸟在眼前飞，园子里的菜花将谢未谢。我站在山里一栋老房子前，邂逅1935年初的方志敏。

向导说，方志敏被捕前的最后一餐饭，就是这栋老房子的主人招待的。当时革命者已经为躲避敌人的围捕饿了七天，不得已冒险闯入了这户山民家中。幸运的是，纯朴的山民给他吃了一餐饱饭；不幸的是，胆小的山民最后还是把这个革命者请出了家门……这个细节让我听了心疼得很。实话讲，这是一个女人对男人的心疼。我在纪念馆看到那张照片的一刹那，就爱上了他。不是因为《清贫》，也不是因为《可爱的中国》，是因为他那落魄的英武！他英武里的孤独！

2006年深秋的一个日子，揣着对一个革命者的爱，揣着对一个大男人的心疼，我行走在怀玉山上。

方志敏的队伍被敌人打散后，怀玉山上到处是先烈们的遗体，枪支。向导说，新中国成立后近二十年内，每遇山里大雨，总有锈了的枪支什么的，被山洪冲下。子弹壳数不胜数。1935 年 1 月，方志敏作为一个"逃犯"，于饥寒交困中在荒凉的怀玉山上拖着伤腿疲于奔命，那些日子，他想得最多的是什么？激情不再，壮志难酬的大憾，恐怕是最让人心寒心碎的吧？

没上怀玉山之前的长长岁月里，方志敏于我，只是课本上和革命史上的英雄。怀玉山之后，方志敏在我的心里不再失踪，他住了下来，三年没有离开，他还原成了一个人，一个男人，一个有梦想的革命者。爱上他的，不一定要是美女，也可以是我。所有的革命者，首先会是一个梦想家吧，他们的梦想那么高贵广大，他们总是愿意为建立社会的新秩序而舍生忘死，也由此，个体原本荒谬的生命，在激情中迸发出了花朵和意义，博得了后来者的爱。

方志敏在南昌监狱里写下了著名的《清贫》《可爱的中国》《狱中纪事》等，关于这些作品的面世，公开的文字是这样写的：

> 有一个狱卒非常佩服方志敏，经常和方志敏聊天。方志敏多次给他讲革命道理。没有别的办法，方志敏就求这个狱卒把书稿带出监狱，先送交鲁迅先生，再请鲁迅先生转交党中央。狱卒接过方志敏的书

稿和给党中央的一封信，跪在地上哭着说："先生，我也是穷人的孩子，知道你是为穷人革命的好人。你放心吧，我就是提着脑袋也要把你的东西送到。"

历史的真相藏在了这段话的背后。

我在怀玉山上听到的不是这样。纪念馆里的文字是这样介绍的，有狱卒的女朋友，一个杭州女子，替方志敏把书稿带了出去。

女子姓甚名谁，介绍中同样隐去了。历史不会说出全部的真话。

该女子最后没有同狱卒结成婚。她在人海中平静地活过了一生。她在革命一回后归入了平淡，但是她的内心，是真正的自足和骄傲的吧。

依一个女人的直觉，我觉得纪念馆的文字更为可信。如果仅仅面对一张老照片，一个女人可以跨越七十年的时空爱上一个英雄，那么，那个当年可以和英雄面对面的杭州女子，又怎么不可以生出对英雄的倾慕之心？！

我喜欢这个假设，我想这份或真实或假想的倾慕，或许对狱中的革命者，有一份温暖的慰藉。

性急的徐锡麟准备不足，仓促起义，结果失败。稳重的秋瑾在得到其死讯后立即发动自杀式起义。后来者分析，这里有革命，也有爱情。我觉得像。革命的情感不是小儿女私情，它盛大庄严超越生死，非常迷人。

相比方志敏，瞿秋白我知之甚少。

冬日迟醒，冷雨打窗，恋窝不起，倚床读书，读到瞿秋白凭一番激情投身革命，并担任领袖，但是被捕后，这个先驱革命者反省自己的人生，觉得自己并不适合革命，更不适合当领袖，因为他无法放弃内心对唯美的追求。瞿是爱美的，瞿是柔弱的。这样，他在狱中写下了《多余的话》，信仰幻灭了。但是这个爱美的革命者并没有背叛信仰，临刑时，敌人要他转过身去，他说"不必"。他是面对着枪口，唱着自己翻译的《国际歌》结束生命的。这个革命者，是要给自己辉煌的始一个形式上完满的终。

瞿留下了一首绝命诗：

> 夕阳明灭乱山中，
> 落叶寒泉听不穷。
> 已忍伶俜十年事，
> 心持半偈万缘空。

读书至此，我心怅然，两眼渐湿。是懂得了，一个叫瞿秋白的男人的孤独吧。他是怎么就从坚定走向了幻灭的？

三个同样身陷囹圄的革命者，我敬爱方志敏的坚定，也深深懂得瞿秋白的幻灭。还有秋瑾，绝命遗言直捣世人心，"秋风秋雨愁煞人"。坚定，幻灭，为情揭竿就义，我相信他们三个，在生命的最后，是有着绝对的孤独的——壮志未酬身先死，这样的下场，哪里是最初的激情所能想象和担当的啊！

# 第五辑

# 莲心不染

我要长成一朵睡莲的好模样

荡漾开纯净的笑颜

千年万年，等你来遇见

# 空门

## 青原梵刹

后来，我才知道有这个名号。

青、原、梵、刹，一字一顿，当头棒喝，念起来有久远的庄严，强大的威慑，未知的神秘。是阔远的荒寂世界里，飘向西天的一面旗帜，高高地，在天苍野茫间猎猎作响。

它让人膜拜。顶礼。心生敬畏。

这是一个以禅宗修行闻名于四方丛林的祖庭圣地。

起先，我只叫它净居寺。净居寺坐落于一座山腹中。众水萦绕，群山环抱。

这是我要说的第一个庙。

最早净居寺是安静的。僧侣们农禅并修，于清明山水，晨钟暮鼓间礼佛歌梵，岁月悠远荒荒的，自有平静。若有打扰处，除了香客进香，就是偶尔来自周边县市的集体游览。譬如学生春游，妇女节活动。

有一张合照，是我与四十四个女同事在庙门前，四排，花花错落一大片。身后一道朱红的木栅栏，栏上从右往左有字"□□阿弥□□"，繁体，用黄漆写在了圆形的朱红木板上。镜头不够，两边的字没取进来。后来，庙里经过几次大修，为方便人们进出，正中的木栅栏拆了。只留下两边的"南无"和"陀佛"。门前两棵树，一株是柏树，另一株也是柏树。树龄近一千三百年，亦漏在了镜头之外。画面上，只有女人们和木栅栏，主题是轻扬的艳乍，背景是沉重的斑驳。

红尘的闹腾和佛地的庄严，入世和出世两种生命之道，就这样纠结了一起。阳光大概是有的，因为我看到前排人的影子，被后面的人踩成了模糊一片。

那个早春的画面上，多数人的命运已经定格；还有一些人，一段有待新起的人生正深深藏匿。极少的几个人，更有离奇曲折的大戏等待她们去出演。

那天，没人看到这些。只有佛的慧眼，明了这些生生灭灭。

那天的四十五个人，有十五人，着的红毛衣。往后的十一年里，又有十五人，陆续离去。或是远嫁，或是另栖高枝，或是风平劫定，各安天涯。

那时我和她不熟。她在二排偏右，我在三排偏左。她直短发清汤挂面，面容清瘦，毛衣大红。脸上无笑意，淡淡的都没有。骨骼里有清傲之气。

回来的第二天，她突然和我搭上了讪，手中照例是不能消停的零食。

净居寺热闹起来是后来的事。

木栅栏前面的空地上，垒起高高的围墙，把寺庙圈起远离人世。山门幽深，却阻拦不了世人祈福抱佛脚的脚步。卖香的，算命的追着人跑。轿车一部一部地来，一群想升更大官发更多财的人；游客一拨一拨地来，一群游戏看风景的人；信众三三两两地来，一群奢求不多只盼平安的人。

有一天，她也回来了。是因体光老和尚的召求，来带走一个好看的女子。女子从河南过来，毕业于军医大学——净居寺只收比丘，不收比丘尼，她来替老和尚解围。

山门前的溪水老树依然，山门后的杜鹃鸟语依然。山青，水青，气青。人多，花多，事多。

而她的眼里，只有一道空门。没问她是否还记得在后山摘映山红的片刻？

春天来时，我手抱一束映山红，又经净居寺。那里土木又兴，围墙给扒了一个大豁口，驻足，讶然发现同样的庙宇，在高墙内看，和在墙外看，样子是有异的。正如同样的家什，放在屋内和搬至屋外，会唤起不同的感觉。从豁口里看净居寺，熟悉而且亲切。往事历然。一个小和尚，尽职把守着工地。问及体光法师，答已圆寂年余。答完神情凛然，赶我远离。

肃然前行十余米，见一中年和尚与四五男游客在溪边大树下打闲岔，只听得一句说：这是一个好地方。

我没有驻足。风也没有再捎来他们的言语。

蓦地，一些旧人旧事，不请自来在心里坐下，等着我沏茶。

## 锦石岩

如果我不说，你恐难以猜到锦石岩是一座庵堂。

它立于绝壁之上，依岩洞为殿，甚有江山风月之奇。

锦石岩"四面皆奇峰怪石，满座皆幽草琼花；岩之畔，飞泉瀑布，若未卷之珠帘；岩之前，禽声松韵，若笙簧之交奏；岩之下，江水皎洁若素练；岩之中，深邃虚阔若殿宇也；实天造之自然，非人力使然。清风徐来，浮岚袭袂，使人脱然而忘世虑焉。"（摘自岩中碑记）

锦石岩里有比丘尼约二十来人，每人身后都有故事。她们皆不说，只把嘴来诵经。岩里每天人来客往，红男绿女，少不了对她们起兴趣，她们是他们眼里的传奇。她们吃饭，他们扒在了窗前看；她们侧身路过，他们喊住意欲合影。有年少腼腆的，摇摇头快步离去。那年长些的，则大方地站定下来，那就照吧。在一群俗家人的包围之中，她法相庄严无怖无恐。道法自然，万事随缘，一切原皆修行之道。她知道这个，与传说中那个背女子过河的老和尚无异。

锦石岩峭壁之下，是世间繁华之地。每至夜幕四合，万家灯火之中，有卡拉 OK 的狼嚎，有二胡声声的泣诉，有摩托车轰然的鸣响，汽车滴滴的喇叭。这一切，传到锦石岩年轻比丘尼的耳朵中，她们已然盲听。一时入睡还早，她们会三三两两低低地唱起经歌，声音脆脆的，甜甜的。间或有人跑调了，还会引来同修们轻声的哂笑。或者背经文，像学堂里相互帮助的同窗，一人捉了另一人背。再稍晚些，那个更年长的比丘尼，会敲响那面硕大的临崖而立的佛鼓，同时唱响一支古老的经歌。歌声干净清澈犹如天籁，穿越夜空在群峰之上飞翔，就连星星和月亮也为之肃然。佛鼓声声，经歌悠长，只把峭壁下那声色皆恶的俗世娱乐，压在了低低的尘埃里……

佛鼓停了，空山月照，山虫和鸣，比丘尼们在一片清明中入睡。等到次日凌晨的晨钟响起，她们又开始了一天礼佛生涯。一群女人的岁月，就这样交给了锦石岩的神明和清风。

山下那些灯火民居里的人儿，在这样的晨钟暮鼓里醒来又睡去，亦是有福的。

有一天，一个有福的居士来到了岩中。为着要图个清静，她小住了下来，念念不忘的，是家中那几只无人喂养的小兔子，"它们可爱极了，我可想它们了。"她把"可"字咬得重重的，动作也很是夸张。如果有人愿意听，她会坐在平台上，眼光越过崖沟，望到对面山峰上去，看着红彤彤的落日一点一点西沉，顺便就会抱怨起在家的丈夫，控诉他的小气，"和他出去吃面条，回来竟问我索要那两块钱。这结婚可没意思了，倒不如出家好。"她说这些时，若有身边正劈柴的小比丘尼听到，多是报以微笑算是作答。男女战争，小比丘尼并不曾经历抑或是不再经历。

不过，她最不适应的，是过午不食。"哎呀，这可让人难受了，我不吃零食可是受不了的。"她的表情很是痛苦。于是就在客寮里藏起很多的零食。巧克力，奶粉，饼干，苹果，黄瓜，芒果。之所以"藏"，是因身处佛地，知道规矩，不好意思被发现，怕被数落。高兴了，她会拉上住在岩里的另一居士，给她分享藏品。把门关紧，把声音压得低低的，快乐地取出一样样零食，挨样享用。那种专注又投入的神情，连菩萨看了也不忍责备——她的秘密岩中老少无人不晓，然而她们不说破，容了这在家人的习性。

终于，零食吃完了。她忍耐到了第三天，受不了啦。跑下山去，去了县城，像只辛勤的蜜蜂在市场里嗡嗡地飞来飞去，每样食品都让她双眼放光。拎着满满的物资，她像个孩子似的，在街上手舞足蹈，"我可解放了。我可解放了。"

听说，她后来终于提前回了家，一心一意照看她的小兔子去了。

岩里顿然清静了许多。

锦石岩就是那么一个地方，它包容，隐忍，大度，与俗世有斩不断的结连却又清洁无染。世间的红男绿女们，在岩畔侧身来了又走了，只有山门里的月亮，还在日复一日地晒着那些有缘人。千年不变。

# 地藏庵

地藏庵在一个城市的北面。起先它在一片菜地中央。后来它在一群公寓房中间。要找到它也不困难，庵门前有一棵长歪了的树。这算是日益扩张的城建给它留下的关照。

被困在水泥丛林中的地藏庵照旧是清静的。

地藏庵里有两个比丘尼，加一个收养的女孩。年长的比丘尼名唤早莲，是庵里的住持。出家之人，按说早已尘根断尽，无忧无烦，然而近年早莲法师有了心事。那个收养的女孩，长大了，该读书了。

女孩被送进了这个城市中最好的小学。学费当然也是由庵里出的。说起来这个庵并不大，进庵供香的，也多是这个城市中的草根百姓，下岗的，生病的，菜农，钟点工，没文化的家庭妇女。早些年他们一群群地沿着田埂走来，一瓶香油，一袋水果，一篮菜蔬，几斤面条，或者三五块钱就是一片心意，佛本慈悲，功德随意。故而庵中经济并不宽裕。如此情形之下，早莲师做出让女孩上学的决定并不容易。

麻烦出在女孩读不下书。勉强升到三年级，就一而再地留级，把个三年级读了三年后，老师再也不肯收下这个学生了。无法，早莲师回到故里说情，把女孩又转到了另一个县里的乡村小学。女孩去了一阵，再也不肯去了。憨诚诚的，只肯留在庵里做些杂事，每天在早莲师跟前奔来跑去的，像匹健壮的小马驹，只是不知早莲师心里的愁。

如果安静下来，女孩子会拿起纸和笔画画，她专画佛像。在这件事情上，女孩子无师自通，她画的佛像无一不是惟妙惟肖，令人看过心生欢喜。于是，早莲师得了些安慰：这孩子，看来又是佛堂里的一个有缘人了。

渐渐地，就断了要给女孩另谋出路的妄想。

谁说庵中无日月呢，早莲师年纪一天天大了。有一天，她不慎摔断了脚，住进了医院。这一住就是一两个月，花费近万。庵里那个年轻的比丘尼本就经事不多，被这变故弄得有些慌乱，每天医院和庵堂两头跑，气喘喘的。有居士看在眼里，就主动承担了看护早莲师的事情，算是解了庵里的困。这时候，外边丛林游来了一个同修妙法。妙法师帮着年轻比丘尼把庵里的事情一一安妥，然后去看早莲师。早莲师喋喋放不下的，还是那个女孩，"自己老了，将来她可怎么办？"

看来早莲师对女孩的前程是有所不甘的。

相对于早莲师的牵挂，妙法师是圆通的。她安慰道："佛菩萨自然不会睁眼不管的，放心吧，一切自然会有好的结果。"

妙法师来了又走了，像照在地藏庵上空的明月升了又落了。然而，地藏庵里的人们，都在盼着她能再来。在她们看来，有了妙法师，她们的孤独和烦恼才有了消解的去处。

妙法师何日再来呢？其实没人知道。妙法师自己也不知道，佛家事事讲机缘。

倒是那女孩，一天天欢喜无忧地长大着，脸蛋圆润粉红，和在家的少女毫无二致。

## 纸上的桃花庵

桃花庵？我不敢相信这是一个庵堂应有的名字。

桃——花——庵，我这样念出声时，春天的太阳就像有了动静，携着桃花绽开的声响滚落在地。暖暖地，唤醒起一些沉睡的东西。这样的热闹和喜气，明艳和灿烂，怎么会是一个庵堂的气息？

桃花难画，因要画得它静。

桃花庵被一个诗人写在纸上。诗人叫三子。三子的桃花，却是开得静。

去年春天来到时，他这样写：

> ……
> 此处到桃花庵，约有七里之远
> 桃花庵里无桃花，只有一个
> 瞧不出年岁的尼姑
> 山中无日月
> 垂暮。尼姑默念着经文
> 我想
> 她手上敲的木鱼，该是桃木做的
> ……

窗下的草丛里，什么在叫着轮回

我的袖角

被一滴露水打湿

桃花的身子藏在土里

我的身子，藏在薄薄的春衣里

……

桃花庵在七里之外

桃花，开在我所不知道的那根枝头

（——桃花七杀）


今年春天来了，他又这样写：


四月的桃花离开枝头，划出虚拟的

弧线。我不能随着它越过矮墙

落到黄昏的蒲团之上。两个尼姑

更老的对年轻的一个说：

"该上灯了。"——灯亮时

四周的暗，又加深了几分

我看不清她们的脸，也无法揣测她们和我

都有怎样的身世。走出庭院

正是一片月色，一片月色正适合照我

回到七里外的小镇

（——桃花庵的傍晚）

如此，费时两个春天，诗人在纸上搭起了一座桃花庵。桃花庵里有着怎样的故事，我已然不问。

三子知否，除他，另一些人的世界里，亦有一座桃花庵。常常地，他们在桃花庵里上完香，会转身去往桃花坞，看那真桃花。正如诗人踏月回到七里外的小镇。

人世的春天，就在这虚虚实实的花事中，打着轮回。无生无灭，无有无无。

# 致 X：一个人的彼岸

## 上善若水

　　上善若水，语出《道德经》。"上善若水，水善利万物而不争。处众人之所恶，故几于道。"说起道家，记起有一年，在三清山的山径上，遇一年轻道姑，清纯脱俗，白衣飘飘。一行人全傻了眼，疑是仙子下凡。现在说出来，我还以为是一个梦。大概在 1995 年，我开始了人生的探险之旅，由是，《道德经》先于其他宗教哲学，被我第一个请回家。遗憾的是，多少年以后，我都没有把它读完。去年在京，读到了王蒙对于《道德经》的解读，书名忘了。回来以后，我把《道德经》的全文，放在了博客里。是突然理会，"大道"在人间，而不是在尘外。老子的出发点，也有教诲为政为官者治国治民的深意。不能完全把它当作出世的教材来读学的。

　　而我，终于还是"身在道外"。

　　但是，对"道"的粗糙理解，也给了我一个观察自然宇宙的态度和眼光。在人间，我始终抱有的是一个"过客"心态，一个"旁观者"的姿态，我们卑微的生命，实在也是如草芥般飘浮于人世的。这可能正是我"千转百回"的根本所在。

一个人精神生态系统的形成，受制于很多。我并不为自身固有的缺失而抱憾。我喜欢老天给予的我的模样，以及一切悲喜离合的经历。我说过，我越活越胆小，原因就在于自身已经匍匐于宇宙自然之下。张爱玲讲爱情，说"低至尘埃"，我说我的生命，在天地间，更是"低至尘埃"。而我到底还是在天地的怀抱里，我还活着，能够感受阳光雨露，听鸟鸣闻花香，除了感恩，除了感恩，还能有什么呢？抱怨生命是多么不讲良心的一件事情！河对岸的一片油菜田，就值得我自毁形象，赤脚爬过又高又长的独木桥去爱恋。告诉我，还有什么比活着本身更美丽的事情？

最近两年，我写得少了。一是因为养身体。二是因为困惑。三是忠实于写作的初衷。

身体的事，这两三年，有了成效。不说也罢。

困惑在于不满足于写日常的鸡零狗碎，因为这种垃圾写作不能让自身得到愉悦和快感。我对自己的要求是，每写一篇作品，都要让自身的灵魂得到温柔的爱抚，如若不能，宁可不写。因为，爱抚灵魂的方式有很多种，就如我此刻正听着巨人威廉姆斯的温柔民谣，也是一种。而我是如此善于找到爱抚自己的方法。梨花要开了，到花海里去经受那温柔一

颤，让心泪在极美之境中哗哗奔流，这不比自己写一堆没有
力量的文字更有力量么？

说到写作初衷，曾经我有三四年隐姓埋名的写作经历，
写作意图只为自救。每个写作者的写作命运都是不同的。他
（她）对收获的期待也会不一样。有些人的写作为着慰藉他
人，而我的写作，只为慰藉自己。不小心慰藉到了他人，那
是无心栽花的结果。昨天在回答一个好朋友类似的问题时，
我的答复是——我不会为"成就"写作，我也不会为读者的
期待写作。她说她懂了。

什么是"成就"？我的想法很是清楚明白——如果写
作能够如春水般滋润抚摸自心，让心灵得到切实的皈依和安
稳，这就是我最大的成就！以此为评判标准，我对自身的满
足可以打个及格分以上。

向内，向内，再向内，不断地解开生命内部的谜，探索
自身心灵在天地间的固有样子和改变过程，这就是吸引我不
能停笔的唯一动力。除此，任何其他的说辞，对于我，都是
一阵轻风吹过，泛不起一丝涟漪。

说完这些话，我好像看到了自己的心田有小溪流过，溪
畔绿草茵茵。我从来没有像现在，能够清楚地知道，自己想
成为一个什么样的人，可以成为一个什么样的人。

在遥远的将来，当我离开爱着的人们而去，我的在天之
灵希望听到的评价是：

——她是一个干净的人。

这 8 个字，对于我的人间之旅，已是太足够！

## 爱有神性

雨驻了，鸟鸣四合。天地一片清明。我如此安静，安静得可以触摸到情绪的质感——它安宁而透明。

今天突然想谈一个我文字中很少谈论的话题，关于爱情。

爱情有两种，一种存在于文学（推而广之为一切艺术形式），一种存在于现实。令人伤感的是，那些天长地久的爱情，总是活在虚拟的文学中。而现实中血肉温暖的爱情，却总是因其的短寿和变质而令人失望。回头再看文学中那些伟大的爱情，哪一个不是以离经叛道，惊异，幻想，不伦，占有，不忠，无尽的失败，不可遏止的对天长地久的渴望胜出？

从《源氏物语》到《红楼梦》，从《简·爱》到《呼啸山庄》，从《安娜·卡列尼娜》到《包法利夫人》，从《查太莱夫人的情人》到《情人》，从《洛丽塔》到《朗读者》，从《廊桥遗梦》到《失乐园》……这些脍炙人口的名著中，所有的爱情都有一个共通点，那就是离经叛道！究其可以穿越时空成为名著的原因，难道不是读者心中，都有一种对离经叛道的渴望么？人人心中都有一个叛逆者。如若不然，又何以能唤起人类的共鸣，使之流传不息？

　　而这，终究只是纸上的爱情罢了，因其不可得，不能得，不敢得，才越发显出文学的魅力。在现实中，有几人有胆量去以身试火？去年有个王姓大富翁，一时脑热，放弃亿万家产，在微博中公昭天下，"我放弃所有，与×××私奔了。"结果呢？迫于妻子的定位追踪和当事者自身的压力，在四十多天后，一场预先张扬的私奔仓皇了结，私奔剧中的男女主角不得不黯然分手，各自回到各自的轨道，叫众围观者也是扫兴四散。

　　现实就是如此，明月清风的轻盈，终究抵不过柴米油盐的沉重。世间的红男绿女们，能够泛泛心思的，也只能是公开场合下的打情骂俏。一部分见不得光的婚外情，也已经等同于婚外性。形而上变质于形而下，这样的"爱情"，还有什么可以值得一说的？

　　在我看来，真爱情，是有神性存在的。

　　那样的爱情，是一个人的天地四方，是一个人命运的方向；是一个人的根之根，芽之芽，天之天；是一个人的重生，还可以是一个人的死亡；是一个新世界的建立，还可以是一个旧世界的摧毁。

　　这样的爱情，如果发生，它会令最平凡的男女，因之而绽开一朵又一朵最美丽的生命之花。这灿烂的花朵，她只为一个人开放，任千百双媚眼，也敌不过一个无声的眼神。

　　是的，爱情是一种高贵而庄严的信仰。是永不可达的彼岸。是战胜一切生存恐慌的力量。

这样的理想爱情，现实中还有么？

我很残忍，在一个好的春日，唱了一曲爱的挽歌。

## 安生孤独

夜深了下来，白昼的不安，动荡，在黑暗中暂时隐身。感谢夜的来临，因为它隔绝了现实，摇曳着幻想，可以让思绪长出翅膀。我的眼睛越来越吃力了，借助于一盏朴素的台灯（不知为何，它淡黄的光晕，竟让人想起庙堂高处的青灯黄卷），我本引为自傲的打字水平，才不至于差错百出。

照例是有音乐做伴，放的是《我的孤独是一座花园》。随便碰上的，是某部外国电影的原声。而其实，《我的孤独是一座花园》，是阿拉伯诗人阿多尼斯的第一本中文诗集。这本书，评价甚好，而我还没来得及买来。肯定会买的，虽然我不懂诗，但是我想我会喜欢上这个诗人，因为，这本书的书衣甚得我意，书名就更是了。其实，阿多尼斯，在希腊神话中，就是一个深得维纳斯爱恋的美少年。我爱的，是美本身。多年以文字谋粮票，我的文学审美情趣已经基本定型——无论何种文体，我钟爱的，唯有那些灵魂在其中歌唱或吟咏的作家和作品。

但我今天不是想谈读书，我想谈谈孤独。

然而，敲出这几个字，我就暗暗作笑：曾几何时，"孤独"这个字眼，已经布满于乱象环生的世风里，随便一个伸手，就是十指沉沉。当人人以"孤独"为标榜，这已然成为昆德拉恶心的"媚俗"。

但是，谁规定了，哪些人有权利谈孤独，哪些人又不配说孤独呢？

我忘不了外祖母独坐于屋门边，一日又一日地等着死神召唤的样子；我忘不了高山顶上，一只在土狗群中受尽欺凌却不出丁点声息的洋狗；我忘不了偶尔在世间抬头看见的皎皎圆月……老人不懂孤独，她一生没讲过这两个字；洋狗也不说孤独，它就像个哑巴没有声音。圆月在宇宙间独自行走，一步一步悄然无语。我不是外祖母，不是洋狗，不是独悬夜空的月亮。但是，为什么，他们的孤独，总是把我的心冲得零落无形？

我自己，是一个从小到大就乐于把自己淹没在孤独波浪中的人。在人群中逗留稍久，我就会不自觉地产生不安全的感觉，尽快地退回自己的世界，对我就是一种必须和必需。了解我的朋友，说我是一个需要很大的自我空间的人。我无法解释，自己何以有这个毛病。现在剖析起来，可能是从小缺乏对整个世界的信任和信赖吧。最早的质疑和伤害，来自我读四年级时，一个暗暗崇拜和羡慕的美少女一夜之间与我永隔。五年级，同样的伤害又来了一次。那时候，没有真相，没有人把着我的手告诉我生命的本质。那么多年，那么多年呵，我在黑暗中流泪穿行，掉进生命的陷阱中不得脱身。

世界是物质的，物质是速朽的。指着在人群中取暖，那是远远不够的，对抗和超越的唯一方式，就是拥抱自我，对话自我，让心灵在自身的温暖下强大起来。我始终相信，与其携手别人，不如壮大自己，只有如此，才能穿越人世的风浪，抵达一个人的彼岸。我在《哲学课》里有言，要有"孤胆冲锋的勇气"。

天哪，谁能看到我在黑暗中的追寻和挣扎？谁能看见我永远在出发，又永远无法抵达？

孤独者不痛苦。我总是浸淫于"孤独"中，以偷偷享受其滋味为乐事，反倒是若有一阵时日，感受不到孤独，我就会惶惑不安，以为是在哪条路上哪件事上哪群人中间弄丢了自己。

像我这等人，孤独是一面镜子，需要常常照照，才能确信自己在人间的"在"。

我说出这些，一定会被一些人不解和笑话，或者误读误听。是的，真正的孤独是不宜于张扬和谈论的。

而我终于开了口，我不认为这是我自己的主意。但又是谁让我写下这些的呢？

君子坦荡。

最后，摘阿多尼斯的几行诗，结束这个话题。

是的

光明也会下跪

那是对着另一片光明

夜晚在我的枕头上沉睡

我却独自无眠


如果一定要有忧伤

那就告诉你的忧伤

让他永远捧着一束玫瑰


## 时间的玫瑰


当守门人沉睡

你和风暴一起转身

拥抱中老去的是

时间的玫瑰


当鸟路界定天空

你回望那落日

消失中呈现的是

时间的玫瑰


当刀在水中折弯

你踏笛声过桥

密谋中哭喊的是
时间的玫瑰

当笔画出地平线
你被东方之锣惊醒
回声中开放的是
时间的玫瑰

镜中永远是此刻
此刻通向重生之门
那门开向大海
时间的玫瑰

——北岛《时间的玫瑰》

长达 80 天的阴雨总算过去，春天是真正的来了。

大概从去年圣诞节开始，我的精神世界也遇上了缠绵阴雨，经历近三个月的惨烈挣扎后，这些日子，我总算把自己安妥好了。极少出门的我，昨天独步城街，讶然看见一树一树的桃花兀自开了，地上已经落下了少许花瓣。还有那长得傻傻的白玉兰，也厚笃笃的，挂了满树。在一棵桃树前，我站了站，看了看，总觉得这进了城的桃花，有些病屙纤弱。

生而为树，"被进城"实在是不幸的。它们绝育了，结不出哪怕一个桃子。如果桃树也有自由意愿，它们会把悲哀倾诉于谁？

当我幻化为桃树，如此作想时，另一个我已然意识到，风平波定的表象下，我的内心，实在也有淡淡的悲哀缠绕不去。

抑郁有时候不是因为脆弱，而是源于精神有洁癖。不知从哪一年开始，我的心中，常常有莲花升起的意象，如此，"莲花"这个词，被我一再地援引寓指。除此，还没有哪一种植物花朵，会如此受我爱重。我以为，是莲花出淤泥而不染的品性，让我着了迷。

干净，我要再一次提到这个字眼。

大凡世间愿意跳出三界，反观生命的人，追问和迷茫是一个逃不开的劫。问题在于，每一个身处劫中的人，必得要靠自身的力量才能平风定波，在关乎灵魂的劫难中，任何外援的力量都是极其有限的。记得有一回，我结束了一次无可复制的休假，由红尘门外一脚踏回门里，从赣州经遂川上井冈山，远远看见丘陵野地里，独自散生着一棵又一棵树木，那遗世独立的迷茫和无助，就在顷刻间把我摧毁——多少年过去，那由绝望情绪导致的肉体酸疼，在记忆里总是反复袭来。"孤独是一座花园，但是其中只有一棵树。"

现在，曾经的迷茫已经远去，即便偶尔的消沉伤感，那实在也是与迷茫无关。拨云见日的唯一法宝，就是相信时间的力量。

是的，信赖时间，相信时间的力量举世无敌，把自己赤裸裸地交由"时间"打理调适，这就是我的个体经验。时间真是神奇之物，它让悲哀消失，让痛苦消逝，让迷茫远行，让一颗无所适从几近碎裂的心，在岁月的打磨下，变得圆润从容，安宁平静，丰满高贵。时间埋葬一切，又生出一切。光阴的废墟上，也能开辟出一个玫瑰园。

前提自然是，在流动的时间中，你先要把自己变成一个与时间同步行动的人，而不是静止不动。看看那些被光阴抛弃的人，他们的模样和心智，有几人是值得让人多留意几眼的？

我费着口舌笔墨谈及对时间的感恩，其实我知道这个话题自己远远说得不透，也无力说透。穷尽笔力，说出来的，又是真正感知到的多少？天哪，我要爱上"时间"这个物了，如果可以的话。

生存本身，就是最大的秘密。不要害怕迷茫，迷茫说明对人生还有敏感，而不是活得麻木不仁。对一些人，或许迷茫就是一种最合适的生存方式。谁知道呢。我随便说的。

# 下落不明的电话

一个男子给我打来电话，说了两件事。一件是他正在被考察，第二件，他说起一个电话。第一件是好事，这意味着他在仕途上又有机会进步。但这样的好事说给我意义不大，他也知道我对这种事情兴趣不高。所以，那个电话，才是他要说的重点。这样说吧，第一件事他可以跟任何一个信得过的人讲，但第二件，他就只能跟我讲。

我跟他交往并不多，一年一两次吧，但他有些话，却没人可说，遇到我这样一个人，一个秘密就算有了出口。这就算是幸运的了，比我强。我经常情绪饱满，满腹言语，话头都冒到嗓子口了，把认识的人在记忆中过了一遍，却发现没一个可以抓来倾听。像一个人去往旷野里，突然遇到好风景，四顾无同伴，身边来来往往的，只有风。哎呀，可惜了满眼看头。

他正当年，单位好，有权有地位，身份不高不低。灯红酒绿是难免的，却孤独。没事的时候，一个人沿着城边走，走到玩票的人群中，他不走了，听人家行云流水一番唱腔，心里的火车却不知开去了哪里。

打电话给他的是我朋友，因为某些原因正过着外人看起来下落不明的生活。那些原因很大，关乎人的信仰和价值，所以不必详解。多少年来，她云游四方，没人知道她确切的下落。我不知道，作为学哥的他也不知道。她的电话总是换来换去，一个来电接完，再回拨过去，要么关机，要么机主不肯透露借机者的情况："她交代了，不能说。"她总是碰到讲诚信的人，苦的却是我们这些牵挂者。

这回这个电话也是这样，问他地址变没变，要寄点书过来（书是她自己掏钱买的，送给我们）。当然，还要问上回那些书读了多少？有没有什么收获？有没有身体力行去做些好事？总是这样，难得的一个电话总是这样的内容。问答间一旦言语支吾，她在那头就急了，"看看你，一点进步没有，就是太专注于世间名利，忘了修身养性。人生苦短时间紧迫，你再不按我说的去做我就不管你了。"对我如此，对她的学哥也如此。讲完就挂了，干脆利落，一秒钟叙旧的情感空间都不给，哎，一个残酷而吝啬的人。电话一挂，这头慌了，立马回拨过去：对方已关机。冷漠的声音让人沉到谷底。她又在世间沉潜下去，叫人无计打捞。她和我们躲猫猫，游戏规则她说了算，她总是胜出。她是相信大义不必多言。

讲完这个电话，男子意犹未尽，"跟我多说说吧？"他几近央求。

"啊？说什么？"我正在跑火车，在想跟她有关的一切，她的容颜，她的任性，她的执着，她的干净和高贵。

"讲什么都行。这样的电话，总是要让我难过几天的。"男子欲言又止。

啊，我没法讲。我知道他想听什么，我的喉头经经纬纬的，没有秩序地涌成一团，但我织不成一匹言语的布。我喜欢绸缎的光滑，喜欢碎花布的家常，喜欢羊绒的高贵，我该给他织一匹怎样的布？我是那样懂她，比他更懂。尤其如此，我比他就更无助。我无力地沉默着。提到她，就像提到一朵开在秘境里的白莲，她的纯洁让我惭愧。她开在那里，我也就低俗不到哪里去。关乎她的一切，他还有痛感，我没啦。我再也不会在行路时因为念想起她而无声落泪，再也不会因为路上少了她的结伴而觉得孤独。黑夜中那些热烈的交谈，在回忆中变成一束明亮的光，遥遥地照着我前行的路。我不担心她的活，也不担心自己的活。在神的大舞台上，每个人都有自己的角色。她是一朵莲花开出了我们的视界。在仰视她的同时，在物和非物之间，我已经找到了一个相对好的契合点，有花裙可穿自然喜悦，钱不够时，我牺牲裙子去买自己需要的书。钱再不够时，我书也不买了，只静静地坐在阳光里，看一江水流。幸福在我的身边泛滥，几近成灾。

他在我的沉默中自说自话：嗨，她说不听她的就不管我了。她真是个小孩，说话的内容口吻都是小孩，她没长大，她永远长不大。她是小孩，就把我也当小孩。她真让人操心，操不完的心。上次回来，送她去火车站，知道她用什么装行李么？蛇皮袋！知道什么是蛇皮袋么？她就那么拎在手上，像个民工，比民工还不如。我很生气，真的很生气，就在旁边买了一个行李袋，她不要，死活不要。我火了，抢过蛇皮袋就掏东西，结果，你知道那里头都是些什么不？比穷人还穷人啊……

我当然知道里头会是些什么，洗脸的，刷牙的，一件换洗长衫，几件内衣，两双布袜，不会再有其他。或者，会有一支笔，一个记事本，或者记事本也不会有，就是一两张起皱的纸，一张电话卡（它很重要，这是她需要的唯一现代品），对了，还有几张车票，汽车票，火车票，公交车票。出门要用的钱，她小心而随意地，用一个信封卷起，塞在角落里。

我笑了，他不全懂她。她不会觉得自己穷，她看我们穷。她从来就没穷过，她一直比我们富有。原来是，现在更是。或者他是懂她，但却固执地要按自己的心意来表示关怀。他不能让她回到昨天，她曾经那样计较他的贫寒。在他的私心里，恐怕是愿意她一直计较贫寒的吧？只要她可以好好地拥有"正常生活"。

还有，她的脸色，是菜色，很不好看，她就不可以让自己吃好些么？她真让人操心。她那么瘦，看起来那么老，她当年像一个红苹果。她真让人操心。他继续说。他浑然进入了天下无醋之境，忘了倾听的是一个女人。他的操心多么的奢侈，无谓，浪费，铺天盖地。弥足珍贵。

我继续笑。他们两个，叫我说什么好？她操心他所缺少的，他操心她不屑一顾的。多少年前有个少年，在校园里看着一个少女像花朵一样开在自己面前，她娇俏玲珑令人生怜，这样的记忆他保持一生。到如今花瓣纷飞，贴地而行的他，再有怎样的懊恼，也抓不住她飞翔的影子。

你以为她真的买不起一个行李包？她是故意不买的啊。我的心微微一疼，挂断了他的电话。早春的阳光突然破云而出，阳台上满地流金，花园桃树上一只鸟儿，"忽啦"一下飞走了。

# 神意无须深究

《蒙田随笔全集》第一卷记载了一件真事。

埃斯库罗斯眼看房子要塌了，忙跑到房前空地上。可是，不可思议的事情发生了：一只苍鹰飞过天空，从爪子里掉下一块乌龟壳，把他砸死了。

这至少是四五百年前的事了。

我看到这里，突然地，——硬是几秒钟没敢呼吸。

死神在电影《第七封印》中说过一句话，"我一无所知。"

死神也是被利用和被主宰的。

只是，至高无上的神，制造这个故事，是为了告诉世人什么呢？

看起来，取人性命这件世间最大的事体，在神那里，也不过是一个小游戏罢了。爱怎么玩儿就怎么玩儿。

罢了，神意无须深究。

昨夜做梦，梦中得一个小说题目，《我哥高俊》（骏、峻、竣？），素材来源于几年前一个朋友讲过的自身经历。他有过嘱托，希望我能把他的经历写下来。我一直没理会。有趣的是，它居然在梦中跑了回来。怎么回事？

神意无须深究。

你我曾经得到的，可能正在失去，终将失去。不要难过。神给予，自是一种恩赐；神不予，未尝不是另一种恩赐。不要抱怨，请坦然接受他的旨意。太阳给我们多少光辉，我们就接受多少光辉。

生命里，唯有孤独是永恒。任何试图在现世中寻找同类的行为皆是徒劳。可以住手了！请回到永恒，沉潜于永恒，去享受那最丰美华丽的生命本身。

窗外雨丝纷飞。花池里的桃树绽芽了。桌前的吊兰葱绿。杯子里的茶香沁人。科恩的歌声，唤醒了你对老男人的迷恋。

这一刻的你，爱着的，就是这些微细的事物。

感恩吧，你居然还有能力因之动容。

神说，你若能看到那些暗夜里开出的花朵，就能懂得安静和避世的力量。

# 我将这样去往乐园

夏天到来，雪雁飞了遥遥万里，来到地球上的无人区繁殖生息。镜头前，一对一对的雪雁夫妇为了一块理想的巢地，争吵打架，场面激烈热闹。

情景真是太熟悉。

人世间为着利益的纷争比之雪雁，有过之而无不及。

我从前远远地看，觉得是人的错。

有一种独角金花，据说专门掠夺高粱、玉蜀黍、大麦、烟草、豇豆等植物的养分和水分。当这些植物生长时，独角金也迅速从地底下蹿出，直到最后开出一朵漂亮的红花。到这时，农作物歉收已成定局。在亚洲和非洲的一些地区，独脚金可以危害的耕地高达四成。独脚金，一朵花的威力和战争有得一拼。

无论动物，人类，还是植物，在生命各界，争夺无处不在。

不同界别的生命之间，竟有如此相同的一致性？原因何在？

答案不言自明：雪雁也好，独脚金也罢，人类也不例外，三者皆身处万物之灵的掌控之下。

我想，一定有那看不见的自然之灵，赋予万物美德的同时，也赋予了其物格上的缺陷。所谓劣根性，不仅是作用于人，而且是作用于万物。生命的成长，既受美德照耀，也受劣根性驱使。正如阴和阳本是一体。

原来，生存，对于任何生灵，都不是一件容易的事情。万物皆带有原罪。所有的生命，都在负罪而活。

一念及此，对于世间那些在利来名往中你争我抢者，突然有了理解和悲悯。不是他们的错，是造物主的错。我们和我们的同胞，注定要负罪而活。

耶稣布道说，如果有人打了你的左脸，请把右脸伸过去，让他再打。

昔日寒山问拾得："世间有人谤我、欺我、辱我、笑我、轻我、贱我、恶我、骗我，如何处之乎？"

拾得曰："只是忍他、让他、由他、避他、耐他、敬他、不要理他，再待几年，你且看他。"

在轮回不息无有止境的一场又一场罪与罚的生存跋涉中，没有谁可以成为真正的旁观者。或许，唯有彼此的悲悯和宽容，才是真正的赎罪之道。

这大概就是耶稣和拾得的本意吧。

雪雁做不到，独脚金做不到，只有人才可以做得到。爱人类这个群体，就要宽容群体携带的劣根性。唯有如此，对于这个人间，才会少一些抱怨和抨击，而多一些欣赏和爱恋。

这样一个道理，一旦懂得，那个开悟者，就能元气淋漓地行走于人世。看，他已经走在回归初时乐园的大道上了。

# 盲目的向日葵

这是他的故事。

他长得单瘦，微驼，长条身子在袈裟里有些晃荡。笑容有些愚，想来是因为读书不多。他操本地乡下话。寺是本地的寺，守寺的多数人，却是北方来的，因为长老是那边人，佛教界又很有声望。这样一来，他这个本地和尚在寺里倒是显得有些孤单，加上不够聪明，同修们就多少有些忽略他。我这个说法源于直觉，其实不一定准确，因为十几年里我只见过他两次，一次在十五年前，一次在三年前。

先说三年前的那次。

已是清秋，寺院菜园里的豆角苗都枯黄了，开着零星的几朵哑花，豆角却不长了。我也记不得是怎么回事，一个人在寺院的菜园里发呆，看小麻雀在园子里飞起飞落。可能是在想着长老，几分钟前一个小和尚告诉我，说长老已经圆寂一年多了。那一刻我心中全是对长老的敬意，十几年前，长老阻止了我流浪的企图。他说，外面这么乱，你好好的有单位不待着，乱走干什么？话音一顿一挫，像钟声一下一下地敲响。长老是个大德之人，主张苦修，偌大一个菜园子，就是他们农禅并重的实证。网上有一张他荷锄于园中小憩的图片，袈裟上有补丁若干。

我正在园子一角发呆，有个和尚挑水来了，他赤着脚，很认真地浇那些豆角苗。小麻雀在他面前来来往往。我在一边看着他，认出他是十几年前在山门前的本地和尚。我有些发笑，那些豆角苗，根本不值得一浇了，他倒是把活计做得那样认真。水也不是那么好挑的，出寺院门，要下一个长长的台阶才能挑到山溪水，桶沿又浅，所以他每一次挑来的水荡回来已所剩无几。他一担担地挑，一担担地浇，视我若无。等他挑到好几担时，我忍不住了，很礼貌地打断了他的专注，提醒他，豆苗将死，浇水何用？他头也不抬，答，不为有用，为锻炼身体。听来有些禅机。没打招呼，照了几张相，他似乎是配合的。等我收起相机，他发话了：我们出家人，是不能这样子被照相的，我们也有肖像权。你是记者啊。我顾左右而言他：是啊，你说得对。我打扰了你。可是你应该知道老和尚背女人的故事。他又答了：那是他道行高，我们道行低的，还是不能这样。没听说吗，出家人就是活死人，墓中人，除了有一具肉体，是要灭了所有世间人的妄想的。我们活着是为了了生死的。他说得很认真。边说，边没忘了手中的活计——浇豆用苗。问他法号，摇头，答：无名字，出家人，无名字，要名字做甚？你若再用社会人的思维来问我问题，我无法和你交谈了。继而很坚决地缄默。他决绝地竖起了一堵墙，断了我与他续聊的妄想。

我无语。他终于信仰起自己的人生选择了，至少在我面前他没有显露出疑惑。十几年前他是有惑的。那天他回了附近家里一次，回来就想不通了。他想不通的是邻居一家的事，他的邻居，也烧香拜佛的，但几年里却总是灾难不断。他觉得这解释不通——菩萨为什么不护佑邻居一家子呢？

倚在寺院门前，他很认真地把这个问题拿出来问同修。是时，我正好抬脚要进寺院，我看到他一脸迷茫，挂着痴愚的笑，站在一个字正腔圆的胖同修面前。胖同修坐在桌前（卖票），对他这个问题很为吃惊，也有些不满，半是解释半是批评之后，从衣袖里掏出了一块大手帕抹泪——唉，这个愚和尚，他是伤到同修一颗虔诚的心了。同修说的大意是，菩萨当然是会保佑所有人的，但是你的邻居必定是前世种下了受难的因，才有现在这个果。了了因果，福报自然就会有，不是现世就是来世。你应该跟他们讲清这个道理，你怎么反而跟他们一样起疑心呢？

"可是，我邻居家里人病的病，死的死，都快没人了。"本地和尚依然没法信服。

十几年的光阴里，类似的困惑他有多少？这已经不重要，重要的是他现在对信仰的坚定。

讲完他的故事，再讲另一个外国人的故事。他叫萨尔瓦多，西班牙人，一个英俊的神职人员。不过只是一个执事，离神父还有一步距离。

萨尔瓦多从战场回到神学院，他带着迷惘的心情坐到院长面前。他不明白，作为神的使者，为什么要到战场上去杀戮？那不是犯罪吗？

"在战场上杀人是保护自己的本能，这样的本能可以催生英雄。"院长这样告诉萨尔瓦多。可是，毁灭生命怎么说也是与神的意志相违背的，这又该怎么解释呢？萨尔瓦多依旧无法信服。

"如果我说犯罪是生命的一部分，你会吃惊吗？"经历过战争与生死的萨尔瓦多已经不会对任何事情感到吃惊，只是疑问得不到解释，心中的负罪感越发沉重。见无法消除萨尔瓦多的困惑，院长建议他去一所学校任教 6 个月，用时间来冲淡他的困惑。

萨尔瓦多在学校认识了班上学生的家长埃琳娜，并且疯狂地爱上了她。但是埃琳娜却是一个共产党人的妻子，为了保护丈夫的性命，她过着对外是寡妇在家是妻子的双重生活，对于萨尔瓦多的热情，她唯一能做的就是躲避。

萨尔瓦多却越来越沉迷于埃琳娜，她轮廓清晰的面庞、走路时扭动的臀部在他看来充满诱惑，他无法自拔。为此，他又一次困惑了，并求教于院长。院长慷慨激昂地说了一大通道理。可萨尔瓦多对自己"战胜恶魔"还是没有信心。他依旧困惑。每当他见到埃琳娜，总是不能自持，并因此而失态。

他终于准备为了爱情放弃在宗教界的前途。他换上军装去了埃琳娜家，像野兽一样扑向了她。但是，突然从暗洞里冲出来的埃琳娜丈夫，却断了他的好梦。他吃惊地望着眼前的一家人，突然恼羞成怒，怨毒地对着窗户大喊警察来抓人。

埃琳娜丈夫从窗户跳了下去，埃琳娜带着小儿子远走他乡。萨尔瓦多面对院长依然一脸困惑，他以为埃琳娜愚弄了自己，并对她丈夫的死有着深深的歉意。是非对错，他找不到答案。院长也无言作答。

电影到此结束。它叫《盲目的向日葵》。

"《圣经》是非常有智慧的，也非常精细漂亮，非常有诗意，当说到迷路的人们时，他们就像盲目的向日葵，他们看不到阳光，然后就迷失了。"这是影片开头院长说的话，意在对片名作注解。

我讲了两个故事，一个来自现实，一个源于电影。我讲了两个迷路的人，不知名者找到了方向，有名姓者却还在雾中。但其实我想讲的是更多故事，更多人。这与宗教无关。我祈祷，每一朵向日葵，都能找到自己的阳光。

# 水上的情书

我其实一直知道你对我的设计。没有人可以逃过你的手心。

出世是修行，入世更是修行。一个人要浮出人海容易，要潜底于人海太难。多年以前的晨钟暮鼓，还在敲打灵魂。我却已经无意解释出世入世，话题于我，已是太老。我说过，唯有静默，才可欢谈。你若知我，就请打住任何依赖语言的试图。

我看到一个不到二十八岁的人在满怀深情谈论死亡，我笑了——我真是了不起，我早就不谈论死亡了。这个话题，对我太旧。我愿意做的，就是在活着的时候，真正地，深入地，和真实的世界，来一场伟大的相亲相爱。一朵好花要和软暖春风相契，一个好女子，要和神的大自然相契。

在林子里的花地毯上，我跳起了童年的舞蹈。不要笑话我的风花雪月。如果我恋上一朵花，那是因为花朵里有我要的大安宁。如果我迷上一场雨，那是因为雨水止息了人间的纷扰。该哭的是你，当神明牵住我的手，恩宠我的心，你却无缘无福读懂他的慈悲。

别以为我只是在一个园子里打转，我其实，是怡然独行于人生的旷野，微微带喜，静心聆听万物的足音。我所倾动的，是天地间的节律，我要止息的，是红尘的纷扰。不信，只那第一声布谷鸟鸣，就令我如入太虚，随喜莫名。

我在花骨朵里看见你在，我在盛花朵朵中看见你在，我在落英缤纷中看见你在；我在早晨的清风中看见你在，我在正午的和风中看见你在，我在向晚的微风中看见你在；我在细碎的雨丝中看见你在，我在急促的雨点中看见你在，我在巨大的雨帘中看见你在。你在一棵小树里，你在一棵大树里，你在一座森林里；你在唱歌的一只小鸟身上，你在飞翔的一只小鸟身上，你在安静的一只小鸟身上。

你无处不在，正如阳光无处不在。你无处不在，正如空气无处不在。你无处不在，正如水流无处不在。你无处不在，正如彩云无处不在。

而我，只在这里，只在你的影子里，在花朵里，在清风里，在云朵里，在雨声里，在鸟鸣里，在阳光里，按照你想要的样子，安静成长。

我要长成一朵睡莲的好模样，荡漾开纯净的笑颜，千年万年，等你来遇见。

# 因爱之名

## 绝版

欢天喜地相认了一本书，不巧的是绝版了。好一番折腾。最后，用二点五倍价格买了回来。这一折腾，就有了新发现，原来，自家书架有两本书，也在绝版之列。更贵了，要费钱三点五倍才买得回。这个无心插柳，有慰藉自己多年爱书买书读书的意思在里头。不容易啊，挑书买书爱书。更何况，我知道自家的绝版远在"2"之上。

想不明白的是，大家都喜欢的书，为什么不再版呢？这么一个思量，觉得出版业水太深。

绝版的书有价，绝版的人呢？

有的人说不清哪里好，就是谁也替代不了。这就是绝版了。人海也很深，有太多的秘密在流转。

人来人往中，谁是谁的绝版？

# 厚道

有个憨老汉卖蒜。

好小的生意，溜蹲在一堵墙边，两个篮，一个里头几十百来个蒜，一个里头几十块姜。像孩子过家家。

蒜好看得不得了，紫皮的，瓣瓣干净分明，漂亮。他是仔细打理过了。小小的生意，更是一心一意要专注。我打身边一过，眼睛亮了，于是驻足。九块钱一斤，也不知贵贱，只把那最漂亮的，一个一个全要了。

老汉好不自豪：全市场没哪个出得起哟，螺田蒜。香死了。

那夸奖自己的样子，像个得意的小孩。我一下喜欢极了，陪他开心地笑。

老汉把秤称得旺旺的。多少年了，我忘了有过谁旺得这样高。我连连叫，别翘这么高呀，我不好意思的。

老汉说，要的，要的。

付钱，多出一毛。别找了，你秤给得那么多。

哎呀，你让我不好意思哟，我都是这样的，都是这样的。

这么微薄的奖谢，老汉并不习惯。就如我不习惯旺旺的秤。

在今天，"厚道"是一个很奢侈的词。

## 意义

我对阿来的喜欢不是一天两天，从《尘埃落定》开始，他就是我心中的一座高山。然而，坦率地说，阿来的散文语言没有小说好。一部《尘埃落定》，似乎用去了他才华中的核。《草木的理想国》，如果不是出自阿来之手，我肯定不会去读。

但是，这本小书不在于它本身有多大意义，而在于，著作者的身份有意义。无论如何，在"世界末日论"越来越流行的当下，一本出自本土作家，提醒世人关注检视自身环境的小书，它的出现，是恰逢其时的。

只是，我不大能相信，有多少人能超越粗陋，真正用心地，看上一眼置身的这块土地，那些由造化赐予人类的美好？

众生自性自度，佛不能度。阿来能度的，又是怎样一些人？

## 劫爱

爱比恨更要杀人不见血。

是怎样的一种爱，这样严酷惨烈！

有多少人，闻听此言后，五内要起震动滴血？

众生于无始生死，无明所盖，爱结所系，长夜轮回，不知苦之本际。有时长久不雨，地之所生百谷草木，皆悉枯干，诸比丘，若无明所盖，爱结所系，众生生死轮回，爱结不断，不尽苦边。

怨憎会，爱别离。情天恨海，可怜的男女，沉浮到几时？

## 信仰

木心发人之未见。他讲西方人信上帝，但是上帝谁都不信。上帝是个无神论者。众生糊涂，信了一个不信神的神。

木心胆子太大，惊吓到了我。

我的心中也有"上帝"。现在，我担心"上帝"正在死去。尼采说"上帝死了"之时，伤心大哭。我亦一样。有人若在深夜闻听哀泣，别怕，是我在哭。

擦干泪水，我才了悟，原来，我已经上路，在努力寻找新的神明。

## 尊严

好多年牵挂着几个远亲。

几十年没了往来，那两兄弟不知如何了。此两人，被母亲带着改嫁，与我父亲的舅舅成为一家人。我舅公家本有兄弟三人，加上他们，一屋子的男孩。只是，这两个男孩清俊，敏感，细致，不似那几个愚鲁，粗糙。

我那时小。他们来拜年，总是听得讲同一件事：母亲成分不好，"地主婆"，是生产队经常的批斗对象。跪在那里，一个晚上下来，腰腿全完了。后来，就有了对付的办法。就是多穿，把裤子穿得厚厚的，以作保护。

其中的一个说，我们黄昏边上在外面玩，听到要开批斗会了，就飞跑回家，跟妈妈讲，赶快多穿点，要不来不及了。等下膝盖头又好痛。

昏黄的灯光下，他们笑容淡淡，笑里有绵长的忧伤。是以为这样的坏日子，没有尽头。

小小的我在一边听着，心里有哀伤生长。想着母子三人那无助的样子，心头泪水汩汩。

我讨厌逼人下跪！

一路走来，只要看见想起"尊严"二字，我就会记起此母子三个。


## 知音

我死时，你会发现在我心里镌刻着一朵粉色睡莲。

这句话，我只说给你一个人听，你听没听见，我不管。

# 花开见佛

　　此书的出版曲折难尽。起意将书中文字结集，先是一个意外，后来是要感谢一个恩师，他叫古耜。

　　面对书稿，点点滴滴文字后面的故事、人物、心境，慢慢复活。而我，连细细咀嚼的时间也无。有人说，最美好的生活在回忆中。我不，最美好的生活，只在我的当下，此刻，现在。

　　是的，我还远没有到达只靠回忆创造美好生活的老境。事实上，我的心中，时刻有个五六岁的小女孩在蹦蹦跳跳。就是这个小女孩，给了我一双新奇的目光，引领我，重新打量自己身处的这个世界。

　　这个世界，肯定有很多不尽人意的地方。但是我不再抱怨，不想抱怨，没有抱怨。有智者，不会把有限的人生蹉跎于无谓的抱怨之中。记住，我们不是来这个世界耍枪弄棒的，而是来这里观光采风的。这个世界，有山河大地，有日月星辰，有鲜花树木，有飞鸟游鱼，有珍禽异兽，有阳光雨露。有书籍音乐，电影宗教，美食华服。有爱恨情仇，恩怨是非。有一个好奇的生命，兴致勃勃想要经历的种种……

我确信，我没有能力改变这个世界的点滴丝毫，更没有能力找到一个比它更好的世界。所以，和这个世界相亲相爱，让穿行于这个世界的灵魂变得更加丰美雅实，才是对自身生命的端然负责。

非如此活着不可。

天地有大美，生命有大义。我在大美和大义中活着，大谢难言。

又终于言说了这么多！仅以此书，献给养育了我的天地万物！献给我爱的和爱我的一切！

别想太多，我们只管活着。

安然

2017 年 2 月 28 日